U0450527

综合卷

文化德宏

有一个美丽的地方——德宏

中共德宏州委宣传部 编

云南出版集团　云南人民出版社

文化德宏·综合卷

本卷撰稿 杨光和 沙红英 倪国强 张再学 闫自贤 赵国云
黄 萍 董有湘 李建芹 杜保红 李洪云 李 莉
孟聪翠 许永德 尚夺盼 周德才 刘 寥 朱边勇
夏丽萍 刘 梦 段晨阳

本卷图片由中共德宏州委宣传部提供

综合卷

图书在版编目（CIP）数据

文化德宏.综合卷/中共德宏州委宣传部编.——昆明：云南人民出版社，2022.2
ISBN 978-7-222-20627-4

Ⅰ.①文… Ⅱ.①中… Ⅲ.①散文集-中国-当代 Ⅳ.①I267

中国版本图书馆 CIP 数据核字 (2022) 第 018425 号

出 品 人：赵石定
责任编辑：刘　焰
助理编辑：李明珠
装帧设计：熊小熊
责任校对：姚实名
责任印制：窦雪松
书名题字：孙太仁
封面绘画：杨小华

WENHUA DEHONG · ZONGHE JUAN

文化德宏·综合卷

中共德宏州委宣传部 编

出　　版：云南出版集团　云南人民出版社
发　　行：云南人民出版社
社　　址：昆明市环城西路 609 号
邮　　编：650034
网　　址：www.ynpph.com.cn
E-mail：ynrms@sina.com
开　　本：787mm×1092mm　1/16
印　　张：18.5
字　　数：282 千
版　　次：2022 年 2 月第 1 版第 1 次印刷
印　　刷：云南出版印刷集团有限责任公司华印分公司
书　　号：ISBN 978-7-222-20627-4
定　　价：79.00 元

如需购买图书、反馈意见，请与我社联系
总编室：0871-64109126　发行部：0871-64108507　审校部：0871-64164626　印制部：0871-64191534

版权所有　侵权必究　印装差错　负责调换

云南人民出版社微信公众号

总　序

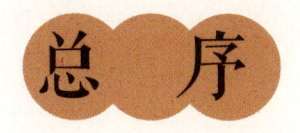

地处高黎贡山余脉的德宏，江河南流，翠色尽染，历史悠久，文化璀璨，被人们誉为"美丽的孔雀之乡"。

闭目冥想，亿万年前，亚欧板块和印度洋板块漂移相遇、碰撞结合，使高黎贡山从海洋深处崛起，形成云南西部一堵"壮观的墙"，并分割着亚洲最重要的两片地域，你可曾想到这个山脉的崛起将产生怎样的意义？

伫立于德宏这块丰饶的沃土，聆听南方丝绸之路上的声声马铃，你是否感叹中原文化、南诏古国文化与勐卯果占壁文化相互碰撞、交融后所产生的辉煌？

假使说"文化德宏"丛书是一套内涵丰富、博大精深的现代版"德宏史记"，那么，这部"德宏史记"将向你展示西南边陲明珠所蕴含的久远与厚重、传奇与浪漫、和谐与包容。透过"德宏史记"这套传奇之书，你将看到从新石器时代一路走来的德宏，用4000余年的丰厚积淀，堆积出自成一体的文化精粹和人类文明。

一

毫无疑问，这场来自远古的漂移相遇与碰撞，创造了一道绿色的屏障，铺就了一条生命成长的走廊。从此，一群生活在瑞丽江流域的南姑坝古人类便在这里狩猎捕鱼，用笨拙的双手打磨出最初的石刀、石斧、石锛，烧制出夹着沙粒的红、黑陶器，成为最早的稻作民族，并用贝多罗树叶制成了"贝叶经"，记录了自成一体的天文历法、佛教经典、社会历史、哲学、法律、医药等诸多内容，形成了流传经久的贝叶文化。

穿越浩瀚的史海，去寻觅德宏古老的文明，你会看到那个威武的莽纪拉扎"大王"乘着神奇的白象和他的子孙通过经年鏖战，创立了达光国、勐卯果占壁王国、麓川王国。《史记·大宛列传》载："昆明之属无君长……然闻其西千余里有乘象国……"而唐人樊绰所撰《蛮书》卷四《名类》记载："……妇人披五色娑罗笼，孔雀巢人家树上……土俗养象以耕田，仍烧其粪。"这应该是中原王朝的先贤们对傣族古老王国最早的记录。

当那一条世人知之甚少的"蜀身毒道"经德宏出境进入缅甸，最后到达印度和中东的传闻得到证实后，一个名叫马可·波罗的意大利人和明代著名旅行家徐霞客都慕名而来，并给德宏留下了史诗般的描述。

数千载风云变幻，五百年土司延续，三宣六慰、十司共治、改土归流，终将被历史发展的洪流带入跨越之舟，驶向光辉的彼岸。

二

打开尘封的记忆，在德宏这块美丽神奇的土地上，生活着傣族、景颇族、阿昌族、傈僳族、德昂族五个世居少数民族。他们在漫长的历史发展过程中，不但创造了灿烂辉煌的历史文化，更承传了绚丽多彩的民族风情。

德宏的历史文化艺术不仅有过古老的辉煌，而且沿袭几千年，积淀了丰富和厚重的民族民间艺术资源，是少数民族文化艺术的"活宝库"，也是现代德宏文化艺术赖以继承和发展的优势所在。这里有独特奇异的边疆民族风情，多姿多彩，让你目不暇接。

他们与水结缘，与水的狂欢，用贝叶书写着古老的文明；他们在高耸入云的目瑙柱下跳起了来自天堂的舞蹈——目瑙纵歌，传唱着久远的创世史诗"目瑙斋瓦"；他们挥舞着闪亮的户撒长刀，演绎着千锤百炼后的"遮帕麻和遮咪麻"；他们不畏艰险赴刀山火海，演绎不一样的坚毅和勇敢；他们是茶的民族，是古老的茶农，在时间的流逝中吟唱着"达古达楞"。

2019年11月12日，文化和旅游部公布了最新国家级非物质文化遗产代表性项目保护单位名录，德宏上榜13个国家级非物质文化遗产代表性项目。这是一本记忆的档案，这是一份德宏的家珍。千百年来，这些五彩缤纷的文化艺术在静态保护和活态传承中璀璨绽放，散发着迷人的文化魅力。

来德宏吧，在这里你可以看到原生态的"孔雀舞""嘎秧舞""象脚鼓舞""目瑙纵歌舞""银泡舞""阿露窝罗舞"和"三弦舞"，听着葫芦丝演奏的《有一个美丽的地方》和《月光下的凤尾竹》，让你的梦浸润在绚丽多彩的民族风情画廊中。

三

感谢这场来自远古两个地球板块的相遇与碰撞，它让地处东经97°31′—98°43′、北纬23°50′—25°20′的德宏群山连绵，层林密布，郁郁葱葱。造就了德宏特殊的地理位置和特有的地形地貌，形成了德宏立体多样的气候，让这里光照充足，雨量充沛，冬无严寒、夏无酷暑，花开四季、果结终年。

风光旖旎的瑞丽江、大盈江两条水系穿行于山坝之间，不是仙境，胜似仙境，让德宏拥有"孔雀之乡""热区宝地""天然温室""鱼米之乡""香料王国""热带亚热带物种基因库"等美称。

在这个最适宜人类居住的地方，你可以欣赏到秘境丛林中万物竞生，犀鸟、中缅灰叶猴、白腹锦鸡等各种珍稀兽类和禽类在铜壁关国家级自然保护区里出没。珍奇树种应有尽有，山高水长皆入诗画，独树成林唤醒江湖。当镜头对准大自然时，会发现神奇之美无处不在。

德宏——她不施粉黛，美得自然、古朴、恬静，是人们向往的诗和远方。来一次说走就走的旅行吧，走进德宏的热带亚热带雨林，去拥抱灵动的自然，去触摸神秘的画卷，去尽情享受精神家园的回归。

四

德宏——这个古老的南方丝绸之路必经的驿站，历经的苦难实在是太多太多，但境内的各族人民总是挺起脊梁，守护家园。

这里地处祖国西南边陲，战略地位极为重要，自古以来为兵家必争之地。唐宋元明，不必赘述，进入近现代，由于英、日帝国主义的相继入侵，各族人民奋起抗击，表现了不屈不挠的反帝爱国精神。清光绪元年（1875年）在盈江蛮允发生的马嘉理事件，让腐败无能的清政府签订了屈辱的《烟台条约》（又称《滇案条约》）。为了抵御英军入侵，先有干崖土司刀安仁率众在铁壁关抗战达八年之久，后又有陇川王子树景颇族山官早乐东，面对强敌临危不惧，英勇抗击入侵英军，挫败英帝国主义妄图蚕食我国领土的阴谋。云南辛亥革命的先驱，傣族民主革命的先行者刀安仁率领德宏各族人民发动腾越起义。为了全国抗战的最后胜利，德宏各族百姓无怨无悔，用最原始的工具创造着筑路奇迹，把血与泪铺洒在滇缅公路上。南宛河畔的雷允，一座飞机制造厂悄然诞生。滇缅公路上，3200多名南侨机工在日夜奔忙，有1000多人在这条血线上因战火、车祸和疾病为国捐躯。1950年4月29日上午，鲜艳的五星红旗插上畹町桥头，从此，德宏边疆各族人民便开始了千年的跨越，《有一个美丽的地方》就此唱响。借助改革开放的春风，瑞丽江畔的姐告——一个昔日的牧场引发了历史嬗变。

德宏与缅甸山水相连，村寨相依，中缅两国友好交往的历史源远流长。从缅甸琉璃宫中"胞波的传说"到唐代白居易的《骠国乐》，从中

缅两国总理跨过畹町桥到德宏傣族景颇族自治州州府芒市举行中缅两国边民大联欢，从一口水井两国共饮到享誉四海的"中缅胞波狂欢节"，从小小留学生到国门书社，从"一马跑两国"到"丝路光影"国际微视频德宏影展，都诠释着中缅两国历久弥新的胞波情。

晨钟，荡不开两岸血浓于水的兄弟情结；暮鼓，传递着中缅两国人民世代友好的既往。

五

阳光毫不吝啬地倾洒在布满棕榈树的街道上，数座翡翠般晶莹的袖珍小城，就用悠闲的时光将每个来到这里的人"俘获"。透过"文化德宏"丛书，你是否愿意去仔细地揣摩和品味深藏在大街小巷或山乡村野的德宏味道？

走进德宏，徜徉在柔软的时光里，去感悟德宏众多奘房的幽静，去聆听风铃歌唱时散发出的袅袅余音。如果你还是个吃货，就更不该错过傣族最爱的"酸、甜、苦、辣、生"，拿出你的勇气去品尝一下"撒"的味道和奇特的昆虫食品吧，再不然就去感受一下景颇族"绿叶宴"的视觉和味觉的双重盛宴。

造物主仿佛特别宠爱这个地方，用了太多的乳汁、太多的色彩勾画这片沃土，让她闪烁出神秘而悠远的光彩。

愉悦地走进德宏色彩斑斓的世界，看勐巴娜西的黎明之城，到瑞丽江畔捡拾遍地的美丽，把水墨陇川拷进硬盘，让万象之城的大象驮着你去看梁河的"塔往右，水往南"。

你听说过"玉出云南，玉从瑞丽"吗？来德宏吧，看看现实版的翡翠传说，观察一下翡翠直播的新业态，体验一把珠宝市场万人簇拥的早市、晚市，选购一块与你结缘的翡翠，把山清、水秀、天蓝、恋情留在此地，把最美的诗和远方带回你温馨的家。

或许你感觉德宏古老的历史已经沉睡，但要相信记录历史的时间依然醒着，因为在这块神奇美丽的土地上，有一群本土的历史文化名人，在特定的历史时期，用有限的生命铸造着德宏文化的历史丰碑，它将承载着人们的记忆驶向希望的未来。

　　文化德宏，史记德宏，能让你倾听每条江河流淌着的婉约之音，目睹每座青山描绘的瑰丽乐章，看到生命的创造，看到希望的拓展。当你与德宏相遇牵手，就能够触动你心灵深处那一根敏感的神经，并生发一种魂牵梦萦的情愫。

目录 Contents

001　第一章　寻觅古老的文明

002　远古文明上有踪
005　历史长河中的傣族古国
011　通向远方的丝路驿站
014　古老的稻作民族
017　历史久远的傣族文字
019　自成体系的天文历法
021　悠远神奇的傈僳族石刻文字
024　马可·波罗笔下的德宏
026　徐霞客与德宏的不解之缘
028　神奇的傣医药
030　明代边防
032　边地土司五百年

037　第二章　触摸绚丽的风情

- 038　非遗书写的历史
- 052　一场与水的狂欢
- 055　目瑙纵歌——来自天堂的舞蹈
- 059　德昂族——古老茶农
- 061　千锤百炼户撒刀
- 064　上刀山、下火海
- 067　贝叶书写的文明
- 070　传唱的《目瑙斋瓦》
- 075　隐藏在服饰中的密码
- 079　黑夜中燃烧的白柴
- 082　神奇的抢婚习俗
- 085　少年要出家
- 087　用绿叶传递爱情

091　第三章　拥抱灵动的自然

- 092　秘境丛林万物生
- 110　清流唤醒江湖梦
- 124　一帘幽梦在神汤
- 132　勐巴娜西珍奇多
- 139　山高水长入诗画

149　第四章　铭记历史的丰碑

- 150　马嘉理事件
- 152　辛亥革命腾越起义
- 155　滇缅路上的血与泪
- 158　南侨机工在德宏
- 162　雷允，一座伟大的历史丰碑
- 166　从卢沟桥到畹町桥
- 169　边关名镇畹町
- 172　跨越千年的变迁
- 176　唱响《有一个美丽的地方》
　　　　——杨非的德宏情
- 179　姐告的嬗变
- 182　人字屹立山水间

187　第五章　缅桂花开　胞波情深

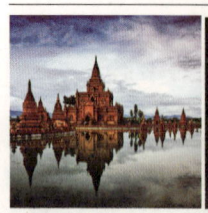

188　一个美丽的传说

190　长安响彻《骠国乐》

193　共饮一江水，浓浓胞波情

196　两个国家三个总理女儿的胞波情

198　一寨两国——银井

200　小小留学生

203　国门立书社，春风更化雨

206　中缅胞波狂欢节

208　"一马跑两国"与你相约瑞丽！

211　中缅"两国双城"自行车跨国越野赛

214　"丝路光影"国际微视频德宏影展

217　第六章　品味自在的德宏

218　德宏的味道
230　徜徉在柔软的时光里
246　菩提的声音
265　亿万年的温润
277　异彩纷呈的姐告玉城

第一章
寻觅古老的文明

人类漫长的文明史留下了诸多灿若星河的遗迹，虽然随着岁月的流逝有些变得黯淡而后逐渐消逝，但拨开历史的迷雾，就可以看到它耀眼的光芒。

德宏——这片古老而又神奇的沃土，承载着神秘的历史故事、厚重的传统文化。走进2000年前的勐卯达光王国，仿佛穿行于一个史前文明的黄金时代，又仿佛是在和遥远的祖先对话、和充满神秘与智慧的远古文明相接相晤。

远古文明上有踪

经过寒武纪和石炭纪的洗礼
曾经的沧海已成为桑田
让我们把时间轴倒拨一万年
沿着横断山脉远古文明的遗迹
去寻找德宏不能忘怀的记忆——
您可曾看见？
在这片神秘的亚热带雨林中
有一群远古的人在狩猎捕鱼

德宏，傣语的译音，意为怒江下游的地方。在这片古老广袤的土地上，近年来发现的南姑坝古人类牙齿化石、新石器文化遗址，以及陆续发现的新石器，说明早在万年以前，德宏就已经有古人类的活动。正是这些古人类，创造了德宏的远古文明。探寻德宏神奇而美丽的踪迹，我们就从一颗门牙开始。

南姑坝古人类化石遗址

1984年12月1日，云南省地质科学研究所工程师孙克祥一行在瑞丽市弄岛镇等嘎村南姑坝采砂样时发现1颗哺乳动物牙齿化石，后被古生物学家鉴定为青年人的右侧门牙，据牙齿石化程度、地层层位、地质特征推断，埋藏地层为更新世晚期，是距今1万年以前的古人类牙齿化石。这颗哺乳动物牙齿化石的发掘将德宏的历史渊源往前推了上万年。

曼胆新石器遗址

1965 年，乡村教师尚秉有发现学生在玩石斧。1967 年，陇川县文化馆将这把石斧提交云南省文物管理部门。1982 年，云南省文物普查组到陇川县开展发掘工作，发现曼胆村西南约 2 千米的茶山坡上（位于龙江和界岭河交界地带，高出江面约 400 米）有遗址面积约 600 平方米，堆积层厚达 1 米左右，其内积层有陶片、烧土和炭屑。文物普查组在遗址堆积层里发现了夹沙红陶和夹沙黑陶，并有几片印纹陶片。

芒约雷奘相新石器遗址

1982 年 12 月，瑞丽市姐相乡顺哈村西北 2.5 千米，位于芒约寨旁的雷奘相山丘上，云南省文物普查队和瑞丽文物普查小组在雷奘相寺旁的废塔遗址附近发现新石器石斧 1 个，长 8 厘米，上口宽 3.5 厘米，下口宽 4.5 厘米，厚 1.8 厘米，

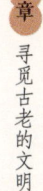

雷宫山出土的石矛和 1982 年雷奘相出土的石斧

为坚硬的石英石，有明显的打磨痕迹。在下坡路上侧的斜剖面，离地表 2 米深处，发现一块夹沙灰色陶片及炭化稻谷。遗址呈长条状形，南北长 200 多米，东西宽 60 多米。

雷宫山新石器遗址

1990 年，德宏州志办和瑞丽史志办人员，陪同中央民族学院考古学教授王恒杰在德宏考察时，在瑞丽市户育乡雷宫山顶寺庙旁新开山路的斜剖面上发现长 100 余米、高 2—3 米的堆积层，露出大量的夹砂灰陶片和红色土陶片。在寺庙的守庙人处，看到由其保存的石矛 1 把，大型石斧 1 个，皆为雷宫山顶出土之新石器。

此外，在陇川章凤，梁河勐养、囊宋，盈江新城都征集到一批石刀、石斧、石锛。新石器遗址和出土文物的发现，证明了早在三四千年前人类的祖先已在德宏生存、繁衍。这时的人们很可能已开始种植谷物和饲养家畜，并处在从原始社会向部族社会过渡的重大历史时期。在梁河、芒市、瑞丽一线都有磨光双肩斧、磷和夹砂印纹陶出土，出土陶器有鼎豆、罐、钵等，其地理环境与文化面貌均和华南的百越区近似。直至现代，傣族中有人一直将磨光斧、锛当作能避邪护身且赐人以"神力"的宝物珍藏，秘不示人。

德宏境内，新石器分布之广泛，种类之多，文化层之厚，说明远在新石器时代，古人类就已经在德宏的许多地方，使用着多样的生产劳动工具，以自己的双手开拓这块土地，创造了灿烂的新石器文化，使德宏地区成为云南古代文化的发祥地之一。正是这些古人类，创造了德宏的远古文明。

历史长河中的傣族古国

穿越时间的隧道，跨过空间的大山。芒约新石器遗址的陶片，分明还炫耀着远古的文明；三大王国遗址的瓦砾残墙，仍依稀映照着傣族久远的辉煌历史。

德宏历史悠久，文化灿烂，是傣族文明的摇篮。据考古发现，早在4000多年前，就有傣族先民在今瑞丽江河谷平原繁衍生息。从公元前425年在伊洛瓦底江东岸的达光建立达光王国开始，历经达光王国、勐卯果占壁王国、麓川王国三个历史阶段，共1900余年。

达光国

根据傣文史籍记载，公元前425年，傣族各地的召勐王先后拥立达光王为共同的莽纪拉扎"大王"，依靠他的威望，遵循他的命令，创建傣族达光王国。西汉时把达光王国称为"乘象国"，东汉称为"掸国"。达光王国经莽纪拉扎、尚穆达两个王朝，自公元前425年至公元586年，历时1011年，被誉为"傣族历史上明亮的佛灯"。王城建于萨喊、达碧、达光（太公城）、蒲甘。疆域西起亲敦江流域，横跨伊洛瓦底江中上游，东至萨尔温江的广阔地带，包括今我国德宏一带，以及缅甸的中部、北部和掸邦大部分地区。

公元前425年前，勐卯丛林中陆续出现了大大小小的部落，如混贺罕景洪国及国王派出的五子建立的勐密、勐光、勐乃、勐养、勐宛五城，他们靠着瑞丽江、萨尔温江和伊洛瓦底江的滋养，繁衍生息并逐步发展壮大。在这些部落中，处于达光地区的达光国，凭借地处西南古丝绸之路枢纽的地理优势，

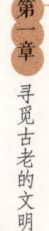

很快拥有了比其他部落更多的人口、更多的野象，有了更高的从自然界获得生活、生产资料和捕捉、驯养野象等动物的技艺，有了更利于人们生存的组织意识。这些，都被其他部落效仿。因此，达光成了公认的首领，在丛林中颇有些威望。各部落酋长们，也愿意唯达光王马首是瞻，愿意向其朝贡，以此得到达光王的庇护。由此，最初的达光王国形成。

据《萨省腊莽鉴》记载，达光的第一位大王无子，临死便将王位传给女儿，但女儿竟与妖龙为孽，举国上下深受其害却毫无办法。后来农民现玛利占用计除了妖龙，便被拥立为达光新国王。傣族史籍《嘿勐沽勐》中也有类似的记载，说达光大王坦玛利无子，只好立侄子为王储。但后来偶然遇见一位小和尚，便执意改立他为世子，原因也很简单，因为小和尚是神授的贤能，有能力管辖一国之地，造福一国之民，而侄子不是，也做不到这些。

由于父系世袭制度尚未形成，或尚未完善，达光王国莽纪拉扎王朝混乱地传袭了25世，直至233年被尚穆达王朝替代。这中间，不断有王族之外的"贤能之人"入朝执掌政权，可见其还是典型的原始部落组织。

关于莽纪拉扎王朝的25位国王，史籍都没有详细的记载，后人对他们所做的种种推测，更多地来源于神化和民间传说。唯有雍由调"通汉"一事，《后汉书·南蛮西南夷列传·哀牢传》有了较为清晰的记录。

尚穆达王朝时期，由于政治的需要，也由于文化发展的客观需求，傣族原始宗教信仰在推动社会经济发展中的作用逐渐减弱，佛教传入达光，傣族人民开始尊崇佛法。

据《嘿勐沽勐》记载，5世纪初，雄才大略的达光王尚列佐满（为列米满后代）为了抵御骠人侵扰，带领补甘姆军队沿伊洛瓦底江南下到瓦南班地区砍伐原始森林，开垦田地，几年内开辟了一个平原，建起了个很大的城镇，以作防御敌人的据点。为了安顿百姓，他在瓦南班大力提倡信奉佛教，不仅请来了许多佛爷、和尚，还建起了大广母佛塔，佛教在达光的地位迅速提高。至于高到何种程度，我们可从尚列佐满去世后，大臣们拥立一位三等和尚取代其后人做了42年国王的这件事看出一二。

尚穆达王朝为了抵御骠人进犯一再往南迁都，但不幸的是，它最终还是不能改变被骠人灭亡的命运。到了6世纪，骠国国势强盛，人口猛增，不少骠人逐渐迁移到瓦南班一带居住，向北方扩张，以寻求一块物产丰富的土地作为首都，已成为骠国实现发展的必然选择。因此，一场与达光争夺地盘的浩大战争一触即发。

据有关傣文史籍记载，586年，缅人貌丁昂在其《缅甸史》中说道：在656年以前的几十年，骠国统治者为了寻找新的都城，国王和他所统率的骠人迁往伊洛瓦底江上游，爆发了规模较大的迁移战争，骠国倾其全国之力，调动大部队，由国王御驾亲征，一举攻下补甘姆王城。延续1011年，被称为"傣族历史上明亮的佛灯"的达光王国灭亡。

勐卯果占壁

物竞天择，适者生存。不论任何一个王朝的存亡，历史总以它自己的方式冷漠地左右着世间万物的更迭。就在尚穆达王朝日渐衰落，陷入长年战争中无暇自顾的时候，伊洛瓦底江之北的勐卯大地上，一个更为强大的王国正迅速崛起。这个王国的出现，将傣族推上了新的发展轨道。

果占壁文化是张扬的。这种文化的张扬，体现在勐卯果占壁王国的政治上，就成了鲁赖、混等、雅鲁、思氏四个王朝不断向外扩张的精神动力。同时，也正是如此张扬的文化，使勐卯果占壁王国时代成了勐卯傣族发展史上最辉煌的时期。

勐卯果占壁王国，是在达光王国的基础上，建立起来的傣族历史上的大一统政权。由于它的王城一直都建在勐卯河谷平原，因此将其称为"果占壁勐卯"或"勐卯果占壁"，王国建立后，世界傣族地区中心从缅甸太公城转移至勐卯河谷平原。

史书中说，混鲁是个非常神奇的人，其耳郭肥大，下垂至肩，身材魁梧，额圆似满月，臂长过膝，寿命特长，整整活了三世人的时间。他有一百个儿子、一千个孙子、上千个重孙。这些儿孙，都被他分封到勐卯各地去当"召胜""召勐"。其家族势力遍布勐卯大地16个大勐，2000多个小勐和岛屿。

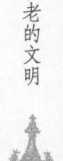

这就为西南丝绸之路的畅通和繁荣营造了良好的环境。据史料记载，混鲁、混赖时期，西南丝绸之路上没有了庞大的傣族部落的梗阻，道路畅通，商旅往来更加频繁，出现了前所未有的繁华景象。西南丝绸之路的日渐繁华，又反过来不断促进着勐卯的繁荣兴盛。

混鲁、混赖家族共统治勐卯195年，其庞大的宗族网络不仅遍及勐卯，还延伸到今缅甸北部和中部的阿瓦地区，及缅甸掸邦东部、泰国北部和我国的西双版纳一带。

混鲁、混赖被分封的儿孙，直接受勐卯政权管辖，每年都要向勐卯大城缴纳贡赋。这个时期，由于傣族地区几乎全统治在混鲁、混赖势力范围内，且各大勐、小勐都听从于勐卯大城，几十年没有发生过战争。

这个庞大的家族，在公元六七世纪极有威望，一直被傣族人称为"鲁赖王族"，是傣族地区最主要的王族之一，可谓强盛一时。直到公元762年，勐卯的统治权被南诏国扶持起来的混等王夺去，鲁赖王族才慢慢淡出。

在瑞丽，至今仍遗留十多处古王城遗址。如雷允（傣语即"山城堡"）的召武定城池，有护城壕沟、王宫遗址、喃贺伦王后墓、铲人头坪等；姐东崃（傣语即"湖畔山城"）为混等王所建，可寻的遗迹有王宫遗址、护城壕沟、古榕等；广贺罕（傣语即"国王岗"）是思伦法的王城，现存东城门遗址、王宫遗址、演练场、洗象池、国王洗脸用的水井等；勐卯老城是唯一一座砖城，现存东、南、西、北城门遗址。

翻阅历史的故堆，勐卯果占壁王国虽然早已不复存在，但瑞丽江水奔流不息，国内外的许多专家学者仍热切地关注和研讨着勐卯果占壁灿烂辉煌的文化。

麓川王国（思氏王朝）

在云雾缭绕的勐卯果占壁，思汉法建立了一个王朝，史称思氏王朝。麓川王国是历史上傣族建立的位于云南西部的一个强大的地方政权。从13世纪麓川崛起到15世纪明朝派兵三征麓川的两百年间，是傣族社会经历的一个极其重要的发展时期。

14世纪初，元朝曾先后几次远征缅甸，致使缅甸蒲甘王朝的势力逐渐衰落。元朝末期，全国各地农民起义风起云涌，元朝无暇顾及边事，这为麓川的崛起提供了难得的机遇。思汉法是麓川王朝的开国君主，他也是麓川历代国王中最有作为的一个。1310年，思汉法建都于允遮海。1312年，他又迁都允遮兰。思汉法即位伊始便积极开始筹措他的统一大业。首先派人向元王朝进贡，求得"麓川路军民总管府总管"之职衔，然后便利用这个合法身份，逐步实施其既定的计划。经过十余年的东征西讨，终于胜利恢复了勐卯果占壁王国，而且更大地扩展了疆土。1355年，元朝政府只得封授他为平缅宣慰使司的宣慰使。

1364年，思汉法即位的第29年，勐卯的疆土已经是：上至永昌，与大理国为邻；下抵果景、刚戛，以大水为界；南至那很、勐老和勐闰；西过罕底，以戛写河为界，与勐滚国接壤；北至纳亨。1367年，明朝天子派使臣来到勐卯，勐卯决定称臣纳贡。1368年，勐卯遣使至明京城贡黄金百两、白银万两、宝珠10颗、大象15头。明王朝皇帝十分高兴，赏赐有加。

思汉法统治时期，麓川的疆域极其辽阔。据《百夷传》载，勐卯果占壁"其地方万里。景东在其东，西天古刺在其西，八百媳妇在其南，吐蕃在其北；东南则车里，西南则缅国，东北则哀牢，西北则西番、回纥"。据《明史》记载，陇川、干崖、南甸、芒市、湾甸、镇康、云州、孟定、耿马、威远、景东、马龙他郎甸等地原来都曾隶属麓川。在麓川鼎盛时期，麓川周边几个小国也是其势力范围，被迫对其称臣纳贡。据《麓川思氏谱牒》记载："邻境小国闻之，相属称臣纳贡，有暹罗、景线、景老、整卖、整车、车里、白古诸部，""是时，天竺之卫萨利国、邦特章邦乃公国、邦特利菩国、中国先后入贡"。当时靠近缅甸一侧的勐养、木邦等地也一度属于麓川的势力范围。

思氏王朝，自思汉法于1311年即位称王开始，至思昂法（思任法）时的麓川之役结束，历时137年。国号仍然称为"果占壁勐卯"，即果占壁王国，或"勐卯国"，即卯国，有时还称为"卯弄"，即大卯国。又因受封麓川宣慰使司，故简称"麓川"。居住在勐卯的"傣弄"（大傣）人称为"傣

卯"，即勐卯的傣族，是这个王国的主体民族。果占壁王国的王城曾多次迁移，但都没有离开勐卯河谷平原。

后因明军三次征讨而衰败。这个中国傣族史上最大的地方割据政权于1448年覆灭。明万历二十四年（1596年）以麓川城为基础筑平麓城（今勐卯城），大兴屯田，并派将镇守。

历经三百余年的麓川王国，起起落落，向东发展遇到强大的明王朝，向南发展又遇到兴起的东吁王朝，西面是莫卧儿王朝的势力范围，北面是人迹罕至的青藏高原，夹在中间的麓川王国只能接受历史的安排，消失在历史进程中。但麓川王国的这段辉煌历史，对德宏地区的进步和发展，却有着极其重要的意义。

绘画——万象城

通向远方的丝路驿站

南方丝绸之路，也称"蜀身毒道"。其总长约 2000 千米，是中国最古老的国际通道之一，早在距今 2000 多年的西汉时期就已开发。它以四川宜宾为起点，经雅安、芦山、西昌、攀枝花到云南的昭通、曲靖、大理、保山、腾冲，从德宏出境，进入缅甸、泰国，最后到达印度和中东。与西北丝绸之路一样，南方丝绸之路对世界文明做出了伟大的贡献。

在古代，以成都为起点的南方丝绸之路，又叫"蜀身毒道"，"蜀"指四川，"身毒"是对古时印度的称呼。这条蜿蜒于西南崇山峻岭通往印度的商旅之路，比西北的丝绸之路还要早两个多世纪。它对我国开发西南边陲，促进我国与南亚、西亚及欧洲的经济、文化交流，曾起过十分重要的作用。"一带一路"倡议的提出给不同国家、不同地域、不同民族、不同宗教文化的人民带来了机遇和福祉，再一次将古丝绸之路的魅力和基因激活。

据《史记·大宛列传》载，元狩元年，张骞派人马从四川出发，欲经云南到身毒张骞首次出使西域返回后，向汉武帝报告说曾在大夏（今阿富汗）看到从中国内地经印度转卖去的四川蜀布和邛竹杖。这件事当即引起汉武帝对西南民间商旅通道的极大兴趣。这是史书上有关南方丝绸之路的最早记载。这说明当时西南各民族经南亚、西亚开展的对外贸易，早已在民间进行。南方丝绸之路，是中华民族走向世界的最早尝试，是西南各民族先民寻求对外交往不懈奋斗的轨迹。

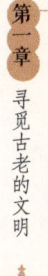

古道示意图

　　古代，我国西北丝绸之路，因沿途多经沙漠地带，是以"沙漠之舟"——骆驼为运输工具。西南丝绸之路所经地区多系高山河谷地带，山顶与河谷之间的落差高达 2500 米，山高水险，道路崎岖，唯有"山地之舟"骡马可以行走，明人刘崑在《南中杂说》称赞云南马"跋山而蹄健，上高山，履危崖，虽数十里，不知喘吁"。在商旅运输中，为了安全，往往几十匹几百匹马结成一队，称为"马帮"，领队者称为"马锅头"，由具有天文、地理知识和交际、组织的能人担任，其余人员称为"伙计"。山间铃响马帮来，场面十分壮观，马帮从四川驮去丝绸、蜀布、棉麻、铁器、漆器、曲盐、叶、邛竹杖等产品，驮回宝石、玉器、香料、黄金、白银等物，部分再转运中原，这不仅交流了物资，还沟通了文化，加深了友谊。

　　元朝之后，中央政权正式在南方丝绸之路上设置驿站，元大德四年（1300 年），元朝增云南至缅甸 15 站。这些驿站，起自大理，经保山、腾冲、龙陵、芒市、瑞丽进入缅甸。明代钱古训《百夷传》载，至元末，滇缅路上，"邮传一里设一小楼，数人守之。公事虽千里，远报在顷刻"。驿站的完善，不仅促进了沿途贸易的发展和繁荣，也便利了文化的艺术交流。西方学者史谷特在《锦绣东方——旅缅生活记录》中载："从云南到八莫的这条国际通道上，

"蜀身毒道"马铃响

有从中国来的庞大的驮运商队，数千骡马，数百劳工和商人，从中国运来大量丝绸。在八莫有座供商人休息和文化活动的关帝庙。"

南方丝绸之路滇西段分别有三条出境线路：一路经腾冲向西，出缅北密支那，向身毒（今印度）方向；二路由腾冲向南，经南甸（今德宏梁河）过盈江芒允，抵达伊洛瓦底江出境，或经陇川章凤出境通向八莫；三路从龙陵至芒市三角岩，过万马河，入伊洛瓦底江。南方丝绸之路途经德宏，是德宏开天辟地的历史大事，它意味着德宏与外界开始沟通。先辈以人背马驮的形式，让物流与人气通过这条通道，涓涓细流般亘古往复流淌，滋润着边地德宏。这种流动千百年来从未间歇，由小到大，促使边地从远古蛮荒中走来，走向文明。

古老的稻作民族

有人说，德宏是一块沃土，插一根竹筷都能长出芽来；有人说，德宏是一个神奇的天堂，花开四季，果结终年。在德宏这块古老神秘的土地上，生活着一个拥有三千多年稻作文明的民族，傣族人世代相传的古训这样写道："没有森林就没有水，没有水就没有农田，没有农田就没有粮。"谷子黄，傣家狂，一年狂一回，狂了又何妨？

据史料记载，早在人类从渔猎和采集为生过渡到以农耕为生的新旧石器时代，生息繁衍在云贵高原上的傣族先民已开始将野生稻驯化为栽培稻。20世纪90年代，在瑞丽的广贺喊、雷允等地考古时发现有碳化谷物，证明德宏地区的傣族是云南栽培水稻的民族之一，也是我国最早栽培水稻的民族之一。

早在3000多年前，傣族区域就有栽培水稻的灌溉农业呈现。学者们普遍认为，傣族的先民便是居住在我国东南滨海的越人，从商周时起就以农业为主，水稻是从野生稻驯化而来的。《山海经·海内经》记载"西南黑水之间，有都广之野……爰有膏菽膏稻……百谷自生，冬夏播琴"。早在汉代，傣族区域就出现了栽培水稻的水利灌溉作业。到了唐代，傣族就掌握了犁耕技能，《蛮书》有用象耕田的记载："象大如水牛，土俗养象以耕田。"明代犁耕技能已适当遍及，推动稻作生产进一步发展。据《西南夷风土记》记载："五谷唯树稻，余皆少种。自蛮莫以外，一岁两获，冬种春收，夏作秋成。"可见水稻栽培已在一定范围内普及，乃至一年种两季。《大唐西域记》中记载的"憍赏弥"其意为盛产香软米

的地方。

　　关于稻种的来源，德宏傣族民间故事里有《香谷子阿銮》的传说。由于稻谷的栽培在人类生活中具有无比重要的意义，傣家人就将谷种神圣化，将它称为"谷神""谷王"。傣族古歌谣《叫谷魂》中，称谷魂"你是王，你是主""生命靠着你，人类靠着你"。另一傣族史籍中说："我们封谷子的魂为王为主，是因为谷子是人类的生命。寨神勐神虽然至高无上了，可是没有谷子它就活不成。"在一些民间传说中，把最初的稻谷说成有鸡蛋大、萝卜大，这也是将谷种神圣化的结果。每当稻谷成熟以后傣家人都要过一个重要而神圣的节日，叫作"新米节"。而景颇族则要在秋收后开始隆重举行"谷色作"，并且在尝新时为纪念狗给祖先带来稻谷的功劳，先要敬狗，这与少

象耕（绘画）

第一章　寻觅古老的文明

数民族的文化图腾有关。

　　君不闻"象达姑娘龙陵雨，芒市谷子遮放米"。俚语在民间广为流传。在此不能不提到享誉四海的"遮放贡米"。它的历史可以追寻到1623年，遮放土司多思潭，带着玉器、大象、遮放允午村的米等进贡朝廷，遮放允午米因色泽白润如玉，清香可口，黏而不稠，软滑适中而受到了明朝熹宗皇帝的喜爱，当即封遮放允午米为"贡米"，并赏多思潭在京游度三年。三年后，多思潭回到遮放。自此，遮放允午米作为贡米，每年从遮放千里迢迢运到京城，供皇帝享用，一直到了1912年，因战乱不断，遮放土司才停止向朝廷进贡。1956年，国务院总理周恩来与缅甸总理吴巴瑞一同参加在芒市举行的中缅边民大联欢活动时，周总理品尝"遮放贡米"，在了解了相关情况后，将其定为国务院接待外宾的国宴用米之一。因遮放贡米稻秆高、生育期长、产量低，从1956年一直到20世纪90年代初期，遮放贡米只能满足上调中央的任务，遮放贡米在省内外名气颇大。

历史久远的傣族文字

文字是一个民族灵感的源泉、创造力的钥匙、智慧的结晶，是文明传承的载体。在用文字记录之前，人类的历史和文化是靠口耳传授的，这就是古代传说的由来。任何一个民族，在进入文明时代以前以及进入文明时代以后，都有丰富的传说，内容包括人类起源历史以及生活的各个方面。

据有关傣文史料记载，在佛经传入傣族地区之前相当长的一个时期里，傣族就有自己的原始字母。从目前现存的傣文史料记载证实，早在佛经传入傣族地区以前，傣族不但已有自己的古老文字即数字文和象形文，而且还发明创制了字母。

傣族的佛经、历史、文学、医药、历法、戏剧等均用傣文记载、传播、发展并不断完善，其内容之丰富、数量之多让人惊叹。据调查，用傣文写成的南传上座部经、律、论"三藏经"总共就有15大部84000偈，"阿銮"叙事长诗550部。正是这些浩瀚的傣族文献，显示出了傣族文化的悠久、博大、精深。

我国的傣族历史上有过五种不同形体的文字，即傣那文、傣泐文、傣崩文、金平傣文、新平傣文，均称"多傣"（to tai）即傣文。这些文字中，在国内较通用的有傣那文和傣泐文两种。傣那文流行于德宏及临沧的耿马等地区。傣那文，大约创制于14世纪，有19个辅音字母和几十个代表单元音、复合元音和带辅音尾韵母的字母和符号。这种文字常用同一字母表示

不同音位，也用几个字母表示同一音位，没有声调符号。

讲傣语大泰方言的北方傣族习惯用毛笔写字，将原本偏圆的"傣崩文"写成偏方字体，逐渐形成一种新字体；傣语称北方傣族为"傣泐"，所以这种文字便是"傣泐文"，汉译"傣那文"或"傣哪文"。"傣崩文"与"傣那文"仅在形体上有略微差别，所有字母都能对应上，都不标声调，阅读时需看前后才能明白意思。傣那文是傣族傣那方言所使用的一种文字，因主要用于德宏傣族景颇族自治州，故又通称"德宏傣文"。临沧市的耿马、双江、镇康，思茅的景谷、孟连、镇沅，以及保山市的隆阳区、昌宁、腾冲等地，也有部分使用傣那文的。

傣文在历史上的形成和规范化，是傣族社会生活的重大转折，标志着傣族先民已跨入人类文明时代。同时，它又极大地推动了傣族文学的蓬勃发展，成为傣族先民宝贵的精神财富和生产生活中必不可少的交际工具。

中华人民共和国成立后，为更好地传承民族文化，"傣那文"被改造成与原来文字差距很大的新文字，这种全新的文字被称作"新傣那文"。在党和国家的大力支持下，"新傣那文"得到迅速推广。

贝叶经（"文化大革命"时被发现，现藏于瑞丽档案馆）

自成体系的天文历法

傣族先民在长期从事农业生产的过程中总结出很多耕耘经验，对推动傣族地区农业生产发展起到了重要的作用。

傣族历法与农业生产密切相关，有一首专门将傣历一年十二个月的时节变化串编起来的童谣："一月鱼儿急，二月鱼儿干，三月橄榄熟，四月姑娘们在织布，五月野花开崖头，六月流水响，七月小鸭顺水漂，八月秧子黄，九月禾苗旺，十月谷抽穗，十一月小雀嗑谷子，十二月小雀看着满坎的谷子醉。"童谣概括了十二月的内容，童谣虽简，却精彩地描绘出傣族先民一年的耕耘状况。从八月开始，勾勒的都是稻田的景象，表现出傣族区域稻作生产的重要性及其文明的意蕴。

傣族地理历法的来源与农业生产有关，傣族是最早驯稻和栽培水稻的民族之一，其地理历法的来源也相当古远。其创世史诗《巴塔麻嘎捧尚罗》中写到，天神麻嘎捧派神到地上拟定年月日，流传至今的《泼水节的故事》也与拟定历法相关。贝叶经中有很多关于地理历法的典籍，诸如《巴嘎等》《呼拉》《功顶》《苏力牙》《西坦》等。傣族历法虽然产生于古代农业的实践中，但它的发展和完善则是在中原文明和印度文明的影响下实现的。

傣族先民从秦汉时起就吸收了汉族的干支纪时法和十二生肖纪时法，西双版纳傣历中的干支纪时法和汉族是一样的，即以十天干支配十二地支而成为六十年一周期的纪年法，只是将汉历十二生肖中的猪改为象，龙改为蛇。德宏傣历则与汉历相同，不光用十二生肖纪年，并且用以纪月纪日，其使用范围比汉历还广。傣历还受印度历法的影响，如一年分冷季、热季、雨季三季，每月分上下两个半月，把黄道划分为十二宫等。傣族在吸收中原文明和印度文明的基础上，不断完善自己的历法，使傣历发展到相当高的水平，运用也很纯熟，如对日食、月食的推算、预见现已相当准确。

盈江傣族歌舞《十二马》讲述了一年中的生产生活状况，其间有很多内容是关于稻作文明的，如犁田插秧、禾苗的长势、稻谷成熟及收割等，通过歌谣传达出生产状况。除此之外，还展示了傣乡美丽的田园风光，诸如"禾苗随风飘""雨过天晴彩虹现""六月水满塘，荷花竞敞开""鸟儿张开了翅膀""蓝天下雨清水荡""鱼儿在谷苗间游闹""稻谷波涛翻""野鸭找伴呱呱叫"，其间的景致如诗如画，唱词中的傣乡犹如世外桃源一般纯洁。傣族乡村还传播有一部分专门叙述农业生产技能常识的傣文书，如《旦兰麻越南法赛利排列干尚》（汉文意思即"自然与生产技能经文"）便是一部广泛流传于傣族民间的用于解说自然常识和生产技能的经文。书中介绍了人们怎样与大自然和睦相处，巧妙利用大自然的有利因素，掌握好冷、热、雨三个时节，要捉住节令，及时进行农业生产，并根据不同的时节、气候和土质特点，栽种不同的庄稼，这样才能得到好的收成。

傣族先民在长期从事农业生产的过程中总结出很多耕耘经验，对推动傣族地区农业生产发展起到了重要的作用。同时发掘到农业生产方面的傣文书本还有《甘哈西双楞》《栽树歌》《从贺勐到景兰水利分配及保管手册》等，这些宝贵的文字是傣族先民的思想结晶，对农业生产具有重要指导意义。

悠远神奇的傈僳族石刻文字

这是一个崇拜自然信奉万物有灵的民族，也信奉基督耶稣。傈僳族小伙做一顶"哦勒帽"，就是送给姑娘最好的定情信物。

弹起三弦琴，喝杯"同心酒"，"阔时节"跳起欢快的"生产舞"，让七仙女驻足。哪怕刀山火海，也无法挡住他们奋勇向前的脚步。

傈僳文石刻

在德宏这块美丽的土地上，有五个世居主体少数民族，他们传承了古朴的传统习俗和优秀的传统文化。傈僳族，无论是他们的居住环境，还是传统的"上刀山""下火海"，一年一度"阔时节"跳"大嘎"，都让人感觉到心灵的震撼。

盈江县苏典乡下勐劈，有许多神奇的傈僳族石刻文化，它传承了一种文化，点缀了一种美，它仿佛是雕刻在石头上的一首诗、一幅画、一首歌。经查阅资料，这些石刻文字属音节文字，面对这些石刻文字，它或许是记载了一段傈僳族的神话、历史，或是歌颂了傈僳族的传奇人物、记录了生产生活，仿佛让人读一本"甲骨文经典巨著"。

傈僳族音节文字基本集中在哇忍波编的《识字课本》中，其结构、字形与汉字相似，字的基本笔画有点、横、竖、撇、捺、折、勾、弧线、曲线等。每个音节文字的起笔顺序一般按照先上后下、先左后右、由里到外的笔顺写。部分音节文字照搬了汉字形体，但只是借用汉字外形，音和义完全与汉字不同。傈僳族音节文字具有象形、会意的特点。

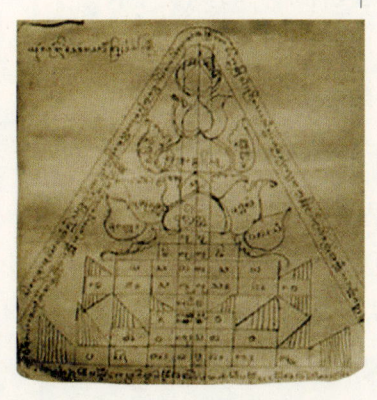

傈僳族与石头渊源颇深，石头赐予傈僳族神灵，石刻文字伴随着他们繁衍生存。

　　山里放牧有石头，山羊喜爬石头（山羊是傈僳族的图腾），田边、庭院有石头，男人上山打猎在石头脚下躲雨避雷，山中都有"避雨石""避雷石""晒衣石"，傈僳族人民视其为"神石"。

　　傈僳族认为石头有灵性，能震妖避邪。若一个山寨、一座山林出现恶人、猛兽，祸害人畜生命，他们认为地脉太硬所致，请人在石头里钻洞打孔，钉铜针，用于震妖魔鬼怪，石头被奉于神

一眼千年

力，保佑族人平安。

它们中有的像牛头，有的像山羊头，有的似甲骨文，有些已经不是文字，而是一种信息符号，一种远古历史的缩影。

仅从书法角度来考量，笔墨运用酣畅雄厚，笔锋龙腾虎跃、雄健洒脱，笔力犹如剑出鞘、弓满张，笔画粗细恰到好处，淋漓尽致。

融入蓝天白云、青山绿水、民族风情间，升华成独具特色、内涵深厚的艺术作品。伫立静观，启迪心智，蓄养情操，以字寄怀，思索人生。

石刻文字与傈僳族建筑、净碗神柱、阿普神牛相映成趣。走进傈僳族的僻野乡村，如此深厚的文化氛围，寄予人大胆想象，给予人现实与神话的享受。

马可·波罗笔下的德宏

1271年,意大利一个名叫马可·波罗的17岁少年,随父亲和叔父自威尼斯出发,他们渡过地中海,横穿欧亚大陆,来到中国旅行。在元朝的17年间,他不仅遍游中国各地,而且到访过南亚和东南亚许多国家。700多年来,那本轰动全球的《马可·波罗游记》引发了西方人对东方的好奇和探险。东西方对他的游记、译本和研究的论著层出不穷,至今已成为一门显学。

翻阅史书,马可·波罗是首次向西方介绍德宏的西方知名人士,并引起了世人对德宏地区的关注和向往。

1287年,马可·波罗随元军征战缅甸,途经德宏地区,他在游记中记载了当时的见闻,描述了当地少数民族的军政大事和物产风情。他称金齿州(傣族地区)为"匝儿丹丹","离大理府后,西向骑行五日,抵一州,名称'匝儿丹丹',居民是偶像教徒,而臣属大汗。都会名曰永昌。此地之人皆以金齿饰,别言之,每人齿上作金套,如齿形式"。由此可见,当时的傣族已信仰佛教,而且有镶金牙的习俗。"金齿州,男子刺黑线纹于臂腿下,刺之之法,结五针为一束,刺肉出血,然后用一种黑色颜料涂擦其上,既擦,永不磨灭。此种黑线为一种装饰,并为一种区别标识。""其俗男子尽武士,除战争、游猎、养鸟之外,不做他事,一切工作皆由妇女为之,辅以战争所获之俘虏而已。"同时还记载了傣族爱吃生肉撒撇、男子抚养小孩、巫师作法时"响其乐而为歌舞"等风俗。

尤其值得一提的是,他真实地记述了当时元缅之间发生的

象队迎佛图

"小梁江之役"。"小梁江"即是今大盈江。当时缅兵6万余人,以象队为先锋,进犯德宏地区。元军将领纳速达丁奉命率1万多蒙古骑兵迎敌。来自北方大草原的战马和官兵从未见过如此巨大威猛的战象,竟吓得元军惊惶失措,不战自溃。元军统帅见状,下令退入丛林,以守为攻,用弓箭射杀大象。大象周身中箭,疼得乱跳狂奔,缅兵阵势大乱。元军飞身上马,趁势追杀,大获全胜。元军以少胜多,生擒战象200多头。

马可·波罗东方之旅已经过去700多年了,但他的探险传奇依然震撼着人们的心灵,激励着人们不断做出新的探索取得新的进步。将会有越来越多的人,走在由他所开辟的这条东西方交流之路上,并使之不断延伸拓展,越走越宽广、越走越平坦,超越时间、空间的局限,走向一个和谐的世界。马可·波罗是属于全世界、全人类的。

徐霞客与德宏的不解之缘

徐霞客（1587—1641），名弘祖，字振之，号霞客，江苏江阴人。他历经30年考察撰成的60余万字的《徐霞客游记》，是以日记体为主的中国地理名著，写有黄山、庐山等名山游记17篇和《浙游日记》《黔游日记》《滇游日记》等地方游记6篇。其中的《滇游日记》共13篇，涉及"蜀身毒道"在内的云南大部分地区，探索了龙川江、大盈江的源头。他深入傣族、景颇族地区，详细记述了八关九隘、四司九慰等与德宏密切相关的史实。

徐霞客对高黎贡山、龙川江、大盈江均做了记述："平行脊上，又二里余，有数家倚北脊，是为分水关，村西有水沿北坡南下，此为潞江安抚司后峡发源处矣。南转，西逾岭脊，砖砌巩门，跨度脊上。其关甚古，顶已中颓，此即关之分水者。关东水下潞江，关西水下龙川江。""龙川江发源于群山北峡峨昌蛮七藏甸，经此，东为高黎贡，西为赤土山。下流到缅甸太公城（杰沙西南），合大盈江。""大盈江有三源，一出赤土山，当即此矣，……"

徐霞客在《滇游日记》中还有一段关于景颇族的记述。他写道："生密树中，一见辄伐树乃可得，迟则树即存而子俱飞去成空株矣，故曰'飞松'，惟巅塘关外野人（明时对景颇族的带有民族歧视的称呼）境有之。野人时以茶、蜡、黑鱼、飞松四种入关易盐、布。其人无衣与裳，惟以布一幅束其阴，上体以被一方帱而裹之，不复知有衿袖之属也。此野人即茶山之彝，昔亦内属，今非王化所及矣。""惟茶山野人间从此出入，负茶、蜡、红藤、飞松、黑鱼，与松山、固栋诸土人交易盐布。"

《滇游日记》还详细记述了八关九隘："其北二日抵界头，与

上江对；其南一日抵南甸，与陇川、缅甸对。……八关自其西北斜抵东南，西四关属蛮哈守备，自西北而东南：一曰神护，二曰万仞，三曰巨石，四曰铜壁。东四关属陇把守备，自西南而东南：一曰铁壁，二曰虎踞，三曰天马，四曰汉龙。八关之外，自神护而出，为西路，通迤西，出琥珀、碧玉；自天马而出，为南路，通孟密，有宝井；自汉龙而出，为东南路，通木邦，出邦洋布；自铁壁而出，亦为南路，通蛮莫，为缅甸阿瓦正道。昔蛮莫、孟密俱中国地，自万历二十二年（1594年）金腾越道立此八关，于是关外诸彝，俱为阿瓦所有矣。"在徐霞客《滇游日记》中，提到了王骥三征麓川，提到了四宣九慰二副司。特别是在《近腾诸彝说略》所载，这是安定边境的时务策，较为中肯地阐述了德宏诸土司在安定边疆方面所发挥的重要作用。"正统以来，经略南彝者，设宣慰司六，御彝府二，宣抚司三，州四，安抚司一，长官司二。如勐养阴负于西，最为荒僻，而缅甸、八百、老挝，地势濒海，木邦、车里、孟密，又在其内，业非羁縻所可制驭，而近听约束者，惟南甸、干崖、陇川而已。"并敦促朝廷要重视对边疆的镇守，以除内忧外患。

《滇游日记》几乎占了《徐霞客游记》全书的一半，可见徐霞客对滇尤其是对大理、保山、德宏的记述在书中的分量有多重。苍山洱海下关风、易罗卧佛玛瑙永昌子、云峰温泉叠水腾越玉……远古的马帮用马背驮出了一条丝绸之路，而徐霞客则用他的双脚、他的笔丈量和记录了这条路上的地理环境、社会生活，为后世研究"蜀身毒道"提供了多角度的史实资料。

神奇的傣医药

上古时候，五谷和杂草长在一起，药物和百花开在一起，哪些粮食可以吃，哪些草药可以治病，谁也分不清。黎民百姓靠打猎过日子，天上的飞禽越打越少，地下的走兽越打越稀，人们就只好饿肚子。谁要生疮害病，无医无药，不死也要脱层皮啊！

在2000多年的历史发展过程中，傣族人民经过不断的摸索和实践，形成了独特的傣医药文化。被列为四大民族医药之一的傣族传统医药学，具有悠久的历史。据傣文史料记载，早在2500多年前，傣族就有了自己的医药。在长期的生产、生活实践中，傣族人民不断地同自然和疾病做斗争，通过认识、积累和总结经验，创造了独具本民族特色的传统医药学。傣医药是我国除汉族医药外的四大少数民族（藏族、蒙古族、维吾尔族、傣族）医药之一。

德宏地区民间就有傣医药的始祖，流传着这样一个故事："佛祖释迦牟尼时代，在傣王国的国土上，有一个神医，医术非常高明，为百姓和宫廷的国王、大臣所熟知，并给他冠名为季瓦戛医师。此后，许多人都拜他为师，大师的名声也不断远扬，各村各寨都奉他为医宗大师。他善于治疗各种疾病，医术超出了国土上的任何一个医师，凡是经他治疗过的病人，个个都恢复了健康，在群众的心目中，大师享有很高的威望。"正是因为他精湛的医术和人们心目中的威望，傣族人民才一致供奉他为傣族医药的医宗大师，季瓦戛的故事也一直流传至今。

傣医药学理论独特，内容丰富，"药食同源"便是其特色之一。"药食同源"指的是，许多食物即是药物，它们之间并无绝对的分界线，许多食物既是食物也是药物。地处北回归线以南热带湿润区的德宏，莽莽苍苍的原始森林中，珍奇的动物和地质资源孕育着丰富多样的药材。

傣药经采集标本和动植物分类学鉴定，目前已弄清科属种的植物药250多种、动物药30种，分属于160个种200个属，其诊疗方法分为3大类，用药方法14种，单方、验方500多个，其中有112个内科验方47个病种，有18个外科验方35个病种，有16个妇科验方16个病种，有4个儿科验方12个病种，有7个伤科验方15个病种，有5个五官科验方18个病种，有3个神经科和精神病科验方7个病种。

傣医药是傣族人民创造的优秀民族文化的一部分，深深地根植于傣族的社会生活中，其医学理论体系非常完整。受南传上座部佛教的影响，傣医药以"四塔（风、火、水、土）""五蕴（色、受、想、行、识）"为理论核心。

两千多年的历史进程，傣医药以其深厚的文化内涵和医疗效果，与傣族的佛教文化、雨林文化、水文化、饮食文化、竹文化、茶文化、土文化、农耕文化结合在一起，成为具有浓郁民族特色的民族瑰宝。近年来，随着国家对中医药民族医药的重视，先后发布了系列发展中医药的方针政策，大力扶持各民族地区中医药文化的传承和发展。我们的使命是守住傣医药文化的根、留住傣医药文化的魂。

明代边防

如果说北方丝绸之路上"一片孤城万仞山"的玉门关是春风难度的话，那么南方丝绸之路上的八关则是岁岁年年都被春风笼罩着，热带丛林把曾经的边陲雄关隐匿得无影无踪，只剩下饱经沧桑的"上四关"。

明万历二十二年（1594年），云南巡抚陈用宾为抵御外侵、威定边疆，奏请朝廷在中缅边境门户要道上修筑八个关口，并每关设守备一员戍守。

这八个关口分为上四关和下四关，上四关指的是神户关、万仞关、巨石关和铜壁关；下四关是铁壁关、虎踞关、汉龙关和天马关。关址全在当时中缅边境地势险要的山上，据险而立，易守难攻。每个关口还建有四五丈高的楼台和一些建筑物，如士兵的营房、水井等，使守关的士兵便于常年防守。

随着清王朝的巩固，对云南边疆的管理也逐步重视起来。乾隆四十五年（1780年），乾隆下谕在铜壁关、铁壁关等险要关内，择沿途要地增设隘所，分别在今腾冲市、盈江县、梁河县、陇川县境内设置"九隘"，由北至南分别是古永隘、滇滩隘、明光隘、大塘隘、止那隘、猛豹隘、坝竹隘、杉木笼隘、石婆坡隘。后来又增加了茨竹寨隘，但时间不长。这些"隘"在建制上比"关"小一个等级，因守卫的人员不多，没有大规模修建楼台之类的建筑，只是

"立木为栅"作为守地。"八关九隘"的设立，上四关中的铜壁关遗址对明清两代至民国云南边疆的安定起了重要作用。

到了清朝初年，清王朝忙于中原地区的巩固和管理，在高宗时丧失了天马、汉龙两关。后来中缅划界，虎踞、铁壁两关所在地又被划入了缅境。这样我国境内还有四个关留下（均在今云南省盈江县境内）。清朝灭亡后，士兵逃亡，这些关口的建筑开始损坏和倒塌。现在仅神户关还保存着部分城楼。近年来在德宏州盈江县铜壁关和巨石关发现了刻有关口情况的石刻，这些不可多得的历史文物，为研究古代边防情况增添了新资料。

边地土司五百年

中华人民共和国成立前的云南省德宏州区域内，是由十个土司分别统治的，他们是芒市、南甸、干崖、盏达、陇川、勐卯、遮放、户撒、腊撒九个土司和勐板土千总。这些土司的形成，起源于元朝，完备于明朝，清袭明制，民国时期虽推行了"改土归流"政策，但土司制度仍然延续。

三宣六慰

三宣六慰是指明朝在中国西南地区和中南半岛设置的管辖机构统称。三宣指南甸宣抚司、干崖宣抚司、陇川宣抚司，六慰指车里宣慰司、缅甸宣慰司、木邦宣慰司、八百大甸宣慰司、勐养宣慰司、老挝宣慰司。

明代西南地区设置的土司最多，"凡百夷聚居区，都设土司"。据《百夷传》载：百夷泛指云南三司治下白夷、漂人、古剌、哈喇、缅人、结些、哈杜、怒人、蒲蛮、阿昌等族群、部落。

永乐四年（1406年）又增设大古剌宣慰司，大古剌等处的土酋"乞设官统理"，明廷"以大古剌、底马撒二处地广，各设宣慰司"。同年增设底兀剌宣慰司、底马撒宣慰司。"自孟密以上，山多宝。蛮莫以下，地饶五谷。当国初兵力盛时，翦荆棘为乐土，易麟介以冠裳。"

正统十一年（1446年），朝廷对云南西南边境重新调整，改置"三宣六慰"，云南三司、三宣六慰置于其他诸土司犹如京城置于诸州府。

三宣六慰的范围除了国内部分外，大致还包括今缅甸、泰国北部和

老挝的中部，皆"滇中可以调遣者"。1531年后，莽瑞体建立东吁王朝。随着明朝国力势衰，东吁王朝日渐强大，明属三宣六慰土司纷纷归附东吁王朝。大体至清朝对云南改土归流时，缅甸亦开始对三宣六慰故地改土归流。

"三宣六慰"都是土司，即其长官都由当地部族或政权的首领世袭，内部自治，但经济上要承担朝廷的"征役差发"和"贡赋"，土兵（地方军队）要接受朝廷或上级的调遣。因地理位置的不同，这些土司又分为内边区和外边区两种，明朝对它们的统治方式和控制程度虽不相同，但它们都是明朝疆域的一部分。

十土司共治

元朝至元十三年（1276年），元朝廷升金齿安抚司为金齿宣抚司，立金齿六路，建六路军民总管府，六路即麓川路（今瑞丽和陇川）、平缅路（今梁河南部及陇川北部）、镇西路（今盈江）、镇康路（今镇康县）、茫施路（今芒市坝）、柔远路（今怒江坝），在六路之外并设南赕（今盈江北部），亦属金齿宣抚司。在六路一赕中，除镇康和柔远两路不属今德宏的范围外，其他五路基本包括现今德宏州的区域。至元六年（1340年），麓川路的思可法进一步发展壮大，遂建立了以今瑞丽为中心的"勐卯果占壁"王国，占据六路全部地方，并向外扩张，一度脱离元王朝统治，成了独立王国，直到元至正十五年

南甸宣抚司署

(1355年)，思可法战败后重新归附元朝，元朝廷重置平缅宣慰使司，恢复了土司制度。此后虽有动乱，但土司制度未受到严重破坏。明代洪武十五年(1382年)置平缅宣慰使司，是明代正式在德宏确立土司制度的时间。从这之后，永乐元年(1403年)设干崖长官司、正统三年(1438年)设芒市长官司、正统九年(1444年)设南甸宣抚司和陇川宣抚司，后在万历年间又设置勐卯安抚司和遮放安抚司，明末崇祯年间设盏达副宣抚司。至此，明代在德宏的土司制度就定型了。清沿明制，乾隆三十五年(1770年)，增设户撒、腊撒长官司。勐板在明万历二十一年(1593年)才授予千夫长职，清光绪二十五年(1899年)正式授予土千总职。

中华人民共和国成立之前，德宏地区由十个土司分别统治，他们是芒市、南甸、干崖、盏达、陇川、勐卯、遮放、户撒、腊撒九个土司和勐板土千总。这些土司的形成，起源于元朝，完备于明朝，清袭明制，民国时期虽推行了"改土归流"政策，但土司制度仍然延续。

南甸宣抚司署

南甸宣抚司署土司姓龚，原籍南京应天府上元县人。元大德五年(1301年)，皇赐姓刀，所以又称刀龚氏，1912年复姓龚，正式称龚姓仅四代有余。

刀氏先祖明初随师征讨云南，因屡建战功加封为宣抚使，定居于此，历时552年，世袭为官共28代。

南甸宣抚司署，坐落在梁河县城遮岛镇，建于清咸丰元年（1851年），是目前云南保存最完好的土司衙门。1996年11月27日，被列为全国重点文物保护单位。国家文物主管部门计划，将使其成为"中国土司制度陈列专馆"，遵循"有效保护、合理利用、加强管理"的文物保护方针，加强管理和修复，让土司制度的活化石永久传于后人。

南甸宣抚司署建筑群，按汉式衙署式布置，由一进四堂五院和南北厢房、10个旁院落、24个花园及戏楼、胭脂楼等共47幢149间房屋组成，占地面积10625平方米，是典型的古代宫殿式建筑，按土司衙门等级分为公堂、会客厅、议事厅、正堂、后花园，五进四院，逐级升高，可谓"层层院进八方通，幢幢殿阁殿中殿"。

梁河最早的古名叫南宋，元代设南甸军民总管府，南甸这个地名从此叫起。为什么要叫南甸呢？因元、明、清时代，该县隶属腾越州（今腾冲市）节制。"南"是指位于腾冲南部而言，"甸"是指郊外坝子，所以叫"南甸"。宣抚使是封建时代中央政权在边疆设置的统治政权机构，分宣慰司、宣抚司、安抚司三等。宣抚司是武职，他具有生杀大权，相当于地方的土皇帝。南甸宣抚司平时级高七品，即县官之职，但在特殊情况下，可以随官而升，如接待上司或邻邦交往，可随对方官衔而提高，最高可达四品官，也就是当地老百姓说的"见官大一级"。一进公堂后有麒麟屏风，就是四品官之象征。所谓司署，就是衙门，署内除了办公外，兼有住宿及所需要的附属建筑物等。傣语称"贺弄召发勐底"，意即勐底头人的大房子。

南甸宣抚司署建设由三代人完成，从1851年至1935年间，用了84年的时间，如此宏大的古建筑群，在全国土司署中属于前列，人们称它为傣族的"小故宫"。

五进四院逐级升高，周围另有24间耳房、花园、佛堂、戏楼、小姐楼、用人住房、厨房、粮库、马房、军械库、监狱等建筑应有尽有，而且各有用场。

第二章
触摸绚丽的风情

在德宏这块美丽神奇的土地上，傣族、景颇族、阿昌族、傈僳族、德昂族五种少数民族是这里的世居民族。在几千年的历史长河中，他们创造了辉煌灿烂的民族文化。

如果用一个词来描绘德宏绚丽的民族风情，那就是"多姿多彩"。傣族、景颇族、阿昌族、傈僳族、德昂族等各少数民族千百年来共同创造的五彩缤纷的文化艺术，在静态保护和活态传承中璀璨绽放，散发着迷人的文化魅力。

非遗书写的历史

人类在悠久的历史中创造了灿烂的文明,有大量值得珍藏的文化财富,其中之一就是非物质文化遗产。

非物质文化遗产,是一个民族古老的生命记忆和活态的文化基因,更是一个国家和民族历史文化成就的重要标志。它不仅对于研究人类文明的演进具有重要意义,而且对于展现世界文化的多样性具有独特作用,是人类共同的文化财富。与那些固定成型的物质文化遗产不同,非物质文化遗产是人类世代相传、口传心授、活态的文化遗产,体现着民族的智慧和精神,是一个民族古老的生命记忆和活态的文化基因。

长期以来,德宏州高度重视非物质文化遗产保护工作,持续开展民族民间传统文化传承保护工作,已经发掘、抢救、整理了一批少数民族非物质文化遗产项目,非物质文化遗产项目传承保护工作取得了阶段性成果,一大批濒临消亡的民族民间传统文化项目得到了切实有效的保护。截至目前,德宏州共有1项联合国教科文组织的人类非物质文化遗产代表作名录,国家级非物质文化遗产代表性项目14项,省级非物质文化遗产代表性项目23项,州级非物质文化遗产代表性项目101项,县(市)级非物质文化遗产代表性项目112项。

剪纸艺术

德宏州省级非物质文化遗产名录

阔时目刮

"阔时目刮"是傈僳语，汉语为"春节调"，是一种叙事长诗体，民文5字一行，近万行，汉译文有5700行。"阔时目刮"是傈僳族人民在过新年春节，即阔时节时唱的调子，一般在每年农历正月初九、初十。节日由来：据说是为了缅怀明朝年间和边民同守疆土而被奸臣谋害的兵部尚书王骥。节日这天，傈僳同胞身着盛装汇集到节日的广场，手拉手围成圈，跳嘎（三弦舞）庆祝，"阔时目刮"调就是在这时演唱的。

阿昌族民歌

阿昌族民歌是阿昌族人民日常生产、生活中传唱的一种歌谣。它种类繁多，形式多样。阿昌族民歌的社会功能体现在它在社交活动和娱乐中的作用，它既是一种文化，又是文化的载体。包含丰富文化内涵的民歌是阿昌族人民多少年来感情与心灵共鸣曲的积淀。阿昌族民歌分为四个部分，分别为："蹬窝罗"舞蹈歌；阿昌山歌、情歌，叙事歌，祭祀歌。

阿昌族舞蹈"蹬窝罗"

阿昌族舞蹈"蹬窝罗"的起源，在阿昌族群众中有两种传说。

第一种说法：远古时阿昌族的先民处于狩猎时期，生产力极低，靠打猎为生。有一天，本部落的男人互相邀约起来出山打猎，中午获取了猎物，大家一边剥兽肉，一边烧起火塘烤兽肉吃。其他部落来了几个人，观看这种热闹场面，本部落的人就把烤熟了的兽肉敬送给他们吃。吃过兽肉，大伙就围着火塘欢快地唱跳。主方就唱出了候承调"当勐蜜"（即询问客方的部落和姓氏名称）。主方为了尊敬客人，还用"窝罗……"（即"快围拢过来"的意思）的邀约声，请客人加入舞队行列。然后主人不断提问，客人一一对答。久而久之，这样的形式就发展成为内容、形式都比较相对固定的大型歌舞"蹬窝罗"了。

第二种说法：阿昌族把人类编天织地的两位创始人称为"遮帕麻和遮咪麻"。他们在编天织地，给人类带来了幸福和光明。以制造灾难为乐趣的魔王腊訇，造了一个假太阳，使大地一片混乱，昼夜不分，毁灭了人类的幸福生活。遮帕麻和遮咪麻为了子孙后代，勇敢地和妖魔战斗，并用弓箭射落了假太阳。最终，设计降服了万恶的腊訇。此后，遮帕麻和遮咪麻造的太阳和月亮又正常地运转着，他们亲手编织的山川河流又重新展现了生机。人们为了纪念两位祖先的恩德，白天男耕女织，晚上烧起火塘唱歌跳舞。后来发展为每逢红白喜事、起房盖屋、访亲候客、过年过节都要"蹬窝罗"。

景颇族刀舞

景颇族刀舞，景颇语称"闪欠戈"，是景颇族民间舞蹈中具有代表性的舞种之一，是刚劲有力的男性舞蹈，不受时间、地点、舞者人数限制，在节日庆典和庆丰收、婚嫁、进新房等喜庆日子特别盛行，也可用于强身健体。表演形式分"单刀""双刀"两种。表演时多采用蹲式、跳跃式及快速灵活移动脚步，挥刀有劈、砍、斩、扫、撩等，双手舞刀更是如轮转动，刀光密集，左右无缝，进退自如。表演者在双面鼓、象脚鼓、铓、锣、竹笛的伴奏下，踩着欢快的"文蚌桑

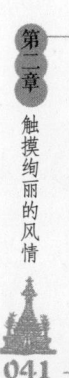

苹"乐的旋律，执刀起舞。表演套路主要有三步、五步、七步、九步、十三步等。

傣族传统制陶技艺

据《百夷传》载，百夷"所用多陶器"，史料上也屡见傣族制陶的记载，制陶作为一种家庭手工业在傣族社会中已有悠久的历史。

陶器的器型有罐、甑、锅、壶等，过去都是傣族日常使用的生活器具。无论任何器型，都依据以下的制作程序：首先将牛皮（或竹席）铺在地上，将取来的胶泥用木槌击打，同时掺入适量筛洗好的细沙，将胶泥和细沙击打均匀。原料制好后，放在阴凉处备用。将一头削尖的竹筒插入地下，然后把转盘放在竹筒上，这样就可通过手动转动转盘，制作陶器时根据器物的大小，取适量胶泥捏成团，放在转盘上，一边转动转盘，一边调整器型，口沿、耳、提、把、流等附件用扁长泥条捏制而成。器型基本完成后，用卵石击打内壁，用木拍击打外部，使器壁厚薄均匀，同时要击打底部，使之平整。器物做好后，趁未干时用木模块拍出纹饰，纹饰有叶脉纹和小斜格纹两类。拍好纹饰后移到通风背阴处晾干。

陶器经两三天晾干后，就开始烧制，烧制仍使用新石器时代的露天烧造法。选取一平坦通风的场地，在地上铺一层15厘米的稻草，放上干牛粪，再把陶坯依次一字排开放置，较小的陶器可放置于大陶坯上，一般堆放不超过三层，一次烧制的陶坯数量在100—150个之间，在陶坯上再覆盖上稻草和干牛粪，最外层又铺上灶灰，即可点火烧制，时间为一整夜，8—10小时。由于为露天烧制，温度不易控制，所以每批陶坯中总有一些因温度不够出现生烧，坯子呈灰色或灰黑色，而所受温度较好的陶坯则被烧成赭红色，古朴美观。

傣族银器制作技艺

傣族银器制作工艺是流传在傣族民间中的一朵独具魅力的工艺之花，它是傣族人民思想纽带和勤劳智慧的融合。

傣族银器制作工艺历史悠久，最早见于本民族婚嫁饰品。后经宗教文化、中原文化及其他民族文化的影响，逐步充实和发展。历经数代傣族民间艺人的实践，积累了一套完整的傣族银器制作工艺实用技术。芒市傣族银器制作工艺主要是以手工制作为主，制作比较灵活，可根据顾客需求，制作出不同的银器饰品。特点是制作精细、刻划细腻、形象逼真，与内地和其他民族的制作工艺不同。银器制作的原材料为银块或废旧的银制品。辅助材料有胶土、木炭、锯木粉末等材料。工具有：熔银炉、风匣、手锤、手钳、工作台案、虎钳、喷枪、焊枪。量具：戥子、卷尺。此外，还有大小铁皮剪、圆规、角度尺、铅、平头砧子等工具和材料。

景颇族织锦技艺

景颇族传统纺织工艺采用的是古老腰织机技术。这种古老的腰织机纺织工艺最早在西汉时期古滇人贮贝器上就有反映，当时纺织技术采用原始踞织机技术，织者席地而坐，脚缠背皮，用力绷紧经沙幅，用手进行松经、开口、引纬、打纬、卷布等工序。历经几十年之后，这种纺织工艺仍完整保存在景颇族的纺织工艺中，此项技术何时为景颇族掌握，确切时间无从考证，但在景颇族创世史诗《目瑙斋瓦》中提到景颇族是在"潘格来遮能代"的时代，也就是人类出现以后第七代的时期，人们才会种棉花、捻线、织布，这个时代与唐代樊绰《蛮书》记载相近，其《蛮书》载"自银生城、柘南城、寻传、祁鲜以西，蕃蛮种并不养蚕，唯收婆罗树子，破其壳，中白如柳絮，组织为方幅，裁之笼头，男子妇女通服之"，说明景颇族先民"寻传"人早在唐代以前就已掌握此项技术，并已大量用于生产，而且依据自己喜好，形成本民族装束。

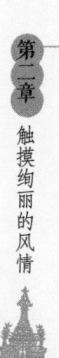

傣族关门节、开门节

"毫洼"与"敖洼"系德宏傣语，意分别为"入夏安居"和"出夏安居"，分别俗称"关门节"和"开门节"，分别在傣历9月15日（农历六月十五日）和12月15日（农历九月十五日）举行。活动持续三个月。它是11世纪南传上座部佛教传入德宏傣族地区后产生并逐渐发展、兴盛起来的一种佛事活动。相传每年傣历9月佛祖往西天讲经，为防其间佛徒外出扰民生事，便将所有佛徒集中在寺中三个月并规定不准外出只能静守寺中诵经赎罪。实质是因适逢雨季农闲期，佛教便利用这段时间集中信众进行念经拜佛等一系列宗教活动。发展至今，已演变成为德宏傣族民间每年最隆重的佛教盛事。其间，民间停止一切重大的俗事活动，要进行静心持戒、听经坐禅、诵经赎佛、反思忏悔等一系列的宗教仪式以及隆重的庆典集会活动。

阿露窝罗节

"阿露窝罗节"是阿昌族的重要民族传统节日，是阿昌族人民在征战、狩猎、农耕和手工劳动等长期生活习俗中形成的，以祭祀、歌舞为主要活动内容，涵盖历史、宗教、民俗、艺术等重要文化信息的传统民间文化活动。

阿昌族"阿露窝罗节"是1993年德宏州人大常委会根据阿昌族干部群众的要求，把梁河县阿昌族的传统节日"窝罗节"与陇川县阿昌族的传统节日"阿露节"统一称为"阿露窝罗节"，定于每年的3月20日举行，活动为期两天。

"窝罗节"源于阿昌族的"蹬窝罗"（跳窝罗舞）习俗。"蹬窝罗"习俗的形成是一个不断发展演变的过程。"窝罗"为"哦罗"，是阿昌族在狩猎生活中形成的"呼应词"，逐渐发展成庆祝捕获猎物的原始歌舞"手舞之，足蹈之"，又发展到原始自然崇拜的"感谢山林之神赏赐猎物"，直至发展成为今天的融祭祀、宗教、民俗、手工艺、歌舞、器乐等民族文化艺术为一体的传统节日活动。

户撒乡新寨贺姐村阿昌族传统文化保护区

新寨、贺姐属户撒乡腊撒村委会，两寨合计有71户，361人，均为阿昌族。两寨位于户撒坝子西面，背靠山坡，前临公路，公路南面为稻田，户撒河从稻田间川流而过；北面有曼胆河、腊撒河的溪流穿过，流入户撒河。曼胆河南面有水库，村寨的灌溉及生活用水充足。村寨坐北朝南，南面有大片天然草场，风景优美；处于陇川县至盈江县的公路边，交通便利，区位优势明显。

大等罕傣族传统文化保护区

大等罕傣族传统文化保护区位于德宏州瑞丽市姐相乡政府驻地西南1.5千米，东经97°43′37″—97°44′26″、北纬23°54′28″—23°55′00″。距瑞丽市区19千米，是瑞丽市最大的傣族村寨之一。平均海拔在757.2米，东邻广布、姐相弄，西靠弄沙、贺赛，南接弄红、勐丙东，北连勐丙垒、弄仙，东北与缅甸毗邻。土地面积2.4平方千米，下辖6个村民小组。这里地形低平，北高南低，沟渠纵横，湖塘星布。绿竹丛中，竹楼幢幢，锌瓦竹篱，别具特色。坝上水塘沼泽，小桥流水人家，波光竹影，荷花吐艳，别具田园风光。

三台山德昂族传统文化保护区

芒市三台山乡是全国唯一的德昂族乡，辖4个行政村，26个自然村，距芒市城区30千米，位于芒市西南侧，320国道由东北向西南贯穿而过，是州府芒市至瑞丽口岸的必经之路。德昂族早期历史无确切的文字记载，史学界多认为汉晋时期的永昌濮人、隋唐时期的茫蛮部落和元明时期的蒲人是现今佤族、德昂族、布朗族的先民。

目瑙纵歌之乡

目瑙纵歌之乡——陇川，地处德宏州西南部，位于北纬24°08′—24°39′，东经97°39′—98°17′之间，东邻芒市，南连瑞丽市，北接梁河、盈江两县，西与缅甸毗邻。土地面积1873平方千米，山区面积占77.53%，坝区面积占22.47%。境内最高海拔2618.8米，最低海拔780米。地处低纬度地带，属南亚热带季风气候，干湿两季分明，光照条件好，雨量充沛，平均气温19℃，年降雨量1575毫米，适宜多种作物生长，易排灌，是优质稻滇陇201、甘蔗主产区。全县森林覆盖率为61.3%。地形为西南走向，东北高峻，西南低平。

葫芦丝之乡

梁河，古名南宋，西汉时期属益州不韦县，东汉时期属永昌郡哀牢县。从元置南甸路军民总管府起，开始成为一个独立的政区。明设南甸宣抚司。清袭明制。民国时期土流并设，先后设置八撮县佐和梁河设治局。中华人民共和国成立后的民主改革中土司制度才被最终废除。从元朝至元二十六年（1289年）设军民府至1950年，南甸土司历史为661年。

梁河傣名勐底，意思是"大盈江下游的地方"。据《腾越厅志》卷三载："大盈江，又八十里通南甸小梁河"，《中国历史地图集》（云南地区）第八册，清代标注现境大盈江为"小梁河"。1932年8月29日由腾冲县八撮地方改设梁河县设治局，驻所大厂。梁河因此得名。1950年5月6日梁河解放，成立梁河县各族行政委员会。1952年5月25日成立梁河县。行政委员会和联合政府隶属保山公署。遮岛被沿用为县政府驻地。1956年改属德宏傣族景颇族自治州。

孔雀舞之乡

瑞丽市傣族民间舞蹈历史悠久，源远流长，它的产生、演变和发展与其悠久的历史和独特的文化传统有着密切的关系。据文史资料记载，傣族的孔雀舞早在两汉时期就已经出现了，并世代绵延，盛传不绝。孔雀舞现在已发展成独具特色，具有地域性和艺术性的有较大影响的舞蹈，它具有广泛的群众基础，既有专职的艺人，也有兼职的民间艺人，有男性也有女性，有傣族也有其他民族的舞蹈爱好者。在传承过程中，既有名师办班，也有子承父业的家族式传承，给瑞丽的孔雀舞发展提供了动力。现有一些孔雀舞跳得好的前辈纷纷收徒传艺，把他们的舞蹈传给年青的一代。也有一大批青年加入学习傣族民间舞蹈的行列，形成了一代又一代对孔雀舞的不懈探索和追求的良好传统。

三弦琴

三弦琴，傣语为"玎散赛"或"玎傣卯"，为水傣弹奏。据调查，该琴始创于500年前。原始的三弦琴具有优美、柔和、清脆而动听的独特音色，但音量小，音域也窄，乐器仅限于自娱性，多用于年轻小伙子表达对小姑娘的爱慕之情。多年来，三弦琴经过不断改进，音量扩大、音域也相应扩宽，发展为用于婚事、庆典和各种节日活动的演奏形式。

演奏姿势与方法：演奏姿势分为坐姿和立姿两种。坐姿：席地而坐，左手握琴杆，共鸣箱压在腿上，把弹片捆在右手食指上，这样避免弹琴时弹片滑落，琴身与人体夹角为70°—80°，右手指上下滑动触弦，可发出各种声音。立姿演奏时将琴抱于胸前弹奏，方法同上。弹奏的技法主要有弹拨，以勾、挑、轮奏使其乐声千变万化，别具特色，音色清脆悦耳。

光邦鼓舞

"光邦"是傣语，是一种鼓具的名称。鼓体呈圆锥状，鼓身长一米左右，一般采用楠木、攀枝花等木材和小母牛皮制成，鼓的两端系有一条绸带，便于表演者跨于颈上。

"光邦"表演队实质是一种配铓、镲三人为一组，由多个小组组成的鼓舞表演队。表演时，右手手掌拍击左边鼓面，右手执一小棒擂击右边鼓面，似有低音和高音混合，鼓音相互衬托、相互铺垫。同时，双脚形成左、右脚前后踏进，似有欲进不进、欲退不退的脚步拍子，再加上铓、镲的配合，富有变化的五种鼓点节拍的鼓击形式，使得在表演上有一种独特的古朴韵味，气势磅礴豪迈，洋洋洒洒，极富热情、情绪高昂的感染力，具有颇高的观赏价值。

阿昌族织锦技艺

阿昌族织锦历史悠久,明清时期,就已有史料记载。纺织是阿昌族妇女必备的技能,女孩长到十二三岁就开始从母亲或祖母那里学习织锦。阿昌族有"一天要织三机布,一夜要登布三机,织到鸡叫放下刡,打个哈欠做饭去"的民谣。阿昌族的织锦从浆线、纺线、制经、上线到织锦,均采用传统的手工艺方法,工艺复杂,需掌握高超的纺织技艺和复杂的纹式图样。阿昌族织锦从织物结构上分有纬锦和经锦两类。纬锦主要用于做阿昌族妇女的筒裙和绞角(绑腿),经锦主要用于做阿昌族妇女结婚时必备的花腰带。

傣族叙事长诗"阿銮"

阿銮系列叙事长诗是傣族文学中的一种独特的文学现象,就是这一过程中孕育出来的优秀系列长篇叙事诗。它的来源:一是来自佛教的《本生经》;二是来自傣族神话传说及社会的现实生活。主要有四个方面的内容:一是揭露传统阶级的残暴,歌颂人民的反抗精神;二是赞美勤劳勇敢的美德,表达人民追求美好生活的愿望;三是赞美坚贞的爱情和真挚的友谊,谴责欺诈行为和各种邪恶现象;四是支持正义战争,反对不义战争。阿銮系列叙事长诗在傣族社会里一代一代流传着,它对傣族人民的传统礼仪、社会道德的创建和传承起着重要的启示和促进作用。阿銮是傣族心目中的英雄,是佛陀的化身,其在傣族人的心目中占有极其重要的位置。

景颇族吹管乐

　　景颇族在长期的生产生活实践中创造了丰富多彩的民间乐器、音乐、舞蹈，这些传统音乐、舞蹈、乐器植根于本民族丰厚的历史文化，具有深厚的文化底蕴，并表现出自身存在的价值，展现出景颇族人民杰出的文化艺术创造力，然而受生活环境的影响景颇族乐器多为木制和竹制，每一种乐器都有各自曲调，各地区吹奏的曲调大同小异，在结构、调式、旋律上都基本相同。景颇族乐器较多，主要分吹管乐器、弹拨乐器、打击乐器三类，传统的吹管乐器有勒荣、洞巴、散比（笛子）、吐良、科瓦、比笋、锐作、颇哈桑比、巴扎等；弹拨乐器有三弦、口弦等；打击乐器有大中小铓和钗、木鼓、象脚鼓等。然而，这些乐器在演奏时是相辅相成、相互配合演奏的。

傣族木雕

　　傣族传统木雕技艺是傣族传统文化的重要组成部分，是傣族人民集体智慧的结晶。傣族传统木雕已深入傣族精神生活，几乎村村寨寨的奘房都要有宗教仪式中使用的木雕作品。傣族传统木雕广泛使用于建筑、佛教造像、传统祭祀、实用器具等领域，代表性的作品形式有泼水龙、佛教故事雕版、佛龛、神像等。其作品风格独特，民族风味浓郁，造型庄严古朴、传神。在吸收东南亚木雕艺术特色的基础之上，尤其注重实用性和装饰性的结合。表现形式大多采用圆雕和浮雕，而佛龛、经架等则大多采用平面透雕。

傣族果雕

　　傣族在佛事、丧事活动中制作果雕作为供品的传统一直沿袭至今。傣族果雕是傣族民族民间美术的重要组成部分，寄托了傣家人对佛的虔诚和对美好生活的向往，反映了傣族的审美情趣，充分显示了傣族人民的聪明智慧、非凡的艺术才能和丰富的想象力，对研究佛教艺术和民俗有较高的价值。果雕制作通常是以一种水果为主料，采用一二种适当技法镂刻图案，再配插绿叶、鲜花、糯米花串等辅料，最后装盘待送。通常在水果表面所刻图案以花、叶为多，还有佛、鸟等。刻纹有各种平行斜线、弧形锯齿纹、圆环纹、凹凸曲线，刀刻效果极像剪纸，被誉为多彩的傣族立体剪纸。

傈僳族服饰

傈僳族的服饰，带有明显的地方色彩，可谓是五彩缤纷、百花争艳，令人眼花缭乱，尤其是傈僳族妇女的盛装，表现出千姿百态、色彩斑斓的风采。长衣围腰过膝，以五色面料拼绣而成，多以花边镶边，发编辫盘头上，外加蝶形包巾。包巾尾部用彩色布料拼绣，绣有各色图案，留尾须系以料珠、银泡，有数根项珠（链）垂挂，多为玛瑙、琥珀以至银、玉器串成。小腿有彩布黑边的脚套。男装一身青黑，短衣对襟，细扣密集，有的用小银币、镍币做纽扣，大裆裤，长及膝，以红色、白色线绣边。上衣外加前短后长的白褂。已婚男子喜加黑色短褂，头裹青黑大包布，挎刀扛弩，甚是威武。

傈僳族服饰手工技艺是中华民族服饰文化的重要组成部分，体现出傈僳族对服饰文化的独特审美追求和鲜明的个性特征，是边疆民族服饰文化的"活化石"，对边疆民族的发展和演变提供可靠信息，具有极高的研究价值。

一场与水的狂欢

这个富有悠久历史内涵和浪漫色彩的节日,就像有关它的故事传说一样美丽、动人,令人陶醉;那迷人的传统习俗,犹如亚热带原始森林一样神秘,令人向往。

怒江碧练舞轻纱,卷动青螺过傣家。

自古春归偕泼水,中缅欢声射滢花。

如果你想有一次说走就走的旅行,请你记住德宏傣族景颇族自治州这个美丽的节日——泼水节。

傣族,是水的民族,认为水是圣洁的,水不但能冲刷一切污秽,驱走一切妖魔鬼怪,还能消灾除病,给人带来吉祥、幸福。"泼"水就是把吉祥、幸福的水奉献给对方。因此,傣族互相泼水时,十分文明礼貌,在征得对方同意后,才用花枝或手蘸水轻轻浇洒,或是从脖颈淋下去,然后用手轻轻拍拍肩臂,祝福平安、幸福,以示尊重。男女青年则通过泼水表示爱慕,传递爱情。

4月,祖国的北方刚卸去银装,冬寒未尽,孔雀之乡——德宏却早已百花盛开,春意盎然。傣族的泼水节恰在这个鸟语花香的季节——清明节后第七天举行。泼水节是傣族最盛大的传统节日,在这万物争春的佳节里,傣族男女老少都要穿上节日的盛装赶大"摆",举行浴佛和互相泼水祝福。白天城乡各地处处吉祥水花飞舞,笑语连天,一片欢腾;晚上村村寨寨唱傣戏,嘎秧弄,放孔明

灯，彻夜不眠。大泼三天，小泼七天。

　　泼水节是个欢乐、吉祥、隆重的节日，在傣族中流传着许多与泼水节有关的优美神话传说。相传，远古时代，在傣族居住的勐巴娜西，有一个凶恶的魔王，它残害生灵，作恶多端，给傣族人民带来了无穷的灾难。他神通广大，无人降伏得了他。魔王抢来七个美丽、善良的姑娘做他的妻子，妻子们对他的作恶多端恨之入骨，她们商议着除掉魔王。聪明的第七个妻子，向魔王说甜言蜜语，用酒灌醉了魔王，并从魔王口中打听到他致命的弱点。夜里，等魔王熟睡后，七个美丽的姑娘，拔下魔王头上的一根头发，勒住他的脖子，魔头滚落地下，魔王一命归西。但魔头一落地，地上就燃起熊熊烈火，无法扑灭。她们又把魔头抛入河里，顿时江河湖海，腐水横流，泛滥成灾，继续祸害着人间。七个善良的姑娘，只好轮流抱着魔头，不让魔头落地，她们相约每年傣历6月在春暖花开时节轮换交接。傣族人民为了感谢这七位美丽、善良，为民除害的妇女，

泼水节

就把她们交接的这一天叫作"赏建"。每年到了这一天人们都要浴佛赶"摆"、送旧迎新、相互泼水，意思是用清吉、吉祥的圣水为这七位妇女洗去身上的血污，洗除疲劳灾害，表示感激和祝福，祈求人间来年幸福吉祥、期盼风调雨顺、五谷丰登、国泰民安。

中华人民共和国成立后，久负盛名的古老泼水节，重新焕发出生机。1984年4月，德宏州第八届人民代表大会第一次会议通过，决定每年清明节后第七天为德宏州傣族泼水节的法定节日。

泼水节是全面展现傣族水文化、音乐舞蹈文化、饮食文化、服饰文化和民间崇尚等传统文化的综合舞台，是研究傣族历史的重要窗口，具有较高的学术价值。泼水节展示的章哈、白象舞等表演能给人以艺术享受，有助于人们了解傣族热爱自然、爱水敬佛、温婉沉静的民族特性。同时泼水节还是加强德宏州各族人民大团结的重要纽带，对德宏与东南亚各国友好合作交流，对促进全世界社会经济文化的发展起到了积极作用。

泼水节

目瑙纵歌——来自天堂的舞蹈

鼓声响起脚板痒,哦然声声跳纵歌。

相传在远古时代,目瑙纵歌是太阳王宫里的舞蹈,人类都不会跳,只有太阳王的子女才会跳。太阳王占瓦能桑派遣使者毕作锐汤,即目代,邀约地球上的生灵参加太阳王举行的目瑙纵歌——占目瑙,于是地球上所有的飞鸟相约赴会,群鸟与太阳宫的众神一起欢跳隆重的占目瑙,回来后并把这种舞蹈传授给人类。

在景颇族的民间传说中,目瑙纵歌的产生,与人类起源一样古老。目瑙纵歌节是景颇族最盛大的传统节日,流传于云南省德宏傣族景颇族自治州的景颇族聚居区。

在景颇语中,"目瑙"为景颇支系语,"纵歌"为载瓦支系语,合起来的意思是"大伙跳舞"。"目瑙示栋"上有螺旋式、波纹式、回旋式图案,形象地述说出了景颇族祖先因气候、环境生态承载力、战争等原因,为了部族的生存和发展,为了"寻找好地方"而进行向南方大迁徙的征程,跋涉金沙江、雅砻江、怒江、澜沧江、迈立开江、恩梅开江、伊洛瓦底江等河谷,历经千辛万苦所经历过的漫长、曲折、饱含辛酸的迁徙之路。这些图案既是景颇族先民自喜马拉雅山跋山涉水艰辛南迁的形象迁徙图景,又是景颇族子孙循祖先足迹进行"目瑙纵歌"时的舞步路线图。

每年的农历正月十五、十六,德宏地区的景颇族同胞迎来一年中最热闹的时刻,来自四面八方的民众齐聚在一起参加一年一度的目瑙纵歌节。举行开幕式时,由祭司完成的剽

牛等仪式性活动。仪式结束，礼花炮和火炮响起便预示着节日正式开始，跳目瑙纵歌舞是最重要的表现形式，也是最吸引人的活动。伴随着鼓声、锣声和节日特播的各种景颇族歌曲在舞场中响起，提早就排好队的人们便尾随着排成两列纵队的四个身穿龙袍、头戴孔雀翎的长者"瑙双"一起进入舞场，四位"瑙双"祭拜了"目瑙示栋"（绘有目瑙舞蹈路线的图谱，也叫景颇族的迁徙路线图）后便和大队伍分开单独跳，大队伍由排成两列纵队的八男八女的"瑙巴"带领着跳，形成一个巨大的圆形。数万人踩着同一个鼓点起舞，沿着祖先迁徙的路线图跳，时而穿插，时而环绕，进退有序，队形随着鼓点的变化而变化，毫不紊乱，规模宏大，震撼力极强。

目瑙纵歌舞场

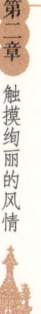

　　跳舞时着盛装的男女也分成两列纵队，男子手中银光闪闪的长刀上下舞动，女子手中轻盈的扇子或手绢随风飞扬，还有女子衣服上、男子筒帕上银泡耀眼夺目铮铮作响，为节日增添了不少气氛。舞者完全沉浸在一种陶醉和忘情中，忘却了烈日当空、人员拥挤，口中情不自禁地唱出"哦……然、哦然、哦然……"的欢呼声，场面蔚为壮观。

　　目瑙纵歌盛会已经成为促进景颇族各支系成员沟通与交流的纽带。2010年德宏举办的国际目瑙纵歌节，邀请国内景颇族代表，主要来自怒江和临沧市，同时，也邀请国外景颇族代表。2012年2月6日，中国德宏景颇族国际目瑙纵歌节中产

生了"世界最大规模景颇族千人刀舞""世界最大规模景颇族目瑙纵歌节万人之舞"两项世界纪录。

"目瑙纵歌"这条民族文化的河流，从高高的日月山流来，流过了昨天和今天，还要浩浩荡荡向明天流去，然后激起更加灿烂的浪花。

德昂族——古老茶农

你是否听闻,把茶叶当自己祖先的民族?

在德昂族人最朴素的观念中,自己的祖先是茶变的,就连星辰日月、世间万物都是茶变的。茶是神圣的,每逢开山采茶都必须虔诚祭祀,祭茶就是祭自己的祖先,就是乞求祖先保佑族人平安和年年丰收。德昂族被誉为"茶的民族""古老的茶农"是当之无愧的。

德昂族是我国西南边疆最古老的民族之一,起源于古代的濮人,唐宋时期被称为朴子、茫人,元明时期被称为金齿、蒲人,清代史书称之为崩龙,中华人民共和国成立后沿用了这个名称。根据本民族人民的意愿,1985 年 9 月 21 日起更名为德昂族。

德昂族被称为"古老的茶农",有着悠久的种茶历史,如今许多千年以上的古茶树,几乎都和德昂族有关。在生活中,茶一直是德昂族人的必需品,既有精神层面的需要,也是日常生活的必需。提亲说媒,讨亲嫁女,茶是首要的定情之物。走亲串戚,拜会亲朋好友,礼篮里都要装有茶,否则便是失礼。真可谓以茶为媒,以茶为礼。茶成了情感的纽带,精神的桥梁。日常生活中,吃茶是德昂族人的一个古老习惯,吃法也是多种多样。可采鲜叶腌制当咸菜吃,可做凉拌菜吃,可做炒菜吃,还可以烀鸡煮肉吃。就是冲茶吃,也别具一格,在火塘边用土罐烤焙茶叶,直到烤得恰到好处,泛出一股特殊清香时,以涨水注入,发出一声响,清香四溢,习惯称之为"雷响茶"。这茶又浓又酽,茶汤黏稠拉得起丝,往往只

能用极小的杯盏，谓之"牛眼杯"，吃多了是会醉人的。德昂族制茶的方法很多，但最独特的是"酸茶"的制作。这制作方法非常古老而神秘，已流传千年，族人恪守核心技术不能外传的祖训，所以至今外人也难掌握其中最关键的奥秘。

　　茶与德昂族人的生活息息相关，在历史进程中德昂族人对茶的运用与开发，认识与理解超越了其他任何民族，所以在德昂族中产生的创世史诗《达古达楞格莱标》显得非同寻常。史诗讲述了一个关于祖先的美丽故事，并认为自己的祖先就是茶叶变成的。史诗是这样说的：远古之初，整个大地烟雾腾腾，寸草不生，一片混沌。天上的茶树，为拯救大地，由天而降，落到大地，化而为人，并与恶魔做了顽强的斗争。经过漫长的斗争，终于取得了胜利，最后大地才有了江河湖海，才有了绿水青山，才有了日月星辰，才有了四季更替的风调雨顺，从此有了人类。

　　一部史诗《达古达楞格莱标》通篇以茶贯之，并视茶为自己的祖先，在世界各种创世史诗中，这是绝无仅有的。今天《达古达楞格莱标》仍是一部闪烁着奇光异彩的文学宝典，仍是我们研究德昂族发展史和茶文化的一部最重要的著作。

德昂族茶艺人

千锤百炼户撒刀

"刀,乃十八般兵器之首。"历朝王公帝侯,文士侠客,商贾庶民,莫不以持之为荣。刀在中国历史进程中不只是战争与防卫的利器,更有着尊严地位、仗义侠客的刀文化寓意。"宝刀出鞘,削铁如泥",它从阵亡者手里滑落,又被后继者从炮灰中拾起,直到今天,刀光剑影不负历史,却也无须委以披荆斩棘护国卫民之重任,人们可还记得这一把刀背后的匠人匠心?

阿昌刀又称"户撒刀",因产于阿昌族聚居的云南省陇川县户撒乡而得名,种类繁多,工艺独特,质地精良,锋利耐用,有"柔可绕指,削铁如泥"之誉。锻造一把户撒刀要经得住炉火的炙烤,近1000度的炉温,反复敲打20000多次,同时掌握火候,只有时间温度恰到好处,千锤百炼方成材。阿昌族打制刀具已有600多年历史,形成了独具风格的民族民间传统工艺。2006年,阿昌刀锻制技艺被列入第一批国家级非物质文化遗产名录。

户撒刀是全国四大名刀之一,其工艺祖辈相传。刀客匠心,一把正宗的户撒刀,需要选料、下料、锻打初坯、修坯、打磨、淬火、抛光、雕饰、配鞘、开刃等十余道工序,经过千锤百炼、反复打磨。

阿昌族人民的生活中离不开户撒刀。每个阿昌族人,在他还是小孩子的时候会佩带一把小铜刀;长成小伙子,就会换成小军刀;成年或成家以后就会换成长刀;青年男女在谈恋爱的时候,小伙子也会送给心爱的小姑娘一把小军刀,当作定情

信物。

　　户撒刀的传承人项老赛手中有两把刀，一把锋利无比，曾在阿昌族"阿露窝罗节"民族手工艺制品比赛中获得第一的美誉，享有"刀中之王"的称号，刀之锋利能同时挥刀斩断25条毛巾；另一把刀可谓"削铁如泥"，连续斩断钢筋后仍旧刀刃平整无缺口。2017年1月1日，"2018V影响力德宏行"活动走访"户撒刀王"项老赛的家，他现场展示了一挥刀断24瓶矿泉水的快刀技艺，瓶口整齐，一落一起，界地分明，十分精彩，赢得现场一片惊叹声。

　　史料记载，明朝初年，明军在清剿残元势力的过程中，与当时云南西部的强权麓川王国爆发了战争，即有名的"三征麓川"，当时带队西征的是明朝开国功臣沐英。明军入西南边疆后，在长期的征战中需要大量的兵器，尤其是刀剑。由于受环境制约，与内地联系困难，为保证兵器供应，明军决定在户撒这个四面环山、地势隐蔽的地方成立一个前线兵工厂，并招募当地与明朝交好的阿昌族人参与兵器制造。历经行伍生涯的沐英，将打制刀具的技术传授给了当地的阿昌族。本就会制作铁器的阿昌族，在沐英的指导下，更是如虎添翼，将本民族的阿昌刀打制得削铁如泥，成为沐英军队中不可缺少的利刃。在沐英的带领下，这支骁勇善战的军队令人闻风丧胆，而他们打制的阿昌刀随之也声名远扬。

阿昌族户撒刀是中国唯一仅存的经过多次实战检验的实战军刀。第二次世界大战时，缅甸战区的美军特意在缅甸克钦招募了4000多名男子组成"101特种突击队"，后发展到20000多人，"101特种突击队"在作战中广泛地使用了户撒刀和景颇刀术，与中国远征军和英美盟军携手杀敌，战后统计"101特种突击队"歼灭杀伤日军共计15000多人。美军中缅战区总指挥史迪威将军开始时并不相信克钦的战绩，克钦军官不慌不忙拿出一个竹筒，倒出一堆堆臭烘烘、萎缩成梅干一样的东西，对史迪威说："数数吧，一个就是一个日军。"史迪威问这是什么？克钦军官回答道："我们克钦人祖祖辈辈杀敌，都会把它们的右耳割下来，这些就是我们杀掉的日军的耳朵！"史迪威闻听此话惊骇得目瞪口呆！据被俘的日军交代：我们最怕的就是和克钦人交战，我们敢一个人和十个英国人打仗，可是一旦面对他们，我们都觉得，我们十个也不敌他们一个！也许敌人的畏惧才是最高的嘉奖！

上刀山、下火海

人们常把"刀山火海"比喻为非常危险的地方，而把"敢上刀山，敢下火海"的人视为勇士。然而在日常生活中，"上刀山、下火海"却难得一见，但在德宏州盈江县苏典乡傈僳族一年一度的刀杆节上，我们却能直击惊心动魄的"上刀山、下火海"的现场表演。

"上刀山、下火海"相传是纪念一位对傈僳族有重恩的古代汉族英雄。明代兵部尚书王骥受朝廷派遣，率兵马到云南边陲傈僳族居住地区部署军民联防，平息叛逆，收复被侵占的国土。在当地百姓的配合下，王骥赶走了入侵的敌人。为了使边境民富兵强，他带领傈僳族青年习武练勇。后来皇帝听信谗言，毒死王骥。傈僳族人民把这位英雄献身的忌日定为自己民族的传统节日——刀杆节。为此，他们举行"刀山敢上、火海敢闯"的活动来纪念王骥，并用"上刀山、下火海"仪式表达愿赴汤蹈火相报的感情。

刀杆节在农历二月初七日至初八日举行。第一天夜间举行"下火海"，第二天白天举行"上刀山"。

"下火海"之前，傈僳族勇士们先供奉神灵。供奉的神灵中有一位"白马将军"，传说他就是明朝兵部尚书王骥将军。

供奉神灵后，大家把准备好的栗柴搬到刀杆场上，堆成两庹长、一庹宽、一庹高的柴堆，然后点燃柴堆，熊熊的烈火越烧越旺。这时，由勇士中的"戛头"（歌舞活动的头领）领头，一排身着蓝色节日盛装的男子跟着合唱一支祝福歌，边唱边踩着整齐的步

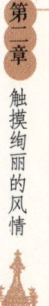

子跳舞。待柴火烧成通红的炭火（誉为"火海"），一位勇士就炸响一长串鞭炮，几个身着红衣的勇士随之鱼贯出场。他们头上和腰间扎有彩纸，手中舞动两面小红旗，围着火塘跑上几圈后，开始"下火海"。勇士的光脚板直接踩在通红的火炭上，火花飞溅；接着用双手捧起火炭洗脸，这真是名副其实的"火的洗礼"；最后将一段粗铁链丢入火中，烧得半红，然后用手挽住翻动玩耍，表现出一种藐视尘世间各种约束的勇敢精神。火光把他们的脸庞和全身映得通红，犹如威武的"火神"下界。在进行"下火海"的各项活动中，旁人要不断地将有驱邪除魔之效的艾香末撒入火塘，火星飞溅，十分壮观。当天晚上的最后一个仪程是：根据当年要上的刀杆数（36

傈僳族男子裸脚上刀山

或72把刀），用点燃的香棍排成刀杆样，由勇士们一个个踩过去。据说如果哪个把香棍踩倒而过不去，就得取消其上刀杆的资格。经过洗礼的勇士不能回家，大家围着火塘通宵跳舞。

"上刀山"也叫"上刀杆"，首先是扎立刀杆。根据"小年三十六，大年七十二"的刀把数确定刀杆的长短，一般用近30米长的栗树原木杆，用三条金竹篾片把左右颠倒的锋利长刀捆扎在刀杆上。刀杆下部还有三道关卡和三座城堡。整个刀杆上扎有黄、白、红、绿、蓝的各种纸花和神符小旗。竖立起的刀杆就像笔直的"天梯"，耸立在刀杆场上。接着是举行供刀神仪式。在竖立好的刀杆下进行，一般供一猪九鸡。刀杆脚下供一猪一鸡，四方、四桩各供一只鸡。由祭司（上刀杆的师傅，傈僳语叫"尼扒"）主祭，祭语可拜念、歌念或舞念。主要内容是："火有火神，刀有刀神，祭刀求神灵，保平安生存。"上刀杆是节日的高潮，最精彩的时刻。着彩装的勇士用双手扣住上面的刀刃，再将光脚板踩在刀梯上，一步步向上攀登。他们毫无畏惧，机灵轻松，展现了铁脚硬汉的雄姿。率先攀上的第一位勇士，在杆顶燃放鞭炮祝捷，并念四句吉言："五谷丰登，无病无灾，六畜兴旺，国泰民安。"有的勇士还在刀杆端表演各种倒立等高难度动作。为祝贺勇士的成功，人们围着刀杆"跳嘎"，祝贺勇士的胜利，祝福节日愉快，祝愿人们健康幸福美满。

上刀杆淋漓尽致地展示了傈僳族人民不屈不挠、勇于攀登、追求卓越的精神风貌。

傈僳族男子裸脚下火海

贝叶书写的文明

人是善于遗忘的。为了对抗遗忘，人创造了文字。但一开始，文字不是写在纸上。墙壁、羊皮、木头、帛画，都曾是书写文字的重要载体。而在中国西南边陲，树叶仍然是傣族人记录古老智慧的一种材质。这种树叶来自内地很少见闻的贝加罗树，经过一番加工，千年不腐，顽强地保留了古代作者刻下的智慧。

贝叶经是"贝叶文化"中最古老、最核心的部分，是"贝叶文化"的主要载体，可以说是傣族文化的根。千年来，傣族文人们，孜孜不倦地用铁笔将文字刻写在贝叶上，默默奉献着智慧与才华，一代接一代，在他们当中，没有一个人在自己刻写的经本里留下名字，然而却给后代留下了无穷的智慧和精神财富，汇集成为浩瀚的贝叶典籍，创造了博大精深的"贝叶文化"，从而使丰富的贝叶典籍变成傣族社会的百科全书，形成极具特色的地方性民族文化。

用贝叶记录的经书号称八万四千多部。傣族地区的人们非常崇敬贝叶，把它当作知识、智慧、文明的象征。谈及文化传承，傣族便是随着贝叶经传承文化至今的少数民族，傣族早在1000多年前便有了文学、历史、天文历法、法律宗教和教义、自然常识和生产知识、医学等方面的详细记载。

在傣族民间还流传着一个关于傣族先民是如何发现和利用贝叶的传说，那就是著名的《绿叶信》的故事。传说很早以前，一个傣族青年要离开自己心爱的姑娘到太阳的家乡去寻找

光明和幸福。这对男女青年约定，用通信来取得联系，用以表达离别和思念之情。信刻在芭蕉叶上，由一只鹦鹉作为他们的信使把信带去。可是后来，青年越走越远，传递书信的时间越来越长，没等到鹦鹉飞到姑娘的身边，芭蕉叶就干枯破碎了，就这样他们中断了联系。一个偶然的机会，远行的青年在森林里发现一种细小的虫子在贝叶上爬过，留下清晰的痕迹，那已经干枯了几年的贝叶，小虫爬过的痕迹依然清楚可见，风吹日晒雨淋，贝叶也不破碎。这青年受到启发，于是割下一片贝叶，用刀子在上面刻下书信文字，交鹦鹉带回，他们又重新建立了联系。

这个传说生动地表明，文字是作为克服语言在时间和空间的局限而产生的，如果不解决好书写材料的牢固性，也不可能充分发挥文字的潜在功能和它的优越性。

贝叶制作成书写材料，有它独特的工艺程序。砍下贝叶树的叶片，用快刀将贝叶一片一片割整齐，三至五片卷成一卷捆好，放入锅里煮。煮时，锅里水位要超出贝叶，而且还要加酸角或柠檬，以便使贝叶变成淡绿色，然后才从锅里将它取出来，拿到河边用细沙搓洗干净，而后将贝叶晒干压平，先收起来，让它通一段时间的风，准备订成匣。制作贝叶经专门有两片木尺为标准。木尺长约一市尺半，宽约四寸，距木尺同端约半市尺处钻一个小孔，把一片片压平的贝叶紧紧夹在两片木尺中间，两头用力压紧绑好线绳，五百至六百片贝叶定为一匣，然后再用快刀轻轻把贝叶修光滑，最后用事先做好的线弓，按照书写格式，把墨微微打在贝叶上留待刻写，最后再刻写贝叶。开始时用小刀尖沿着打好的墨线，把字刻写在贝叶上。后来觉得用刀尖刻既费力又刻得慢，才改用铁錾刻写。贝叶经刻好后，还要用植物果油掺拢锅底的墨垢，用布往刻好字的贝叶上涂。这样，刻写在贝叶上的字迹就显得清楚。

贝叶经，真实地记录了傣族从原始社会到封建社会的全部历史，记录了傣族人民悲喜苦乐和不屈不挠的斗争精神，反映了傣族人民美好的理想和愿望。贝叶经对弘扬和传承傣族优秀文化起到了重大的作用，是傣族人民极其宝贵的文化遗产。

传唱的《目瑙斋瓦》

> 天地始创，祖宗起源，宗教文化，风俗礼仪，英雄人物，人祸天灾……每一个民族都有太多需要铭记的东西，但结绳记事、刻木记事等都难以经受时光的磨损，岁月的吞噬，终由模糊淡忘到再也看不清楚，再也想不起来的时候。

没有文字的民族如何记载历史？怎样传承文化？唯有口耳相传，口头吟诵，把民族的历史记忆变成一首诗，变成一支歌，在后世子孙的血液里脑海中，一遍遍唱响。

《目瑙斋瓦》是流传于景颇族民间的一部创世史诗。按载体来分，它属于口碑载体古籍，其语言朴实精练，节奏起伏有致；讲究韵律，结构严谨。《目瑙斋瓦》由序歌、天地的形成、平整天地、洪水、宁贯杜娶亲、目瑙的来历和大地上的生活七个章节组成，万余行诗句行云流水般从开天辟地吟唱到人们取火、找水、打刀、制土罐等生活场景，景颇族始祖用瑰丽奇特的想象阐释着天地万物的来历，以口头吟诵的方式记录了一个纯朴的远古时代。那恢宏的气势、巧妙的幻想、壮观的场面，展现了宇宙、神灵与人类之间亲密和谐的关系，向人们构筑了一个可以无限幻想的空间，是景颇族先民认识、改造大自然与人类社会的美好愿望的集中体现。景颇族祖先战天斗地、艰苦创业的壮举，是景颇族英勇顽强、不屈不挠的民族精神的象征，是景颇族获取精神力量的源泉。

据有关专家研究认为，景颇族创世长诗《目瑙斋瓦》最早产生

于原始社会父系氏族时期，是景颇族先民祭祀天神、太阳神的祭词：

远古，
天还没有形成，
地还没有产生。

这是《目瑙斋瓦》的第一句，关于天地形成的叩问来自人类最早的困惑。平坦的坝子，隆起的群山，太阳、月亮轮番出巡的天空缘起何时？这是一个巨大的问号。神秘，无解，让人惶惑不安。每一个族群里都有智者，他们杜撰出神话，让大家相信有一种万能的东西叫作神。是神开创了天地，创造了人类和万物。

茅盾认为神话的产生最初就是为了回答天地缘何始，人类从何来之类问题的。在《目瑙斋瓦》里，天地最初是"朦胧和

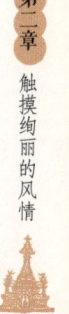

董萨

混沌"的，这和盘古开天辟地的故事不谋而合，不同的是生活在混沌中的盘古劈开了混沌，他的手托起了天，脚踏出了地，而景颇族的开天辟地者是一对夫妻，男的叫能万拉，女的叫能斑木占。

在朦胧和混沌里，
上有能万拉，
下有能斑木占。
……
创造天地的神已有了。
男神有了，
女神有了。
就要造天了，
就要打地了。
万事该出现了，
万物该产生了。

直白朴素的诗句吟诵着景颇族先祖大胆璀璨的想象，吟诵着他们对天地万物最初的思索。能万拉和能斑木占创造了天与地，最初的大地不够坚实稳定，不停地摇摆晃动，他们借助太阳和月亮来稳定了天地，这倒也符合万有引力的说法。他们还生下了全知全能的潘瓦能桑遮瓦能章，在潘瓦能桑遮瓦能章的指点下，万事万物产生了，并有了名字。

天空出现了，
大地形成了。
天上没有飞的，
地上没有走的，
天空感到冷清，
大地觉得寂寞。

潘瓦能桑遮瓦能章便对父母说：

"父亲能万拉呀，

母亲能斑木占，

创造天上飞的吧，

生下地上走的吧。"

景颇族先祖生活的时代还谈不上什么修辞手法和表达技巧，他们本真朴素的表述却有着清新空灵的气息。

关于失传的《目瑙斋瓦》得以再现，就不得不提到一个人——李向前。李向前出生在一个传统的景颇族家庭，从小父亲就对他讲述《目瑙斋瓦》中的各种故事，耳濡目染之中，他从小就对景颇族传统文化痴迷沉醉，他的一个理想就是将来有一天能够得到完整版的《目瑙斋瓦》。时间追溯到20世纪70年代，1973年，李向前从部队转业，被安排在地方报社工作。1975年2月，他回盈江老家探亲，在与当地教育局一个叫李麻东的干部聊天时，打听到了能够完整演唱《目瑙斋瓦》的著名大斋瓦贡推干的信息。李麻东告诉他，自己曾经记录过贡推干传唱的《目瑙斋瓦》，但"文化大革命"时手稿被烧毁了，老人当时听了很伤心，之后无论怎么恳请，老人都不愿意再重讲。李麻东对李向前说："或许你该去试试，现在老人就在大盈江边的生产基地。"

贡推干的汉名叫沙万福，1900年出生在盈江县乌帕寨，是当地景颇族为数不多的、备受尊敬的大斋瓦之一。贡推干出生在一个贫困家庭，从小便痴迷于本民族文化和神话故事。通过刻苦学习，贡推干在20多岁的时候就能熟练演唱出几十万行的诗歌，讲述成百上千个景颇族神话故事。解放后，贡推干被选为县政协委员，步入老年后的贡推干依然保持良好的生活习惯，他从不喝酒，记忆力惊人。

1975年3月初，李向前以采访的名义赴盈江"五七干校"拜访贡推干，此时的贡推干已经77岁，但身体很好，牙齿整齐，头脑清醒，记忆力惊人。一开始老人不愿讲，李向前便如亲人般地劝说着贡推干，最终老人被其真诚打动。李向前同时带来的还有一台当时最先进的盘带式录音机，两人一共用了20多天，老人边说、李向前边记。李向前回到芒市后，马上开始整理手稿，并用英文打字机打印成景颇文（景颇文的字母与英文通用）。那段时间，李向前几乎天天通宵，第二天早上接着上班，中午小睡一会，晚上8点开始又继续打字。这样持续了大约三个月，终于将《目瑙斋瓦》整理完毕。之后，李向前又再次前往盈江贡推干老人居住的寨子，与老人一起认真进行了校对。

校对完成后，贡推干长长地舒了一口气，露出了微笑，握着李向前的手说："现在懂《目瑙斋瓦》的就只有你了，希望你将他传下去，出成书，就算是圆满了。"

贡推干很开心，拉着李向前的手来到河边，他们脱了衣服下河捉鱼。李向前回忆，那是一个艳阳高照的晴天，河边的杜鹃花开得正艳，他们美美地吃了一顿晚饭，旁边的柴火烧得正旺，两人似乎都有一种如释重负的喜乐。他们吃饭聊天直到深夜才散去，然而这却是李向前与老人的最后一顿晚饭。李向前也是在很久以后才得知，就在他离开后不久，贡推干老人就去世了，说是在去缅甸一个寨子唱《目瑙斋瓦》时感染了痢疾，由于当时各方面条件都不好，老人最终没有挺过来。

李向前没有辜负贡推干老人的期望，景颇文版的《目瑙斋瓦》于1981年出版，之后又出版了汉文版的《目瑙斋瓦》。2010年，《目瑙斋瓦》入选国家级非物质文化遗产名录。

隐藏在服饰中的密码

一个民族的服饰，是历史选择的结果，也是一个民族区别于另一个民族最直接的标志。通过服饰能展现民族性格，折射出一个民族的文化特色、审美意识、生活环境等等。透过最直观的外在特征，我们可以瞭望到深邃的民族文化星空。德宏各民族的不同服饰里，藏着许许多多的历史密码和很多的文化信息，换句话说，里面有故事。

景颇族服装，尤其是女性服装，丰富多样，以红黑两色为主调，杂以各色，然后配上银器饰物，形成强烈的三原色，显得热烈奔放，庄重和谐，与整个民族的性格高度吻合，形成了本民族的鲜明特征。

景颇族有着悠久的编织历史，可以说每个景颇族妇女都是编织衣物的能手，有"不会织衣就不能嫁人"的说法。在景颇族的衣物及各种织品中，有许多流传下来的图案相当古老，通过对比，我们发现与商周时期青铜器上的图案可谓一脉相承。比如说，各种形态的云雷纹、水波纹、回字纹、万字纹等等，绝对是如出一辙。另外在编织物的各种图案中还往往出现一些比较固定的符号，这些符号和汉文字初始的一些文字符号也很有相似之处。

或许有人会说，这不可能，不过是某种巧合而已。先让我们简要了解一下景颇族先民早期的历史。商周时期，以宝鸡为中心的人们挥汗如雨，大兴冶炼，铸造着布满精美图案和文字的青铜器时，整个景颇族先民的族群就大规模生活在这一带，他们不可能见不到，也不可能不参与青铜器的铸造，只不过后

来因战争而迁徙，离开了这块吉金之地。商周把图案铸在了青铜器上，而景颇族先民把图案铸到了记忆中，然后一代代编织在随身穿着的服装上，了解了这些，你就会相信二者有必然联系，并非空穴来风。

在全国各少数民族中，阿昌族妇女的包头是最高的，一眼就可以分辨出来。为什么要包得这么高，民间有种种说法，学术上也有多种结论，但最有意思的是阿昌族民间故事《高包头的传说》。据说，古代的阿昌族人男女都习刀棍练弓弩，很多人可在百步之外互相射中头上的高鬏，打仗时有"男人前面扳弓，女人后面送箭"的传说。后来阿昌族人遭受了强大敌人的入侵，虽然男人在前山拼命抵挡，死伤累累也不退缩，但箭已射完，不能更

景颇族各支系的不同服饰

舞起来

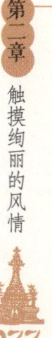

有效杀伤敌人，同时由于各种阻隔，女人一时无法把一捆捆的箭送上去。后来一妇女突然想到大家都有射中高鬏的能力，便提议今后用麻布把前边男人的头冠包高一两尺，这样妇女们在后面把箭射到高包头上，男人再取下箭射击敌人，这样就缩短了运输距离。同时高高立起的包头，也让敌人误以为这是对方的头颅，也把箭射到高包头上，起到了迷惑对方、与敌借箭的作用，在后来的战斗中果然取得了很好的效果。但在后来的一次战斗中，由于敌人太多，过于强大，阿昌族人还是战败了，他们被敌人团团围追到了高山头上。他们已经箭尽力疲，只能吹起"向我开炮"的牛角号，向族人告别，决心和敌人同归于尽。山下的女人们听到这绝望的号角声，知道男人们不可逃生，要为族人拼命殉难了，便在山下燃起大火。四面八方的大火向山头烧去，阿昌族男人和入侵的敌人都在漫山的火海中。大火过后，到处是林木灰烬。阿昌族女人痛哭着找到了这些为了族人而视死如归的男人，并把男人戴着接箭的高包头，戴到自己的头上作为永久的纪念。后来女人们逃离家园，四散各地，尽管历时千年，但这个箭翎形的黑色包头，永远不变，高高地戴在阿昌族妇女的头上，象征着一种不屈不挠的精神。一个高高的包头，折射着一个民族艰辛的历史，让我们看到了战争的残酷，让我们耳畔永远响彻着那惊心动魄的号角声。

傈僳族妇女的服装艳丽多彩，在长裙上缝有许多装饰的彩色条纹，给人一种明快亮丽、充满热情的感觉。关于傈僳族服装的传说，各地都有很多优美的故事。在德宏傈僳族中，有一个关于服装的传说故事特别感人。我们知道傈僳族是一个骁勇善战的民族，历史上大多傈僳族男子都在南征北战，东征西讨。只有妇女留守家园，照顾孩子老人，很是艰辛。她们日日夜夜挂念着前方的丈夫，盼望着他们早早归来。丈夫们也惦念着家中的亲人，渴望回到温馨的家中。可是战事太多，总有打不完的仗，为了安慰家人，这些男子汉便把自己获得的一片小彩条寄回家中，证明自己立了战功并平平安安。原来以前傈僳族人打了胜仗，都会将缴获对方的旌旗撕成许多小片，发给勇士们，既做某次战斗的纪念，又做一种光荣的表彰。家中的妻子收到后，就把这小彩条缝在自己的裙子上，既表示对丈夫的挂念，又彰显了自己丈夫的英勇。那时傈僳族妇女的服饰，色彩比较单调，更谈不上绚丽多姿。但随着不断地征战，不断地传来捷报，彩条就逐渐多了。原本单一的裙子就变得五彩缤纷了。有的傈僳族地区则是贴缝在挎包上，所以人们又把这种挎包叫"英雄包"。美丽的服饰，记录着硝烟的岁月，也告知后人，和平美好的生活来之不易，要懂得珍惜。

德宏各民族的服饰丰富多彩，彰显着不同的文化色彩，织进了各种审美理念，讲述着各民族的历史，承载着人们对美好生活的期望与追求。

黑夜中燃烧的白柴

君不见,飞扬的火光,舞动着华丽的身影,划破黑夜的静默……清晨,鸟儿在啼鸣,在山林草丛间,在房前屋后檐。德昂族山寨里,清晨的第一缕阳光洒下,山间的清风飘扬而过,你是否听到古老的歌谣《达古达楞格莱标》在山间树林里悠扬唱起。

烧白柴节为德昂族、傣族迎春节日,在每年傣历年正月十五举行。白柴塔是烧给佛祖的,烧白柴就是告别冬天,迎接春天,祈求幸福。事先由信众到山中砍盐霜树,把砍回的盐霜树经水泡、剥皮、晒干后制作成白柴。

在德昂族山寨的广场上,奘房门前的空地里,长辈们带领着村里的小伙子们正在搭建着"白塔"。一根一根,一规一矩。四方的底座,向上一层一层地垒建,大塔之上放小塔,成为一座庄严不失魅力的艺术品。不同的村寨,凭借着各自的智慧,搭建着不同形状的"白塔"。是岁月的积淀,是智慧的累积。聪慧的德昂族人民不需要梯子,便用"白柴"、竹片搭建起了一座座高四五米的"白塔"。

形状不同的"白塔",见证着德昂族人的智慧和辛勤,相同的雪白,又藏着德昂族人民最纯净虔诚的心灵。

节日之夜,将白柴堆架如亭,各寺比丘、沙弥集中念经,最后由长老点燃柴亭。集中念经的比丘、沙弥由长老率至村外林中修行七日。白天在树下念经,夜晚在树下露宿。七日期

德昂族烧白柴

满,又汇集广场念经,通宵达旦。日出后节日结束,比丘、沙弥各回佛寺。

关于白柴宝塔还有两个古老的传说:一是虔诚的德昂族人认为,进入寒冬腊月,天气寒冷,担心佛祖受冻,便搭建白柴宝塔,点火燃之,以供佛祖驱寒;二是德昂族为了祭祀为人类献身的牛、羊、象、狮四种动物的灵魂,代表着德昂族人民不断积累生产经验而创造出来的德昂族历法。

传说总是动人的,因为它总是蕴含着先民们最真实的灵魂和最虔诚的心灵。供暖的善意和真心终将让这个神圣的活动历经历史的

洗礼依旧在今天熊熊燃烧，生生不息。忏悔的虔诚和真实也不畏时光的荏苒，岁月的蹉跎，白柴宝塔依旧在德昂族山寨里热烈燃烧，永不熄灭。

夜晚如期而至，月亮刚爬上树梢，古朴的村落宁静祥和。晚饭过后，长者们敲起锣、打起鼓，召唤全村的男女老少行至白柴宝塔前，围着"宝塔"，开始为村寨、为家人、为自己虔诚地祈祷。点燃宝塔顶上的干草，刹那间，火星飞扬，伴随着白柴和竹片的爆裂声，火光四射，"白塔"燃烧着、燃烧着，德昂族人民围着燃烧的白柴宝塔，跳跃着、欢歌着……强烈的火光，炙烤着寒冷的严冬，像是可以温暖每一个寒冷的时刻，燃烧的热烈，唤起油然而生的敬意。

燃尽的白柴，预示着新一天的到来。太阳还未升起，村间的小道上，奘房前的小路上，颤颤悠悠行走着德昂族老人，手里捧着盛放好的供品，一步一步走向奘房里的佛前。老人们陆陆续续地到达奘房，安静地在佛前祈祷，佛爷念起经文，古老的经文洗涤着罪恶，传达着善意，呼唤着纯真，是静穆，是庄严，是真心，是虔诚！

时光从不停歇，世人终将历经无情岁月的洗礼，但终会保留心底的虔诚，愿岁月静好。

神奇的抢婚习俗

夜静更深、花前月下，挽臂踏歌，畅叙衷情。凡旅游到德宏傣族地区的外客，住在翠竹翳荫的竹楼上，每当风清月白之夜，常可于竹丛中，隐约听到一种柔和的、婉娓的、拉长了音调、富有情趣的乐声，这便是最能打动少女心弦的葫芦笙或短笛声。

傣族男子到了青春期，都必得学会吹奏葫芦笙或短笛的技能，当遇到心有所属的女孩时，便乘静夜携笙走到伊人所在村寨，徘徊于竹篱茅舍之旁，呜呜地吹奏起来。如果这竹篱茅舍中确住着一位待嫁的淑女，那做父母的，便依照习惯，闻笙声而回避，好让他们的女儿循声而往和意中人相会。溪边林下，浅诉低语，待到月色低沉时，始漫吹芦笙，伴送女郎回返家去。在这样的场合中经过几个月的热恋时期，双方的心意已经结合了，便可进而谈到结婚。

在德宏的芒市遮放、瑞丽等地，尚有一个特有的恋爱镜头，是在夜间的碾坊里。在这一带地方，每一个村寨外面都有一两个水碾房，每户人家一到夜里，便由少女们把翌日食用的谷米，携到碾坊中碾净。在这时，青年男子们，便隐蔽在碾坊的四周，和着流水和碾杆转动的声音，唱出了抑扬的情歌，用来挑动碾坊里少女们的情意。起初，情歌声由远而近，渐渐地碾坊里也有对答的歌声飘出，这时一歌一答，最后，少年们出现在窗门外隐约的灯光下，终于走入碾坊。最圆满的结果，是男子挽着答歌女子走出碾坊，没入自然的田野中去。

恋爱是自由的，但结婚就得经过一定的手续及仪式。先由男方家请托亲邻近村中头人做媒，双方条件谈妥了（主要是聘金的问题），男方家便可确定日期纳聘迎娶。这一天，新夫妇先到佛寺拜佛，男方家由亲族数人伴同新郎步行或乘马到女家，沿途鸣枪示威，以驱逐邪魔。女方家在门前地上铺一块花毡，上面陈设着敬佛的鲜花果酒，新夫妇席地并坐毡前，一个傣族和尚蹲在面前诵经，让新夫妇酒饮，然后在预备好的托盘里取出两条彩色丝线，分别束在新郎和新娘的手腕上。和尚退席，四周观礼的亲朋，依尊卑次序走上去，各自向盘里取彩线分系在新夫妇腕上，并放银币一枚或铜币几枚在新人前面预置的碗中，以此为贺礼，婚礼便算完成。这种婚礼若在女方家举行，那当夜新郎便宿女方家，若在男方家举行，则次日便相伴回女方家赴宴。

傣族的习俗是父母虽不刁难阻碍子女的婚姻，但有时因为聘礼等因素，也会发生波折。遇到这样情形时，也另有办法可使男女达到结合的愿望，一是以抢婚的方式完成结婚的手续，二是以逃婚的办法避免女家的刁难。抢婚是一部有声有色但颇富滑稽意味的喜剧。事先，男女双方私下约定一个时间和地点，届时，男方约集许多壮健的亲朋，手执武器，身边带着散碎的铜钱，潜行到约定的地点去隐伏在四周。时间到了，女子便借故——或担水，或洗菜，走出家来，行到约定的地方，一声暗号，伏兵齐起，抢着女子便走。这时被抢女子便须高声呼救，家人闻声，立即追出，村人邻里，也一齐帮着追赶，好似捉强盗般紧张。男家在这时并不能用武力抵抗，事实上也用不着用武力抵抗，因为女家虽然也持枪执刀地来追赶，但目的并不想追上了相打，尤其是邻里们知道是抢婚，便都只是出来演演喜剧而已。所以，在这紧张的场面中，男方的人只需把带来的铜钱边逃边抛撒在地面，追赶的人也便边追边争着拾铜钱，男方家终于胜利地抢着女子归去。

数日后，男方家便请媒到女方家求亲，请求承认既成事实，双方约集亲邻、父老、头人，女方家抬出一块大石头来放在院中，指着说，聘礼银子的重量，要与这石头相等，才允嫁女。当众衡量，总得数十斤重，男方便表示无此力量办到。这时，第一个有所举动的是头人，持一把铁锤，把大石头敲去一块，口里说："男方家穷，这样多的银子实在办不到，请看我面子减少一点！"把剩下的再衡量过，还觉太重，于是父老又挨次执锤说情，以至亲友邻舍，结果把一块大石头敲得只剩下一小方。女方家已坚持不能再敲，男家也表示可以办到时，便精确衡量石的重量，男方家照重量折合银子送到女方家。这时，女子又得回娘家，等到男方家再依照迎娶手续举行仪式。至于逃婚，那是男女两人相约逃到另一土司境，或逃到其他地方，组织家庭，辛勤生活，待几年后积储得的钱足够交纳女方家聘金时，再相伴回来办理结婚手续。

少年要出家

在传统傣族社会，南传上座部佛教的社会功能可以说是巨大而全面的，除了本身的精神慰藉与信仰功能以外，它还承担着政治、经济、文化教育等方面的社会功能要求。

傣族信仰佛教，几乎村村有寺院。在德宏，傣族男子都要出家为僧一段时间，在佛寺内学习傣文、佛法、天文地理等知识。人们认为只有入寺做过和尚的人，才算有教化。因此，只有当过和尚的男子，才能得到姑娘的青睐。家境好的小男孩七八岁入佛寺，三五年后还俗。

每个傣族的孩子被送进佛寺的时候，要在寨子里选一个有德且财力厚实的人做波列（干爹）或咩列（干妈），负责、承担操办孩子出家的仪式和费用，做孩子未来成长的监护人。孩子皈依佛门后，将成为傣族社会里有教养的人，他在未来所取得的一切荣耀和成就也将成为一道耀眼的光环照耀着他的波列（干爹）、咩列（干妈）一生。所以，能做孩子的波列（干爹）、咩列（干妈）也是件无限风光、荫庇子孙、功德无量的事情。

届时，该男童由事先认定的波列（干爹）、咩列（干妈）穿戴彩衣彩帽后，在亲邻的护送下吹吹打打，在众人欢笑声中进入佛寺，自豪地认为已经开始得到了佛的庇护，能长大成

才。然后他们洗浴、剃发、披上袈裟，开始平静地诵读经书，学习文化，自食其力。入寺受戒前需进行预备期训练，等初识寺规后方可入寺受戒。傣族聚居区只有长老以上的僧人才需要终身出家修行，一般人最多做到大佛爷，主持一段时间的寺院工作就会还俗成家，只有极少数会继续晋升长老。佛爷在古代相当于知识分子，还俗后一般会到世俗机构担任要职，或被邀请担任安章，负责管理寺院的世俗事务。

如今傣族青少年的教育已经由现代学校承担，出家学佛只是一种偶尔的短期体验。现代潮流下，寺院的清规戒律也在逐渐改变。比如寺院接受游客、信众的现金捐赠，僧人托钵外出化缘的传统在有些村寨已经改成了村民送饭。

洗心

用绿叶传递爱情

我国许多少数民族都有以歌传情、以歌定终身的习俗，然而，世居于云南省德宏傣族景颇族自治州的景颇族，虽为能歌善舞的民族之一，山歌他们唱，恋爱他们谈，但是他们最终不是以歌定情，而是用独特的"绿叶传情"等求爱方式来表达男女婚恋情爱。这种传递爱情的"绿叶信件"，被世人称为"无字的情书"。

绿叶传情，是德宏景颇族表达爱情的通信方式。景颇族的小伙子一旦爱上某家姑娘时，就用一片栗树的树叶包上树根、大蒜、辣椒、火柴送给意中人。每一件物件都有着确切的含义。树根表示"我想念你"，大蒜表示"要求姑娘想两个人的事"，小米辣椒寓意着"思念爱人夜不能寐"。最有意思的要数那根火柴了，它比喻小伙子对姑娘的爱慕十分坚决，爱意像火柴一样一划就着。

如果姑娘接受小伙子的爱意，就制作一封相同的"树叶信"，捎给小伙子。如果可以考虑，就加一束奶浆菜；如不同意与男方交往，就在男方寄来的"树叶信"中，加上火炭，再将树叶翻过来包，然后退回男方。

小伙子摘两片栗树上最嫩的叶子，叶面对叶面合在一起捎去，表示愿意生活在一起；或者放上一根穿着线的针，表示自己和对方心连心；若加上豆子、谷子、苞谷子种，就表示自己强烈要求与女方建立家庭。姑娘同意了就收下，放上烟草做回信。若是父母反对，就用叶子包上刺、含羞草或火炭送给

男方。男方接信后，就用蕨菜寄给女方，意思是约女方私奔。如女方同意私奔，就再加上茅草叶送回去，表示嘱咐对方，小心点，悄悄走。

如果男方在"信"中看到奶浆菜，就会趁热打铁，摘下几片栗树叶再寄给女方，表示"愿和女方一起生活"。如果女方第二次在树叶信里看到苞谷、谷子、豆，那就说明男方"想成家"。反复几次，最后男方最期盼的就是在女方的树叶信中看到烟草。原来，烟草意味着"终成眷属"。

偶尔，也有双方父母棒打鸳鸯的时候。此刻，男方用树叶包好蕨菜送给女方，约女方私奔。女方则用茅草叶送回，两人约定"悄悄地逃"。

景颇族结婚的方式有偷婚、抢婚、拉婚和明媒正娶四种。

"偷婚"是先瞒着父母和姑娘本人，悄悄地将姑娘的一件日用品"偷"出，请巫师董萨看卦，再由男方父母与董萨一起根据卜

景颇族树叶信

卦结果选吉日，请得力的人将姑娘"哄骗"至某处，利用时机抢回来，先安顿在媒人家，再与女方父母商议婚事。

"抢婚"通常发生在有几户同时争着娶一个姑娘、女方父母不同意或姑娘本人不同意的情况下，但一般不在家内抢，因怕家堂鬼责怪，多趁女方在外劳动、走路、砍柴时，瞅准时机，由一伙人一拥而上将女子抢走，再用彩礼等各种不同方式说服姑娘及甚父母同意结婚。

"拉婚"是在征得女方同意的情况下，在家门外或双方商量好的地方，走一下形式，目的是给女方面子。因为传统观念认为："不拉一下或拖一下，连老母猪都会耻笑的。"

明媒正娶一般由父母包办，同时也征得各方面的同意。四种方式中，"拉婚"是传统婚姻方式与现代自由恋爱相结合的产物。

景颇族婚礼过草桥仪式

第三章
拥抱灵动的自然

　　天地有大美而不言,所幸人类有一双发现美的眼睛。当我们把镜头对准大自然时,会发现神奇之美就在我们身边。
　　德宏——诗和远方的秘境,不施粉黛,美得自然、古朴、恬静。走近德宏的热带雨林,拥抱灵动的自然,如同走进了一幅神秘的画卷,更是精神家园的一次史诗回归。

秘境丛林万物生

德宏州是祖国版图上的一块绿宝石，是动植物的宝库，森林面积1203.95万亩，森林覆盖率71.84%。有高等植物339科1908属6033种，其中：原生植物5414种、引种栽培植物618种，属国家级、省级保护植物的有云南蓝果树、云南娑罗双、盈江龙脑香、桫椤、滇藏榄、鹿角蕨等157种。有陆生野生动物725种，其中属国家级和省级保护动物的有94种。

德宏州是祖国版图上的一块绿宝石，动植物的宝库。2020年，森林面积1203.95万亩，森林覆盖率71.84%。高等野生植物339科1908属6033种，其中：原生植物有5414种，引种栽培植物618种。属国家级、珍稀濒危保护植物有盈江龙脑香、桫椤、云南蓝果树、云南娑罗双、滇藏榄、鹿角蕨等157种，其中国家一级保护植物有萼翅藤、云南蓝果树、红豆杉、篦齿苏铁、盈江龙脑香等7种；国家二级保护植物有鹿角蕨、滇桐、水青树、贡山厚朴、桫椤、千果榄仁等91种；有陆生和水生脊椎动物5纲37目174科379属994种，其中国家级重点保护野生动物有215种。国家一级保护动物高黎贡白眉长臂猿、犀鸟、豚尾猴、云豹、蜂猴、孔雀雉、圆鼻巨蜥、绿孔雀、林麝等48种，国家二级保护动物有黑熊、猕猴、水鹿、小熊猫等167种。有29个区域性特有动植物物种。有极小种群物种27种（植物9种、动物18种）。物种的丰富度和富集度在全国实属罕见。

中缅灰叶猴

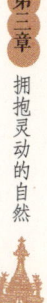

中缅灰叶猴

绿水青山就是金山银山，德宏人对于生态环境保护的重要性有着极为清醒的认识。良好的自然生态环境为多种珍稀野生动物提供了栖息的美好家园。让我们跟着摄影师的镜头一起到芒市镇河心场去寻访一群可爱的精灵——中缅灰叶猴。

中缅灰叶猴为国家一级重点保护野生动物。世界自然保护联盟（IUCN）将其评估为"濒危"等级，《中国生物多样性红色名录——脊椎动物》（2015）将之评估为"易危"，而《云南生物多样性红色名录》（2017）仍将评估为"濒危"等级，《濒危野生动植物种国际贸易公约》（CITES）（2017）将其列在附录。IUCN对中缅灰叶猴种群动态的总体评价是"下降"，其主要威胁因子是栖息地减少、生境破碎化和捕猎。

2017年10月，德宏当地有位摄影师在野外拍摄时遇到了一群猴子，他的图文经媒体传播后引起了人们的重视和关注，有关部门、专家进行了跟踪。经两个多月的调查后认定，这群猴子为中缅灰叶猴。芒市轩岗乡以及河心场区域内种群有5群，一共有320只左右。中缅灰叶猴属于灵长目猴科乌叶猴属的一种，为国家一级保护野生动物，生活在海拔2700米以下的原始阔叶林中，主要分布在中国云南西部（怒江以西）和缅甸东部和北部。中缅灰叶猴在中国分布区域狭窄，通常猴群不超过30只，最多可达80只。这次发现320只左右的大种群实属罕见，是国内目前发现的最大稳定种群。

中缅灰叶猴活泼、可爱，长相值得炫耀，经典的是长着一张"明星"脸。它眼神凝重，轮圆的眼珠黢黑，眼圈四周长着均匀的白色绒毛，蓝里透点白的斑色围着眼睛一圈，像戴了一副宽边的圆形眼镜。鼻孔沿线下来到上下嘴唇有一圈粉色打底的乳白斑。银灰色的冠毛较长，披在头顶，黑色有力的长眉，银灰色略带黄色的胡须散开在下巴处，灰褐色的体毛到了胸腹部就略微淡些，呈灰白色，到了手脚为黑灰色。也有个别的老猴全身黑毛，梳理得整整齐齐。

盈江有个犀鸟谷

都说在天愿作比翼鸟，在地愿为连理枝，在这个世界上能够践行此诺言的恐怕只有犀鸟了。自然界中，犀鸟终生只找一个伴侣，一旦结为夫妻，将不离不弃，患难与共至死不渝，被誉为"钟情鸟"。

德宏有个"犀鸟谷"，在这里栖息的犀鸟数量、种类，以及与人相遇的频率，稳居全国榜首，所以，是当之无愧的"中国犀鸟谷"。

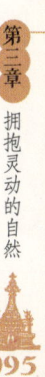

"中国犀鸟谷"位于盈江铜壁关自然保护区内洪崩河流域的中缅边境一带，这里属于喜马拉雅山延伸的横断山脉，最高点支那大娘山海拔3404.6米，最低点那邦揭阳河河口海拔只有210米，巨大的海拔差异形成了热带、亚热带和温带气候集于一县，生态垂直分布带明显，立体气候显著。这里栖息着双角犀鸟、花冠皱盔犀鸟、冠斑犀鸟、棕颈犀鸟和白喉犀鸟5个珍贵品种。其中相貌独特而珍贵的双角犀鸟、冠斑犀鸟和花冠皱盔犀鸟就在这里定居。

双角犀鸟体长119—128厘米，长着一个30厘米长的大嘴和一个宽大的盔突，盔突上面微凹，前缘形成两个角状凸起，如同犀牛鼻子上的大角，又好像古代武士的头盔，十分威武，因此得名双角犀鸟。双角犀鸟在我国数量稀少，已被列入国家重点保护野生动物名录。

冠斑犀鸟体长74—78厘米，嘴巨大的盔突，颜色为蜡黄或象牙白色，盔突前面有明显的黑色斑，飞翔时头部和颈部向前伸直，两翅平展，很像一架飞机，所以俗称"飞机鸟"。冠斑犀鸟是一种珍贵而漂亮的鸟类，寿命较长，一般寿命30—40年，最高可达50年。冠斑犀鸟有"钟情鸟"的美称。一对犀鸟中如果有一只死去，那么另一只绝不会苟且偷生或另觅新欢，而是在忧伤中绝食而死。冠斑犀鸟也称"爱情鸟"。在我

花冠皱盔犀鸟

国傣族的神话传说中流传着一个动人故事：很早以前，原始森林里住着一对新婚的青年夫妻，丈夫岩哥有一次出门打猎时给妻子玉坎留下足够的食物，为了安全就把竹楼的梯子抽掉，再从外面把门窗封好，让妻子在家织筒裙、编竹席，等他回来。但是，岩哥打猎迷了路，过了20多天才回来，这时玉坎已经饿死了。岩哥悲痛欲绝，用白布把玉坎的尸体和自己裹在一起，将竹楼点燃。烈火中，这对恩爱夫妻变成了一对冠斑犀鸟飞走了。

花冠皱盔犀鸟体长约105厘米，尾白，雄雌两性的背、两翼及腹部均为黑色，但雄鸟头部为奶白色，枕部略具红色的丝状羽毛，裸出的喉囊具有明显的黑色条纹。花冠皱盔犀鸟的种群数量极为稀少，它只有在盈江红崩河一带被发现。

犀鸟与景颇族文化密不可分，相传目瑙纵歌是百鸟从太阳宫带回来的，带到人间之后，人民让美丽的孔雀来领舞，犀鸟作为大总管来主持目瑙纵歌。后来，带领景颇族人民跳目瑙纵歌的瑙双、瑙巴，总是模仿犀鸟和孔雀带领着人民翩翩起舞。近年来，犀鸟谷已成为国内外鸟类爱好者和摄影家们追捧的地方。当地居民护鸟爱鸟的意识逐年提高，依托鸟类资源打造的旅游项目也让村民们获得了实惠。在谷内的石梯村、大谷地村等地，当地居民专门为观鸟、摄影构建了"鸟塘"，并提供食、宿、住、行的一条龙服务。

白腹锦鸡等各种珍稀兽类和禽类

清代二品文官官服上的鸟类图像就是白腹锦鸡，仅次于皇帝的龙、皇后的凤凰及一品文官的丹顶鹤，可见白腹锦鸡之地位。

德宏有着广袤的自然保护区，这里堪称动植物的基因库，被列入国家二级保护动物的白腹锦鸡，就生存在此。白腹锦鸡稀有，国外仅见于缅甸东北部。此外，铜壁关自然保护区内还有红腿小隼、灰孔雀雉、花头鹦鹉、黄嘴河燕鸥、大仙鹟、灰头椋鸟、蓝喉拟啄

盈江凤凰山上的橡胶母树

木鸟等深受摄影师们喜爱的珍贵鸟类。目前，全州共有鸟类716种，占全国的49.55%，鸟类种数位居全国第一。

2019年3月8日这一天是全国摄影爱好者一个值得庆幸的日子，德宏州摄影爱好者杨帮庆和钱民富在芒市镇观测到野生白腹锦鸡，并拍摄到了高清影像资料，刷新了在德宏拍摄到国家二级保护动物野生白腹锦鸡的高清影像纪录，也标志着德宏又增加一项珍稀鸟禽影像资料。

白腹锦鸡是鸡形目雉科锦鸡属的鸟类。俗名有铜鸡、笋鸡、衾鸡、箐鸡、宽宽鸡、花箐鸡（雄）、麻箐鸡（雌）、鸟林、打敲、庄七、尖冲等。它是中国特有鸟类（在缅甸也有分布）。170多年前，英国人便把白腹锦鸡带到伦敦饲养。它同红腹锦鸡一样，极为漂亮。雄鸟中等体型(150厘米)、色彩浓艳独特。头顶、喉及上胸为闪亮深绿色，猩红色的冠羽形短，白色颈背呈扇贝形而带黑色羽缘。背及两翼为闪亮深绿色，腹白。腰黄色，尾羽奇特形长微下弯，为白色间以黑色横带。少许形长的尾覆羽羽端橘黄色。雌鸟体型较小(60厘米)，上体多黑色和棕黄色横斑，喉白，胸栗色并多具黑色细纹。两胁及尾下覆羽皮黄色而带黑斑。

白腹锦鸡的发现，不仅有效提升了德宏自然生态环境和对外知名度、美誉度，更充分体现了德宏近几年践行习近平总书记所提出的"建设生态文明是中华民族永续发展的千年大计、必须树立绿水青山就是金山银山"的理念，生态保护取得了阶段性成效。

凤凰山橡胶母树

　　远离家乡的橡胶母树，您静静地屹立在凤凰山上，一个多世纪的沧桑，是否还历历在目？您挺直身躯扬着臂弯，是否还在眺望远方的故乡？虽然孤独，但不必感伤，因为家乡为您自豪，儿孙为您骄傲。您的光辉已载入史册，您的身后已化作绿色的海洋。从此，凤凰山就是您的故乡。

　　中国第一棵橡胶树生长于云南省盈江县新城乡凤凰山上，树龄约112年，属于三级古树，高20余米，主干围200多厘米，主干根部直径90余厘米，堪称我国树龄最长、树冠最高、树干最大的橡胶树，具有较高科研价值。

　　1904年，干崖宣抚司第23代土司、21任宣抚使，中国民主革命先驱、同盟会会员刀安仁先生赴日本留学途中，购回了800株橡胶种苗，定植在大盈江畔新城凤凰山上。这是我国引种的第一批橡胶树，它比台湾引种橡胶早两年，比海南引种橡胶早一年。这批橡胶树因技术、管理、战乱等多种因素，到解放前夕只剩下三株，之后又死去两株现仅存一株，是我国引种最早，树龄最大的一棵橡胶树，已被列为国家重点保护名木树种之一。

　　橡胶树的引种成功，为我国橡胶工业的发

榕树下

展奠定了基础，同时打破了《不列颠百科全书》"北纬21度线以北绝对栽不活橡胶"的论断，也打破了国外专家学者"中国不能种橡胶"的定论，被誉为中国橡胶第一树，成为中国橡胶树之母。

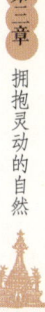

独树成林

常言道，独木不成林。可是自然界唯有榕树能"独木成林"。榕树是属于桑科的常绿大乔木，分布在德宏亚热带地区的榕树，树冠之大，令人惊叹不已。

在地处中缅边境的云南省德宏傣族景颇族自治州瑞丽市姐勒芒令村，有一株高36米的大榕树，共有数十个根立于地面，母树主干要七八个人才能合抱，呈现出独树成林的奇观。该榕树的树龄已近300年，枝繁叶茂，四季常青，覆盖面宽达4亩多，如今已成为当地的热门景点。

据专家测算和考证，这棵树，树冠覆盖面积达5.5亩，气根入土后长成的新树干多达108根，堪称"独木成林"的奇观，为德宏州一绝。它树身奇大无比，数十人也合抱不下。

榕树王

一棵古榕，一段历史，沐天地灵气，融历史文脉，与人类共生。

德宏人把榕树称为大青树，傣族人把它奉为神树。大青树是德宏自然风光的一大特色，无数枝繁叶茂、千姿百态的大青树遍布全州各地。

中国榕树王，位于盈江县铜壁关老刀弄寨旁的亚热带雨林之中，距离县城约30千米。树高约40米，由下垂的气生根长成的新树干已达100多根，每年仍有10多条气生根在增加，树冠覆盖面积达5.5亩，远远看去，犹如一片小树林，在全州的大青树中，独树一帜，被人们称作"榕树王"。

2018年，全国有85株古树被评为"中国最美古树"。其中，盈江县铜壁关老刀弄寨300年树龄的榕树王入选，这也是云南省唯一一株获此殊荣的古树。

川滇高山栎

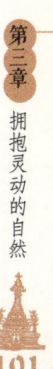

古茶树

中国是茶的故乡,中国人发现并利用茶,据说始于神农时代。中华茶文化源远流长、博大精深,不但包含物质文化层面,还包含深厚的精神文明层面。唐代茶圣陆羽的《茶经》在历史上吹响了中华茶文化的号角,从此茶的精神渗透了宫廷和社会,深入中国的诗词、绘画、书法、宗教、医学中,更是远涉重洋走入欧洲的皇家宫廷里。几千年来中国不但积累了大量关于茶叶种植生产的物质文化,更积累了丰富的有关茶的精神文化,这就是中国特有的茶文化。

德宏地处横断山脉西南部,高黎贡山西部。地形复杂,河川沟谷纵横,山坝交错,海拔高低悬殊,气候垂直差异大。这

种气候非常适宜于古茶树的繁衍生长，形成了高黎贡山山脉的古茶树群落。

据最早提出"茶马古道"的木霁弘教授考证，在云南的7条"茶马古道"干线中，有2条经过德宏，证明早在2000多年前德宏就有大量茶树群落分布，是云南全省古茶树资源丰富的州市之一。

1981—1984年由中国茶科所、云南省茶科所会同德宏州及各县外贸部门对德宏州古茶树资源进行全面考察，采集标本50多份，初步查明德宏州古茶树资源有4个系8个种，主要有大理茶种、滇缅茶种、拟细萼茶种、德宏茶种、勐腊茶种、普洱茶种、江东茶种等，分属乔木、小乔木、灌木，全州各县（市）山区都有零星生长，多为野生，也有古代人工栽培茶树，可制作红茶、绿茶等。

2014年，德宏州重启古茶树资源系统普查，重点考察和普查登记样株110份，其中野生型茶树样株50份、栽培型茶树样株60份，还增加了德宏州古树名山茶叶制作、古茶树生化样品的采集及样品制作调查方法。多次寻找及探察核实，进一步摸清了德宏古茶树分布现状、普查登记和收集整理。

德宏州的古茶树和古茶园分布在德宏州芒市、梁河、盈江、陇川、瑞丽等地，古茶园多数是由被誉为"古老的茶农"的濮人后代种植。德宏境内拥有古茶树居群60个，其中野生古茶树居群32个，古茶园28个，面积共8697.91公顷，其中野生古茶树8449.33公顷，古茶园248.58公

盈江铜壁关的龙脑香

顷：共计 703922 株，其中野生古茶树 429050 株，古茶园栽培型 274872 株，登记保护挂牌 110 株。

龙脑香

龙脑香早在西汉时就已传入中国。据《史记·货殖列传》记载，在西汉时广州已能见到龙脑香。唐宋时期，出产龙脑香的波斯、大食国的使臣还专门把龙脑香作为"国礼"送给中国的皇帝。天然龙脑香质地纯净，熏燃时不仅香气浓郁，而且烟气甚小。无论是在东方还是西方，历来都被视为珍品。

在德宏这片神奇的土地上，有着极其丰富的动植物资源，其中龙脑香（含阿萨姆娑罗双、盈江龙脑香、羯布罗香）连片成林，面积之大，世界罕见。因此，国内外一些专家认为，到目前为止，能够保留如此众多物种的国土还没有发现第二片。

盈江龙脑香，常绿大乔木，具芳香树脂，树皮灰白色，纵裂，具皮孔，枝条有环状托叶痕；托叶大，叶革质，长圆形，状花序腋生，花瓣 5 个，白色或粉红色，花期 6—7 月，果期 11—12 月，分布于局部沟谷雨林中。铜壁关龙脑香林种子植物区系，热带性质科有 78 科，占总科数的 75.73%；热带性质属有 326 属，占总属数的 93.95%；热带性质种有 55 种，占总种数的 92.86%。盈江龙脑香主要分布于局部沟谷雨林中，该乔木常与云南娑罗双混生，是产自热带雨林的主要树种之一，也是我国稀有珍贵的热带药材树种。

南方红豆杉

有人说，红豆杉代表高雅、高傲；有人说，红豆杉自古以来代表的是思念、相思之情。基于它的外表，一两点红隐于绿叶中，像娇羞的女子，抑或是三五簇相拥，像是相思的少女在表达火热的内心。因为红豆杉能生长到15米高，即使在欧洲地区，也很少能看见有这样高大的树木，所以，高耸入云的红豆杉，就显得孤立而典雅。

相传，这世上是没有红豆杉的，是一只名叫"爱"的小鸟用它有魔力的泪水浇灌出来的。"爱"因痛失女儿而怀着悲伤之情种下一粒种子并细心呵护，这株植物后来为报恩而努力成长，以至于"爱"死去后，红豆杉依旧告知它的儿女们要世世代代报恩。红豆杉也一直在等待它的"恩人"。所以人们常说，在红豆杉树下静静聆听，会听到不一样的声音。

"国宝"红豆杉是被称为植物中的活化石。1994年红豆杉被我国定为一级保护植物，42个有红豆杉的国家均称其为"国宝"，是名副其实的"植物大熊猫"。红豆杉属于浅根植物，其主根不明显，侧根发达，是经过了第四纪冰川遗留下来的古老孑遗树种，在地球上已有250万年的历史。由于在自然条件下红豆杉生长速度缓慢，再生能力差，所以很长时间以来，世界范围内还没有形成大规模的红豆杉原料林基地。

红豆杉树龄达5000年以上的，称为"长寿树"，它红果满枝，晶莹剔透，寓意吉祥喜庆，所以又称之为"吉祥树"。

红豆杉全身是宝，它的木材是优质红木，可做高档家具，果实可做保健品，根部可做工艺品。皮与细根是提炼紫杉醇最好的原料，所以又被称为"黄金树"，被世界上公认为濒临灭绝的天然珍稀抗癌植物。

南方红豆杉是我国发现的五种红豆杉品种之一，属常绿针叶乔木树种。南方红豆杉是红豆杉科红豆杉属喜马拉雅红豆杉的变种。为红豆杉属植物在中国分布最广泛的一种，是我国珍贵的观赏、用材树种及药用植物，具有绿化、美化、净化环境的功能。20世纪80年代以来，其资源遭到毁灭性的掠夺，现存资源很少。

德宏州盈江县的大娘山，为云南红豆杉的原生地。进入21世纪，德宏州林业局、德宏州林学会在盈江县支那乡支那村多次举办"红豆杉种植、采收技术现场培训会"，为这个濒危植物的良性发展提供了有力的技术支撑。

桫 椤

桫椤曾是地球上最繁盛的植物，在约1.8亿年前，与恐龙一样，同属"爬行动物"时代的两大标志。但经过漫长的地质变迁，地球上的桫椤大都罹难，只有极少数在被称为"避难所"的地方才能追寻到它的踪影。

唐代诗人殷尧藩在《赠惟俨师》的诗中写道：

焕然文采照青春，一策江湖自在身。
云锁木龛聊息影，雪香纸袄不生尘。
谈禅早续灯无尽，护法重编论有神。
拟扫绿阴浮佛寺，桫椤高树结为邻。

桫椤乃梵文音译，或译为"娑罗"。佛教谓释迦牟尼佛八十岁时于拘尸那拉城外桫椤双树林圆寂。我国寺庙中多以七叶树代替。桫椤又被称作蛇木，是一种桫椤科桫椤属的蕨类植物，原产自热带和亚热带地区，虽然是蕨类植物，但是能长得和树一样高，所以又叫作树蕨，被称作"蕨类植物之王"。桫椤的叶子很宽大，很多小叶子对生形成，现在这种植物很少，是国家二级保护野生植物。

在侏罗纪、白垩纪时期，桫椤曾在地球上盛极一时，与大型爬行类动物恐龙同生共荣。第四纪冰川期后，庞然大物恐龙等古生物在地球上绝迹，原本在世界各地随处可见的桫椤也濒临灭绝，仅有少数在某种特定的环境中侥幸残存、繁衍了下来，成为当今世界十分珍贵的冰川前期古生代

植物,被誉为"蕨类植物之王",科学研究的"古生物活化石""最后的侏罗纪生命"。

在蕨类植物界堪称王者,享有第一蕨类植物的美誉。与其他蕨类植物较为矮小不同,桫椤可长成笔直高耸的大树,是目前暂被发现仅有的木本型蕨类植物,堪称植物界的宝贝,十分珍贵。桫椤科大型蕨类植物,本科共有9属,约650种。中国有3属,20种,在德宏铜壁关自然保护区亚热带密林中,树形蕨类有三四种。除了罕见独特之外,它们还有着多种价值。桫椤的茎干营养丰富,可作为中药材,也被称为"龙骨风",可用于治疗风湿和外力造成的伤害,还可帮助人们清热止咳、增强免疫力、消除炎症、缓解疼痛等,是功效颇多的宝贵药材。

桫椤早在恐龙存在的时期,就已经存在,它对研究恐龙的兴亡及其他古物种的形成与分布有着重要的研究价值,可以凭借现在的

❶ 花生树

❷ 喜马拉雅仙茅

情况推测古时候的情况。

花生树等多种珍稀植物

德宏，是一块神奇的宝地，名不虚传。

宝地之神奇，养育了成千上万种植物，郁郁葱葱。无论是温暖的春天，还是凉爽的秋日，也无论是酷暑的盛夏，还是严寒的冷冬，那茂盛、浓郁、葳蕤的大片的植被总是安静地铺躺在整个坝子周边的山川，让身居其间的人们每时每刻都有身在童话里的绿色王国一般，心里充满着生命的质感，对生活总会情不自禁地寄予一种激情和热爱，以及对未来的无限憧憬。

在遮放龙江的峡谷口岸，生长着一棵神奇的树，树身三人合围不过来，高达三十多米，像一把巨大的凉伞遮天蔽日，又像一名威武的勇士日日夜夜傲然屹立在江岸守卫着江口。据说这棵树天下独一无二，在有关树种的典籍中也找不到名称，问百岁老人，也道不清它的年龄。但它的树上会结出一种神奇的果，密密麻麻的果子高高地挂在树梢谁都摘不到，需等熟透了从树上掉下来后捡，这果可以食用，但身披硬硬的衣，手剥不开，牙咬不烂，需用小锤使劲敲，才能取出里面白白的仁。仁的味道鲜美至极，营养丰富无比，它的香脆可口犹如结在地底的花生，由此人们便给它起名为"花生树"。来来往往的人们都喜欢在这里留步，一边领略这棵独一无二的树的雄伟壮观和果仁的独特鲜香，一边倾听浩瀚的江水哗哗奔流。此时，因有这棵神奇的树，仿佛江水更欢畅了，峡谷更伟岸了，遮放，也因为有着这般独特的景点而豪放无穷。

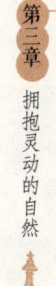

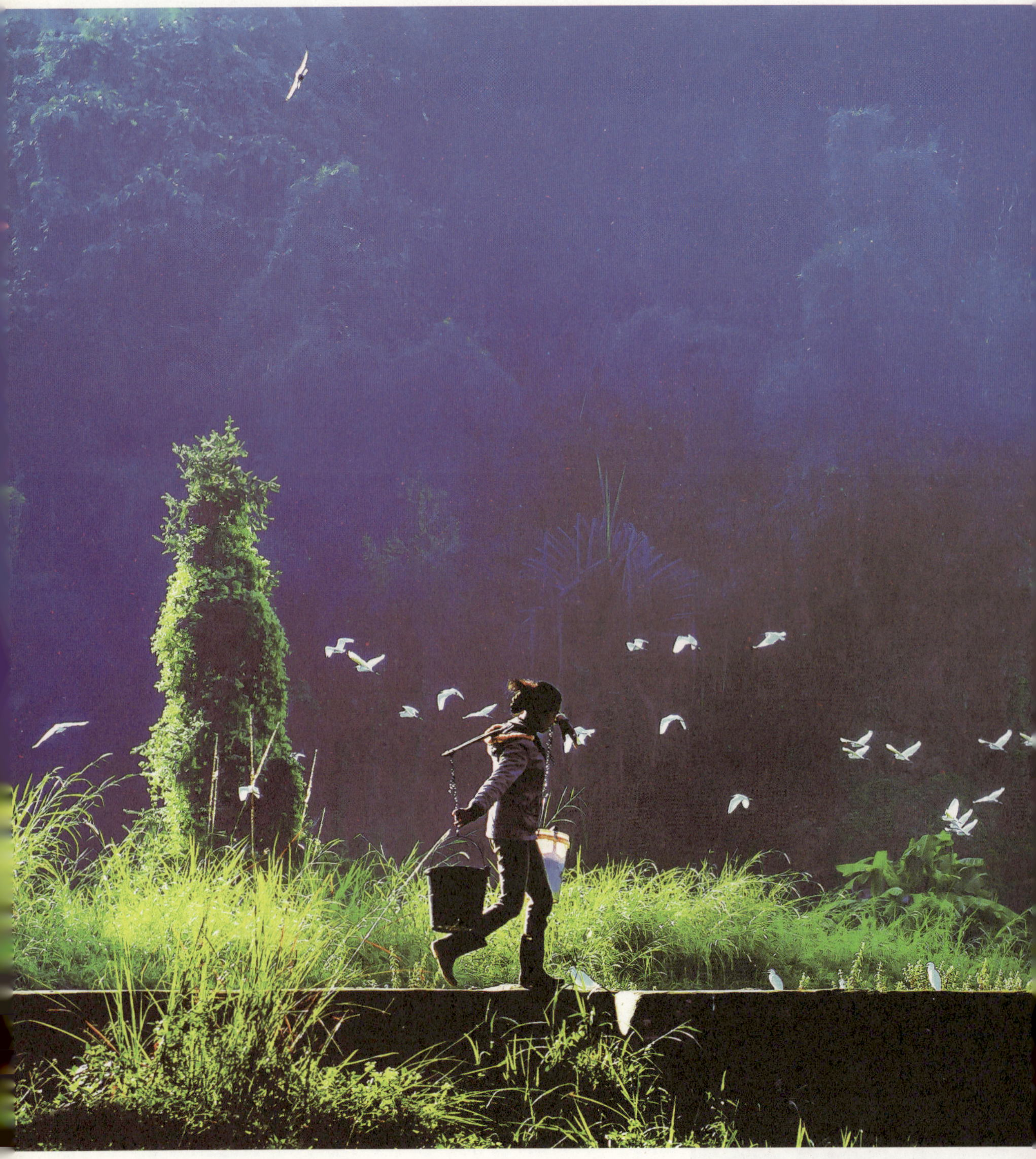

家园如歌

清流唤醒江湖梦

独一无二的自然条件造就了举世无双的德宏，从这里出发，你看到的都是独特罕见的自然风景。你不妨放下所有的忧愁与烦恼，来一次说走就走的旅行。到这里，你望得见山，看得见水，记得住梦里眷恋的乡愁。

让我们从东走到西，再从南走到北，细细品鉴，看云卷云舒，看落日繁花，寻找最质朴最真诚的感动。这里的时光很慢，这里的岁月很安静，如果你想找回最真的自己，来德宏吧。这里的青山碧水，会把你的心灵浸染得从容安静。也许，这就是你所向往的田园生活吧！

瑞丽江——一条流淌着中缅友谊的界河

朋友，当你来到美丽的瑞丽江畔，徜徉在瑞丽江温柔的怀抱里时，你是否想起陈毅元帅《赠缅甸友人》"我住江之头，君住江之尾。彼此情无限，共饮一江水。我吸川上流，君喝川下水。川流永不息，彼此同甘美……"的动人诗句？

在月光照耀的凤尾竹林下，喝着傣家的小锅米酒，那首动人心弦的歌曲《月光下的凤尾竹》是否会涌上心头？

瑞丽江，傣家人称为南卯江，意为雾蒙蒙的河，亦因它流经勐卯，又称勐卯江。元代，在勐卯设麓川路，麓川江因此而得名。明代，江的上游称为龙川江，下游称麓川江。清光绪二十年（1894年），瑞丽江一名首次出现在汉文史籍上。瑞丽江，原意为金水河，由于她秀美多姿，傣家赋予她吉祥美丽之意。

瑞丽江，是云南省西部一条重要的河流，属伊洛瓦底江水系，沿江流域土壤肥沃，雨量充沛，气候炎热，属于热带地区常流河，《腾越州志》称为"阡陌膏腴"之地。瑞丽江发源于腾冲市境内高

德宏各族少年

黎贡山西侧的分水岭,其上游称为龙川江,由腾冲出境后,流入龙陵、陇川、梁河等县至芒市遮放汇入芒市河后,称瑞丽江。经莫里峡谷,进入瑞丽坝,到弄岛的榕棒旺附近汇入南宛河。穿山破谷而出,流经缅甸中东部,在伊尼瓦汇入伊洛瓦底江,注入南印度洋的孟加拉湾。

瑞丽江是云南西部边境上一条色彩缤纷的河,她把瑞丽坝分成东西两半。站在江边,远眺群山,青翠欲滴,秀美多姿。近看竹楼,银光闪闪,掩映在翠竹之中,像开屏的孔雀,艳丽迷人。当你漫步在江边那松软的沙滩上时,她会给你带来无限温柔的情感。

黎明,她披着薄薄的雾纱,忽隐忽现,像傣家含羞的少女。正午,当阳光把她照得天清如洗的时候,她又像风姿绰约的少妇大胆地向你敞开迷人的胸怀。目睹这金波银浪般的江水,不能不说,她多像孔雀公主留下来的一条蓝色的纱巾,又像是翠鸟抛往地上的巨大的翡翠。每当旭日东升,风拨面纱时,却是另一番景象,那水色越变越深,由近到远,银白、淡蓝、深青、墨绿,恰似一幅色彩斑斓的油画,象征着生活在江畔的傣家那丰富多彩的生活。

早晨来临时,那乳白的雾纱,轻轻掩盖着江面,会使你有

"不识庐山真面目"之感。侧耳细听从脚边欢跳而去的江水，没有怒吼咆哮的喧嚣，只是默默无闻地流向远方。更值得你留恋的是她用那银练般的纽带，把中缅两个睦邻之邦，紧紧连在一起。

夕阳西下时，瑞丽江别有一番诗情画意。看大江两岸飘着两国的炊烟，江边汲水的傣家小卜少（小姑娘），花筒裙上飘溢着缅桂花香的芬芳。夜晚来临，江面上落满繁星，丁琴在凤尾竹林中拨响，甜蜜的歌声融进银浪。对岸的姑娘来探亲访友，中国的小卜冒（小伙子）去对岸赶摆联欢，恒久弥远的胞波情意弥漫在大江两岸的田园中，流淌在跨境而居的同胞里。

当你来到江边渡口，看着沐浴浣溪的少女，看到那汲水的妇女，看见两国边民亲切交谈、同舟共渡的情景，你一定会为这深深的胞波情谊而感动。

大盈江风光

难怪有人说："掬起一瓢瑞丽江水，就是一首诗啊！"

瑞丽江，多情的江，你带一半的友情给了邻邦，另外一半，升腾成雾，仍然深深地眷恋着故乡……

大盈江——盈盈一江水，默默伴芳华

踏上这片神奇的土地，你便会坠入大盈江迷人的怀抱。晨雾中的竹桥，暮归的老牛，田野的稻香，江岸的黑颈鹤、白鹭，还有那摇曳的凤尾竹和芦苇、盛开的格桑花，百转千回的栈道，形状迥异的金塔，这一切的一切都在诉说着难解的乡愁。

徜徉在大盈江温柔的怀抱中，让久居城市喧嚣的你，在这里享受到心灵最真实的回归。

在我们生活的地球上，有一个美丽的地方，她一直在等着你的到来！这里的一江碧水，千万年以来都静静地流淌着！她的名字叫——大盈江。

盈盈一江水，默默伴芳华。江山如画，曲水流弦。叹云中景，水中月，镜中缘。俯仰天地，"千江有水千江月，万里无云万里天"，目光安然，心中自在。"行到水穷处，坐看云起时"，山水穷尽处亦是大盈江独有的风景。

早晨的大盈江，江水像微微拂动的丝绸，两岸青山，凝出透明的薄雾毕罩。大盈江的水从早晨的素净中苏醒过来，"蒹葭苍苍，白露为霜"。江水绕在一片片芦苇荡里，载歌载舞。远方那被淡淡的雾霭缠绕的青山、房屋、翠竹，湿地公园全都紧紧陪着宽阔的江水，在雾蒙蒙中影影绰绰，如诗如画。正如张养浩写的《双调·雁儿落兼得胜令》："云来山更佳，云去山如画。山因云晦明，云共山高下。"

春去苇叶青，秋来芦花白，大盈江独有的特色。

江畔一大片芦苇丛不是人工种植的，为了供人们近距离观赏芦苇，盈江县政府还特意沿着大盈江修建了栈道。栈道高出江面一米之多，这栈道下面是大盈江水，两侧有些地方的芦苇已高过了人的头顶。栈道百转千回，蜿蜒悠长，绿色的芦苇和黄色的栈道相得益彰，组成了一幅巧夺天工的画卷。栈道和芦苇近在咫尺，走在栈道上，伸手就可以触摸到芦苇的叶子，感受芦苇略带粗糙的生命。江里的芦苇沿袭了这江水清傲的性格，成片地凑热闹，一阵风过，苇枝舞动起袅娜的身姿，亭亭玉立，倩影婆娑。

江的岸边，竹林倒映，常年绿色成荫。沿着江堤走，竹林的绿色慢慢放大，缓缓延伸，最后充满整个眼球。满目的绿色，如此清脆、鲜活。金光闪耀的万塔耸立在道路中间，是那么壮美、那么崇高。金塔形状多样，金灿灿的，顶尖是电化铝制成的宝伞、风标，系着多个风铃，微风吹来时丁零零的声响，十分悦耳。盈江县城像一颗明珠，镶在这宽阔的大盈江边，与江水相映成趣，竟一点也不显得单调。翠竹绿影婆娑，阳光透过竹叶，斑斑点点地洒在地上，棵棵出类拔萃。一段段竹节，如竹笛一般，风起，似笛声入耳。在这里，风是嫩嫩的，人是暖暖的，感觉惬意且舒适随意，都这般可触。天空流动的白云在飘逸，充满了诗情画意。

几千年来永不停止的滔滔的江水，不知蕴藏了多少故事，多少沧桑！演绎着人类顽强不息的生命过程，包含着大自然深邃的思想！

如果你说，心累了，想找个地方歇歇。来吧，江山画卷是最好的床榻，你可以头枕着青山，脚踏着江水，鸟儿为你唱出轻柔的眠歌。大盈江春天芳草遍地，夏日绿波万顷，秋季芦花满天，隆冬百鸟酣栖，是个令人充满遐想之境啊！

秘境奇湖——凯邦亚

景颇族秘境雨林奇湖——盈江凯邦亚湖，水面迂回曲折，近百个岛屿，看似岛岛相连，其实岛后有岛，岛水相间，仿佛蓬莱仙境。明镜般的湖面，时有水鸟飞行，或是栖于水中林木之上，显得宁静、高雅。

"凯邦亚"，景颇语，意为"收获之谷"。"凯邦亚湖"，就是"丰收富饶之谷，多山多水之湖"。湖中有树，湖中有草。放眼远望，皆是林霏。花草秀而繁荫，此景乃仙景也，让吾乐亦无穷也。凯邦亚湖有约 8 平方千米水面，湖面水位海拔约 1312 米，深藏于滇缅边界的崇山峻岭之中，透着原始的美。山中有湖，湖中有山。其左右诸峰，垂直挺拔，直冲云霄。向远望，诸山若隐若现，如锋利宝剑。

凯邦亚湖位于盈江县城西南铜壁关乡境内，距县城 40 千米。有 100 多个小岛散布于湖中，与周边无数半岛形成众多水湾。湖水清澈见底，山水相映，一镜照千山，一岛一个形，一湾一个景。小岛玲珑似经雕琢，圆润仿佛可掬。岛藏着水，水浸着岛，岛光水影，岛

水相间。山顶俯瞰，山影重叠，天暗岩穴，见烟云雾。含在花草之中，山中之幽深，湖水之清澈，冷静也。湖中水草浓密，幽深水草中，鱼儿肥美嬉戏。山边水中绿，虾儿水中摇摆，远山若隐若现，近山清澈碧绿。远山森林茂密，四周山花烂漫。时有水鸟飞行，栖于水中林木之上，显出宁静和生气。时有白鹭、鱼鹰、翠鸟等飞行于其间，一群群鸟儿休闲自在漫步于岛滩，是各种鸟类动物曼妙的栖息之地。

如果你觉得心太孤独了，想找个地方坐坐，来吧，鸟儿、鱼儿听你诉说，花儿给你献媚，树林为你唱歌，即使你要离去，还有清

风相送。

　　掬起清澈的湖水，犹若捧起了一个清凉的冰淇淋。湖水从指缝间流出似碎银，滑腻腻、白花花的，汇入湖中又像翡翠，光闪闪、绿莹莹的。那水色澄澈清莹，再让四周或深或浅或浓或淡的林木一染，就越发绿得诱人，宛若浓浓的绿酒，不喝也让人心醉。

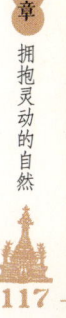

凯邦亚湖

柔情香额湖

如果你喜欢花，来香额湖吧，划着轻盈的竹筏，赏千亩荷花艳丽绽放；如果你喜欢泉水流淌的声音，那就来触摸这里的十二龙泉吧，听清音潺潺，像一首梵净的歌，缓缓地流淌在心底。如果你想来一次说走就走的旅行，那就来盈江旧城香额湖吧！

落一笔思念，拢一肩水岸。我在这里等你。

但凡美丽的地方，都有讲不完的神奇故事。相传，在很久以前，这里只有一条小沟流淌着，不能灌溉周围的农田。有一天，一对仙龙夫妇带着12位龙女准备前去缅甸的哪秋湖游玩，路过此地时，便看到农田严重缺水，无法栽种任何农作物，一片荒芜，仙龙夫妇十分痛心，于是便决定留下来为百姓排忧解难。他们将龙宫地址选在姐告村旁，仙龙夫妇命12位龙女每人吐出一股清泉注入龙宫，形成了"喃幕西双"（傣语意为十二眼井）和水晶龙宫，龙潭分为大龙潭和小龙潭，传说大龙潭为仙龙夫妇的行宫，小龙潭为龙女们的闺阁，大小龙潭历经几千年，如今泉流不枯，龙潭深幽，似有仙灵。

香额湖，古谓龙潭，傣语叫"弄姐告"，湖水由古井泉流汇集而成，源头位于旧城姐告村边的"喃幕西双"。香额湖游览区以水为主体构架，湖岸线长2.7千米，景区规划面积1140亩。水底为泥沙，湖边水深1—2米，湖中心水深5—6米，水源为地下泉水，是水质较好的矿泉，有泉眼12个。景区以自然植被、水体生物（野生鱼类10余种及多种藻类）、农田、果林及野生飞禽为构成要素，是一个集自然生态、农业生态、果林生态及畜牧生态于一体的综合性生态游览区，堪称"大盈江畔的白洋淀"。放眼湖面，竹筏艄公，漂流湖上一片静谧。水极其清澈，两岸凤竹龙树倒映湖中，四周景色秀丽，稻花飘香，有种泛舟漓江的感觉。

春天，湖的水是那么绿，绿得像是被周围的绿树、绿草染过。水是那样清，清得能看见水里游动的鱼儿。湖岸边的柳树抽出了新的柳条，柳枝上长出了淡黄色的嫩叶。连小草也从土里探出绿茸茸的脑袋，迎接春天的到来。湖面上白天鹅、野鸭自由自在地游来游去，为春光增添了许多生机。

夏天，湖面上开满了荷花。盛在荷叶上的露珠，在微风的吹拂下不停地滚动。岸边树枝上，知了不停地叫着，好像"在热啊热啊"地大喊着。树荫下，老人们在休闲地乘凉，水塘里许许多多的小朋友在嬉戏打闹。4月上旬是傣族的泼水节，每年在这个时期，在这个地点都会举行泼水节，傣族小卜少、小卜冒身着盛装彼此泼洒着幸福之水，相互祝福。

秋天，湖岸边的菊花全开了，花瓣层层叠叠，如同无数小手伸出。银杏的叶子也落了，有的落在湖面上像一艘艘美丽的小船，有的落在草地上，秋风一吹，叶子唱出沙沙的歌声。在这个美满丰收的季节里，香额湖会迎来一个隆重的节日"围鱼节"（围鱼是傣族最传统的捕鱼方式，是庆祝丰收、表达喜悦、祈福来年风调雨顺的一种活动）。每到这一天，热情的傣家人就会着盛装来香额湖欢庆节日，湖里上演一场竹筏、围鱼大比拼。欢声笑语一浪高过一浪，场面蔚为壮观。

冬天，湖岸边的野花也竞相开放，散发出阵阵清香。北方的鸟儿也飞来过冬，时而贴着湖面一下子飞到岸边，时而尾尖偶尔沾了一下水面，就看到波纹一圈圈地荡漾开去。

如果用一首诗来概括香额湖，那便是"春游芳草地，夏赏绿荷池。秋饮菊花茶，冬吟白雪诗"。

弄莫湖——远方飞来的海

几百年前，瑞丽江在这里拐了一个弯，留下了孤独的弄莫湖。到这片飞来的海边看看吧。

低头，是一汪碧水；仰天，白云缕缕，鸟儿遨游在碧空中。漫步

弯弯曲曲的林间小道，放眼湖面，如一幅水墨丹青，有轻歌曼舞的妖娆，有轻纱遮面的羞涩，有宣纸晕染的朦胧，有遗世独立的清高，影影绰绰间使人流连忘返，贪婪的双眼痴迷于水天一色。

瑞丽城西，原是飞海湿地，万亩天成。虽有鱼虾鸟鹭，却总是荒野之所，寻常人难以亲近。随着瑞丽城市的发展，飞海东部靠城的区域被规划为弄莫湖公园。公园于2011年动工修建，经8年精雕细琢。从此飞海成往事，如今只识弄莫湖。

弄莫湖公园占地1090亩，园内视线开阔，日出日落，俱是美景。公园中水域500亩，形如佩玉；一道水渠蜿蜒于公园东南的绿化地带，首尾与湖面相连，飘逸如带；三座小岛点缀湖中，两座有拱桥或狭地与湖岸相连，可登而游之，另一座却位于湖的中央，"可远观而不可亵玩焉"。公园周围，多个楼盘环湖而建，使新旧城区相连，弄莫湖渐为城中之湖。公园三方建门，却四周开放。人员进出随意，门票全免。惠及无数远近游人，成就万间湖景洋房。

瑞丽城有水北来，源自勐秀山中，名叫银河。银河水昼夜不息，四季淙淙，入城后缓缓向西，最后投入弄莫湖的怀抱。因此弄莫湖虽是城中之湖，却汲取了大山的精华，天赐一湖活水。

公园的绿化景区，有精选的各种花草，按颜色深浅、拼图般种植。各种灌木，棕树和榕树等，按地势起伏、错落式分布。瑞丽四季无霜，雨水充沛，公园里成片的草本花卉，不时任性盛开，不论季节。五六月里，几株早先种下的紫薇和凤凰花，开得如火如荼、浓艳如堆。那些新种下的花树，新树枝头，也有新红偶现。再过几年，到这些花树长到枝繁叶茂时，弄莫湖定会成为瑞丽新的赏花胜地。但愿人长久，莫负来年花！

公园内通道纵横，湖岸和公园主道两旁树拥花簇，是晨跑锻炼、傍晚散步的好地方；路旁的草坪，可席地而坐、观水望云；湖边的沙滩地带，适合孩子们玩水弄沙……人在园中，处处有趣致，动静总相宜。

弄莫湖的鸟，是最奇特的风景。

在公园的路上，总能听到周围树上有叽叽喳喳的鸟鸣，眼睛却不容易看到它们。这是些体形较小的鸟类，常在树梢枝头嬉戏。如果没有耐心的守候和专业的装备，很难找到它们。只有不绝于耳的鸣叫声和偶尔飞过眼前的鸟影，才证明它们的存在。

据专业人士蹲点观察，发现公园中生活的鸟类超过 50 种，数量上万只，其中仅国家二级保护鸟类钳嘴鹳就有 100 多只，黑颈鸬鹚更是有 500 多只。可惜这些珍稀鸟类，深色羽毛太过低调，即使出没于孤岛及湖水中，也跟地面树上的小鸟一样难觅影踪。只有一身白羽的大小白鹭，即使离得远些，也依然看得分明。

弄莫湖中的孤岛，是白鹭的天堂。每天清晨，上千只白鹭早早地醒来，在树上绽放成片片白色的花。白鹭在枝头的肃立，如同一种庄严的仪式，是出行前的祈祷？还是分离前的惜别？仪式过后，它们便集体起飞，在孤岛上方盘旋一圈，三五成群地飞向远处，寻找一天的食粮了。傍晚，它们又从各方飞回，在树上交头接耳，是分享一天的新闻旧事？还是倾诉小别重逢的欢悦？在凤凰花开的季节里，或许是昼长夜短、谋生变得容易的原因吧，白天也有成群的白鹭点缀在红花绿叶间，看上去唯美如画、洁白如花。

鸟是昔日飞海的遗民，也是今天弄莫湖的精灵。它们不仅给弄莫湖注入了无限的活力和生机，还托寄着无数瑞丽老人挥不去的飞海情结。虽重金之下，湖景易得，但落花无意，飞鸟有情。弄莫湖魅力独具，除了有建设者精雕细琢之功、勐秀山水常年滋润之德，更有这些飞鸟的情深陪伴。

孔雀湖

如果将芒市喻为一幅古朴苍劲的山水画，那么，孔雀湖就是一首清新淡雅的抒情诗。

你虽然没有洞庭湖壮阔的波澜，也没有滇池蹁跹的鸥群。但你有自己与生俱来的魅力和灵性，有自己卓尔不群的神韵和气质。

你已不仅是芒市的一道亮丽而迷人的风景，也不仅是嵌入芒市的一块碧绿而透亮的翡翠，你还是芒市的一张因多情而招人的名片！

依山而卧的孔雀湖，位于芒市城东，广阔的湖面长3.5千米、宽2.1千米，酷似一只开屏的孔雀，故名孔雀湖。

静静地坐在坝堤上，看湖水清澈碧绿如蓝，看青山和楼台倒影，恰似春来江水绿如蓝。受南亚热带季风性气候的眷宠，孔雀湖四季如春，这四季的绿色，绿出了千种风情，万般神韵，能使你真正感受到芒市的灵气，感受到青山的妩媚和水的温柔。

汽船和竹筏驶来，山映在水面的倒影被轻波扰动，舒缓地张弛开来，待汽船和竹筏过后，倒影回归水面，如初。这山影与水的爱情呵，竟是如此简单却又如此坚贞，任千次万次的破碎分离，终能不问缘由，不谈过往，不离不弃地合二为一，完整而又完美。

孔雀湖

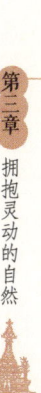

一条宽敞干净的柏油路绕湖一周。长度达 10 千米的环湖路上，散步、骑行等健身运动者穿梭其间。天空湛蓝，时不时传来的小鸟的鸣翠声使得环湖路越发的幽静。路两旁的西南桦、细叶榕、思茅松、羊蹄甲、塔扇树和毛蕨等热带雨林植物长势正茂。微风一起，格桑花和各种叫不出名儿的野花的香味扑鼻而来，它们带来格外清新的空气，让你一路置身于环湖路的任何角落，望孔雀湖的林风天籁与鸟飞鱼游相与和鸣。孔雀湖的青山不墨，却泼洒了一幅幅画卷；孔雀湖的绿水无弦，却弹拨了一首首抒情曲。

一帘幽梦在神汤

在大大小小的温泉中，开发较早并具有一定规模的有法帕温泉、坝竹河温泉、芒留氡泉、遮放瑶池、瑞丽景成地海、陇川龙安温泉、户宛温泉、盈江凤凰温泉、梁河金塔温泉等等。

中国是有五千年文明的古国，中华民族勤劳、聪明、富于创造性，善于利用温泉。早在秦朝，秦始皇就兴建了"骊山汤"，而为了寻找长生不老药，辗转漂流到了日本歌山县的徐福，也留下了"徐福"之汤温泉浴场。到了唐朝，唐太宗特建"温泉宫"，诗人王建的《华清宫》就有"酒幔高楼一百家，宫前杨柳寺前花。内园分得温汤水，二月中旬已进瓜"的著名诗句。

德宏地热资源较为丰富，地热能的开发利用有较大前途。州内地热异常带有：盈江洋伞河坝、芒允、丙午、弄璋、小辛街、永红向北移；陇川坝西侧户宛—盈江昔马；陇川清平—梁河芒东温泉直向腾冲北延；梁河、芒市沿龙江河谷（包括勐养坝北端）至芒市仙人洞沿北东向出龙陵；瑞丽—芒市的地热带包括棒蚌沿东北向经弄坎、遮放、芒市河东侧、芒市坝、轩岗坝至香菜塘一带。全州共有温泉50个，其中水温在40℃以下的温泉有12个，40—70℃之间28个，70℃以上有10个。瑞丽市棒蚌温泉水温高达101℃。

在这些大大小小的温泉中，开发较早并具有一定规模的有法帕温泉、坝竹河温泉、芒留氡泉、遮放瑶池、瑞丽景成地海、陇川龙安温泉、户宛温泉、盈江凤凰温泉、梁河金塔温泉等等。

法帕温泉

  传说，这里的泉水曾经很苦很苦，而且是冰凉冰凉的，后来这里瘟疫流行，人畜死亡，人们困苦不堪。佛祖释迦牟尼云游至此，便泼下了一钵热水，顷刻间冰凉的苦泉变成了甘甜的热水，喝了热水和沐浴了热泉的傣家人便延年益寿、百病皆除。于是，人们把这汪泉水奉为圣水，为纪念佛祖的恩泽，便在400多米高的尖山上修建了一座佛寺，叫尖山寺。尖山寺与温泉相连，山势挺拔俊秀，竹木苍翠，奇石丛生。

  法帕温泉位于芒市西南8千米，靠西南山脚芒蚌与腊掌两村之间，有一方圆千米的多点出露温泉，水温46℃左右，流量稳定，泉水清澈，水质不含有害元素，属碳酸盐泉类。

  法帕温泉颇有名气，据傣族历史记载，早在两千多年前，这一眼温泉就被人们发现和使用。风流倜傥的"果朗王"经常骑着大象来沐浴。美好的传说寄托着人们对吉祥、幸福生活的憧憬。1956年12月，在芒市举行隆重的中缅两国边民联欢大会前，建盖了浴室，镶砌了浴盆，供两国总理和来宾沐浴洗尘。随着旅游业的发展，1994年，潞西市（现芒市）供销社投资220万元，在这里建造了个集疗养度假、旅游购物于一体的温泉度假村。1993年，日本藤泽市社会福祉法人石会会长照井千乡应德宏州对外友协邀请，到德宏考察访问，有感于这里的灵山秀水，又见旅游、拜佛、疗养者之众，当即表示，为发展中日两国人民的友谊，愿捐资由德宏州和芒市对外友协在这里建一座中高级宾馆，为中外来宾提供服务。1995年，一座占地6亩，有2个中型露天温泉旅游池，具有日本建筑风格又具有傣式风韵的现代化宾馆建成投入使用。宾馆按照井千乡老人的意愿，取德宏傣族景颇族自治州的"傣"和"景"、照进千乡的"乡"定名为"中日傣景乡友谊宾馆"。

斜阳西下的冬日里，浸泡在温润的热泉中，回味那个家喻户晓的古老传说，感慨万千于一份沉甸甸的乡愁。

坝竹河温泉

一股甘洌的清泉，从地心深处奔涌而出，无数朵洁白的浪花簇拥到一起，在蓝天白云的召唤下日夜兼程地奔跑着。从形状看，应该是一条被冰冻了几亿年的河流，在滚烫岩浆的温暖下毅然站立，挺身而出。一条小河潺潺流过，一朵浪花一个传说，一片涛声一支情歌。

坝竹河温泉位于芒市西北部的轩岗销塘坡，距城区30千米。这里竹林环绕，风景优美，顺着大门进去，一路的绿植在冬日的暖阳下显得格外的惬意。度假村紧邻公路，交通便利，建有宽阔的停车场，能够容纳八方自驾前来的客人停车。

坝竹河温泉属碳酸盐泉水质，最高水温达48.5℃，平均温度为48℃。温泉直接由筠竹园山泉引入，经云南省疾控中心、省卫健委检测，是可直接饮用的优质水源，富含丰富的硝物质，能够帮助人体消化、减轻风湿疼痛。

坝竹河温泉度假村设有三十多个温泉包间、两个大的温泉池，以及一个温水游泳池。常年客源不断，不仅有芒市轩岗周边各乡镇的居民，更有来自昆明、曲靖等地的客人慕名而来。

夜色下的坝竹河温泉，微风轻拂水面，荡漾起阵阵涟漪，倒映在河面上的竹林繁花，随波光粼粼跳动，树影婆娑摇曳着更显婀娜多姿。那跳跃闪烁的灯光倒影，远远望去，如同一团团光芒幻化的火焰，欢快洋溢着爱情的灼热。在河畔长廊中三三两两夜间散步的人们，或轻挽着手低眉浅笑，或肩并肩凝眸深情相望，或牵儿带孙的走走停停。这是一个妙趣横生的景色,一个孕育爱情友情的长廊。多情的坝竹河沉醉了,沉醉在杨柳岸晓风残月中。在这里,没有尘埃,没有烦恼,没有忧愁。在这里,平静感,沉醉感、依附感、奉献感、幸福感、所有的一切,都让人心存感动。

户宛温泉

你用今世的风姿,洗净人间的风尘;你在陇川的花岗岩中,把时光打磨得像亚热带季风。这一滴滴古老的血脉,串起这片南中国的神经,让陇川一天天变得温软、温润。

喷涌的热浪,把身心缓缓打开,让体内那一枝隐约的荷花挣破束缚,吐蕊盛开。

这里,被称为孔雀歇脚的地方,四周榕树葱茏,翠竹环绕,青山绿海,良田成片,清澈的泉水潺潺流入南宛河,再向南悄悄地流去,风景秀丽,引人向往。

户宛温泉位于陇川县清平乡西山脚的贺宛寨头,梁陇公路穿泉而过,距章凤34千米。泉水清澈如镜,水温85—87℃,含有多种矿物质,可治疗风湿、皮肤等多种疾病。每年冬季就浴者可达万余人次,泉池周围,榕树蔽日,翠竹环绕,景色美不胜收,是沐浴、疗养和旅游胜地。

这里,属沉积断陷混合花岗岩类型,泉水从石缝中涌出,热气腾腾,水温达60℃,出水量约31.4升/秒,清澈见底,时时散发出喷鼻的硫黄味。温泉汇集成河,与大卵石下的清澈凉水合拢,是沐浴、疗养的最佳胜地。

芒市瑶池仙境

瑶池并不遥远

南宋著名诗人陆游《无题》：

半醉凌风过月旁，
水精宫殿桂花香。
素娥定赴瑶池宴，
侍女皆骑白凤凰。

你见过树根底部的洞穴温泉吗？如果闻所未闻，就请你到遮放的瑶池来。在一株硕大的古榕树下，泉水渗过高山腹地从榕树根下源源流淌出来似巨龙吐水，又因过去是遮放土司沐浴的地方，故称"龙"。

瑶池是西王母所居的美池，但在德宏遮放也有这样一方池子。千年古榕泉——遮放瑶池为景中之奇，此泉呈多点出露，水温50℃左右，为碳酸盐泉，水质清纯，流量稳定，分"龙""雄""雌"三池。

龙池十米见方，一半被树的根部笼罩，树根延伸到水面又屈曲向上寻找新的延伸地，盘根错节，形成一个个水上洞府，呈半明半暗的一池两景。"雄池"为男性浴池，"雌池"为女性浴池，三池之间，池池相望，而水则互不相融。

在盘根错节的榕树根下，形成独特的"榕树洞温泉"，洞内上方空旷，有3米多高，呈渐渐收拢的趋势。下方自然形成的碳酸盐石台阶，给入洞沐浴者提供方便。在宽敞的"榕树洞"里，可容纳近10个人在里面同时浸泡。有人因此打趣说，洞内完全可以开小型温泉会议。榕树的根部常年浸泡在50℃的热水里，但枝叶并不枯萎，反而还特别茂盛，他们就像一对恋人，谱写着地久天长的爱情之歌。

每至冬晨，遮放瑶池雾气弥漫，恰似仙境。如果你愿意，从水下钻入树下暗池，托身于发达的根颈之上，把头从根孔树洞中探出来，一边享受暗室中千年古榕泉——瑶池熏蒸，一边倾听枝头翠鸟的歌声，相信你一定会忘记人世间一切的烦忧。

景成地海——翡翠泉

在风光旖旎的瑞丽江畔，有一个"广贺罕"（意为国王的山坡）。明代麓川王思任法的王宫遗址，宫殿、阅兵台、象房、洗象池、城壕等遗迹至今仍依稀可辨。曾经的辉煌虽然消失在时光的隧道里，但今天的景成地海却传递着悠远的故事。

景成地海温泉紧邻瑞丽江畔，与缅甸木姐隔江相望，这里有罕见的翡翠泉，出水口温度高达103℃，日流量约为1143立方米，井深3米，直径11米，为典型的喷发式沸泉。水面终日沸腾翻滚，水雾缭绕，蔚为壮观。

瑞丽景成地海温泉度假中心占地约456亩，设SPA温泉会所、花园别墅酒店区、娱乐活动区、接待中心、温泉酒店、会议中心、国宾馆、景观塔、行政中心九大功能区。在云南省2008年首批30家温泉单位评定中，翡翠泉温泉水质中有9项水质元素高居第一，获得"旅游温泉特级品质"认证，成为名副其实的"云南第一汤"。泉质为碱性碳酸氢泉，富含硫化物、总铁、游离子二氧化碳、锶、锂、钡等数十种微量元素。美丽的地方，美丽的酒店，开发的热土，休憩的港湾。

瑞丽江从度假中心旁轻轻流过，绿树掩映间亚热带风情浓郁的建筑倒映水中。在这里既能领略东南亚风格和瑞丽人文景观，又能在蒙蒙水雾中潜心享受温泉的曼妙和身心的无限舒畅。

龙安温泉

你远离喧嚣，躲在一望无际的甘蔗林后边，显得格外神秘和隐蔽。来到此地，似乎感觉是到了泰国的清迈，唯一不同的是，这里有温泉。

一座一座水上木屋，用泰国的地名命名，比如曼谷、芭堤雅……

温泉区有一个名副其实的名字——绿野仙踪。泉池在绿油油的灌木中，若隐若现，每个泉池都有个花的名字。在这样的环境里泡温泉，真的是一种融入大自然的感觉，身心都很放松，很惬意。

陇川龙安温泉是依托陇川自然、人文资源，开发建设民族风情广场、景颇风味餐厅、游客服务中心、温泉室外泡池区、游泳池、温泉度假酒店、温泉SPA水疗中心、健身馆、生态农业示范区及其他相关附属设施，形成中近程自驾车旅行者、自助旅游者及周边居民休闲度假的目的地。

　　龙安温泉是一家汇集东南亚风情风貌的旅游休闲度假村。这里有罕见的弱碱温泉，富含多种微量元素，对治病、康体、美肤有特殊疗效。水温达56℃，有7个露天森林泡池、1个大泡池、1个干湿蒸房、1个露天游泳池、1个营地帐篷、1个海景沙滩，还有13套水景套房、9套泰国风格田园房。以温泉SPA水疗中心为核心，重点打造缅甸营区、泰国营区、沙滩、田园温泉别墅区、田园温泉室外泡池区等构建多元化，不同层次的温泉养生旅游产品，满足不同层次和游客的差异化、个性化需求。这里的泰国营区和缅甸营区都设有标间、单间还有套房（有厨房、小菜园、私人温泉）。在这里放松心情的同时还可以感受到家的温馨与浪漫。

勐巴娜西珍奇多

梦幻神奇的勐巴娜西是最美的地方
百鸟儿歌唱山花香叫人向往
跳起了傣家的孔雀舞哇跳出了希望
吉祥的水呀和一张张笑脸一幅幅丰收的画面
一声声美好的祝愿留在心田

  勐巴娜西——你如一位柔情似水的傣家少女,是我心中永远装着的一幅风景,把我的心深深地占据。想念你的时候,不眠的日子化成一座一座的山岗、一个又一个曲曲弯弯的坝子,充盈着我干涸的心地。你的光芒耀眼,使我生起无数的梦想,像白鹭飞起,然后逃离、隐去,留下的剪影满含忧郁。我无法抵御你美丽的引诱,只好在你无数充满浓浓情意的歌声里,种下一片片诗歌般的绿森林,为你而歌,让你聆听。

  梦中的勐巴娜西,我再也控制不住自己无边的等候了。

勐巴娜西珍奇园

  "勐巴娜西"是神奇、美丽、富饶的意思。信步珍奇园,罕见的千年桂花、千年黄杨、千年紫薇、亿年硅化木玉石处处可及,园内春有花、夏有荫、秋有果、冬有绿,恍如一个美妙神奇的世界,令人叹为观止。占地376亩的勐巴娜西珍奇园,是集古朴、神奇、自

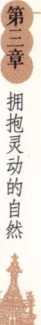

然、典雅、绚丽于一体的大型生态园林景区，含有丰富的文化、科研内涵，又是祖国大西南的植物基因宝库，堪称中国园林奇葩、华夏景观一绝。

步入大王棕、象腿棕走廊后，可以瞻仰世人崇敬的周恩来总理的纪念亭，汉白玉的周总理雕像栩栩如生，碑文上用汉、傣、景颇三种文字撰铭着1956年12月周总理与贺龙副总理同缅甸总理吴巴瑞一行专程莅临芒市主持两国边民联欢的历史性事件。

勐巴娜西珍奇园位于德宏州芒市城东南，是国家AAAA级景区，具有古朴、自然、珍奇特色的高品位景点，是全国罕见的生态园林。它汇集了全国少见的大量古树名木和世界罕见的硅化木玉石。其特色是：稀、奇、古、怪，堪称精品荟萃的旅游亮点、亚热带植物基因宝库。园内汇集了全国少见的大量古树名木和世界罕见的硅化木玉石。

尖角卷瓣兰

迈入珍奇园，置身于遮天蔽日、凉爽宜人的凤尾竹林，眼前展现出一派傣乡风情。再深入，映入眼帘的是两座醒目的标志，一个是白龙亭，为傣族泼水节的标志，一个是景颇族目瑙纵歌节的标志。抬头仰望，观赏到珍奇园大门雄伟壮观的东南亚傣族建筑。

稀有植物 珍稀植物众多，有国家一、二级保护的珍稀植物活化石桫椤、篦齿苏铁、银杏、石斛、鹿角蕨等。这些植物形状奇特，有形似恐龙、海师、花篮的榕树，有形状怪异的活根雕——鸡蛋花，有500多株百年以上的古树名木。园林中还点缀着鸟巢蕨、鹿角蕨、莲座蕨、王冠蕨、石斛兰、一叶兰、万代兰、沙漠玫瑰等珍稀植物和奇花异草，还有千余盆人参榕、罗汉松、紫薇、三角梅、巴西铁、黄杨、铁树、榆树等桩景，品种繁多，琳琅满目。

奇石异木 这里的硅化木、树化玉它们的形成在一亿六千万年以上。游览道两侧竖立和横摆着数百件大小不一、形状各异的亿年树化石、树化玉和奇形怪状的山石、水石、石胆、玉石、翡翠，宛若进入一个远古神奇的世界。珍藏馆陈列着来自国内外的200多种奇石、化石和大型根雕，根雕数量之多、形状之奇、规格之大为全国之最。这里是我们进行地质和古生物知识补课的好课堂。

滇刺枣

勐巴娜西珍奇园，是集古朴、神奇、自然、典雅、绚丽于一体的大型生态园林景区，含有丰富的文化、科研内涵，又是祖国大西南的植物基因宝库，堪称"中国园林奇葩、华夏景观一绝"。

三仙洞

大自然总是在不经意间将一种平凡化为神奇，这神奇便是溶洞。溶洞是大自然的艺术宝库。如果把黄龙洞、腾龙洞、织金洞、芙蓉洞、雪王洞，称为中国最美的五个溶洞，那芒市的三仙洞，应该列为中国第六个最美溶洞。

在德宏这片广袤的大地上到底有多少稀奇事？石头会开花你听说过吗？石头有胡须你看见过吗？

关于三仙洞，民间还流传着一个美好的传说。据说，洞中有嫦娥、狐、猴三仙，常显灵，福佑乡民，故称此为三仙洞。

《龙陵志》记载："有石佛三，自然生成，不事雕饰，土人遂称为三仙洞。"据说这"石佛三"也就是"三身一体石佛"，是很久以前三大土司头领死后所变，为的是喻示土司后代应该团结如一，才可永葆和平。说来也真是神奇，自从人们发现了"三身一体石佛"之后，当地的三大土司芒市土司、遮放土司以及勐板土千总之间历时400年，彼此之间就再也没有发生过战争。

芒市三仙洞位于云南省德宏州芒市勐戛镇三角岩村的悬崖峭壁之上，形成于晚期二叠纪时代，距今已26万年，是清代开发的天然溶洞。三仙洞悬于半山绝壁上，分上下两层，上下洞形成天然进出风口，有6个厅堂，120余个景点。洞空间最高达30米，横跨最宽处50米，洞壁完整，胶结稳固。

进入洞内，钙化生成物既有宏大壮观的气势，又有玲珑剔透的秀色。只见钟乳倒悬，石花锦簇，珍珠垂帘，石笋丛生，石柱挺立，姿态万千。洞内景观，神秘莫测，令人浮想联翩，如雄鹰卧巢、孔雀昂立、翠鸟迎宾，栩栩如生、惟妙惟肖，令人目不暇接。石壁泉珠晶莹透亮，滴水成池，最动人心魄的是洞内景物会眼随心动，景随心生，时而如嫦娥奔月，时而如飞流千尺、水花四降，时而如迷宫探宝、秘不可测……其美景多如繁星，真是一步一景，一眼一景，而且唯我独有的景观比比皆是，每到一处，都生出一分惊喜，生出一分感慨。

让人称奇的还有洞内的光线，各种色彩的光线，将形状各异的各种石笋、石柱、石幔、石花，渲染成逼真的各种动物、宝塔，甚至唯美的琼花玉树，真可谓千姿百态、神秘莫测。石柱中最具当地特色的要数"傣家三佛塔"，三座佛塔高矮不尽相同，并列在一起，十分形象。由石幔形成的"野象谷"圆润敦实，恰如一只只大小象在相互嬉戏。洞内还有"孔明灯""摇钱树""千瓣莲花"等多个景点。在洞内步行游览时，途中不时会遇到直上直下十分狭窄的石壁，过往游人或弯腰或侧身，相互避让才能通行。有游客说，游完三仙洞，你便学会了恭谨谦让。

洞外有三座小山，山上松林、茶园、果林茂密繁盛，连为一体。最吸引人的是茶园中那片野茶林，林中有二三百棵老茶树，每株树龄都达百年，开出的九色花，颇为壮观。眼看、松林、果树延绵不断，耳听山里清溪细水长流，像是走进了陶渊明笔下的桃花源。

仙佛洞——梦幻穿越千年

暮春的德宏，春意全都绽放在山头田间水边。没有经历过凛冽寒冬的德宏人，对春天的来临似乎反应迟钝，反倒是嘈杂的菜市场上一摞摞五颜六色的野花野菜，勾起了德宏人对春天的遐想。于是乎，那白花漫野的仙佛洞，成了德宏人春天里的话题。

从地层形成的年代看，仙佛洞是属于中生代侏罗纪中统勐戛组石灰岩，

已有 1.4 亿多年的历史。溶洞长 2800 米，垂直高差 200 多米。它的奇特之处在于它几乎囊括了喀斯特地貌所有的地质景观。

漫长的历史沉淀，为仙佛洞带来非同寻常的梦幻景致。星罗棋布的钟乳石，或气势宏大，或小巧精致，有的如振翅高飞的雄鹰，有的像灿烂绽放的白莲。

翡翠瑶池：相传，天上的仙人羡慕人间，便偷偷下凡开垦田园，体验凡人生活。早朝时，玉皇大帝发现有人缺席，便差二郎神把下凡的神仙押回。仙人返回天上，农事才进行了一半，只留下一片翠绿水田，如同翡翠一般。从传说故事中回过神来，近距离观察翡翠瑶池，一抹抹绿光投射在散落的钟乳石上，泛出幽幽绿意，如同一块块圆润剔透的翡翠。踩在钟乳石上，令人心生恍惚，真切地以为脚下便是昂贵的翡翠，踏出的每一步都格外小心。

时空隧道：仙佛洞分为上下两个溶洞，为了方便游客欣赏溶洞全貌，景区将两处打通，由于喀斯特地质结构不宜爆破，只能由工人靠铁锹、风镐等工具进行挖掘。时空隧道全长 160 米，工人们足足挖了 570 天。经过艰难的开凿，上下洞终于贯通，踏在时光的隧道里，幽幽隧道一眼望不到头，慢慢前进，前路充满着未知的可能性，神秘刺激。走到隧道尽头，再回头来看，来时路已经模糊，仿佛穿越了千万年时空。

三仙洞中的钟乳石

太平景象 造型各异的钟乳石在灯光映照下,如一朵朵礼花,灿烂绽放。娇艳的粉红,耀眼的金黄,热烈的鲜红,五彩斑斓,传递着美好的祝福与期盼,寓意天下太平、生活幸福。

莲花谷 这是一处罕见的洞窟钟乳石群,数不清的钟乳石"肆意疯长",纵横交错,充满野趣。石笋、石柱、边石堤,坚硬的石块在灯光映照下变得温柔多情,每一块钟乳石都在诉说着自己的秘密,等你聆听。

千层肚 听到"千层肚"的名号,作为一名吃货,脑中首先想到的便是热气腾腾的火锅中,那一口鲜嫩的千层肚。在仙佛洞中,一块块钟乳石高悬洞顶,自然垂落,密集排列在一起,犹如千层肚,形象生动,让人忍不住想咬上一口。

横看成岭侧成峰,梦幻奇妙是溶洞,仙佛洞在不同的人眼中呈现着不同的景致。你眼中的仙佛洞,是怎样的呢?

山高水长入诗画

走进德宏，就如走进一个斑斓世界，边陲德宏之美，犹如一个童话世界。

德宏集雄峰、秀水、绿茵、烟岚于一身，处处仙境，步步禅意，大道深藏，妙趣横生，让人每一次踏上这块土地都会生发出新的感悟。

不为吝啬，因为德宏如诗如画的地方实在是数不胜数，只能把莫里瀑布、洞尚允、黑河老坡、诗蜜娃底介绍给您。

莫里瀑布

走进莫里，上千种热带和亚热带植物遮天蔽日，你可以把硕大的百年古藤看成"吊床"，把残忍的"绞杀树"看成"热带冷血杀手"，把千年古蕨、亿年木化石看作厚厚的教科书……

莫里瀑布又称扎朵瀑布，位于芒市、陇川、瑞丽三县市接合部的莫里峡谷，藏于山峦叠翠、万木争荣、双峰对峙的广弄山和广马山之间的亚热带雨林深处。这是一片绿色的海洋，这是一片林木的世界，那些高大的枝干积淀了岁月的痕迹，让你不免心生怜惜，而树冠上遮天蔽日的浓绿依然呈现出盎然的生机，令你敬畏之情浮于脸上。到了这里，才惊觉对林木知识的匮乏，这么多的树种都说不上名，这么多形状的叶子都是从未见过而显得如此新鲜，这里的绿色是如此丰富，已超出了你能想象的范围和所达到的迷人效果。

铜壁关省级自然保护区

相传释迦牟尼佛祖曾在这里传经布道，居住在森林里的老虎、大象、孔雀、马鹿等动物都成为佛祖的虔诚信徒。大象为了感恩，便用强壮的四腿踏出了一泓清澈的温泉，让佛祖戒斋沐浴，佛祖离开时在一块坚硬无比的花岗石上留下了一只硕大的足印。流光溢彩的铜铸坐佛，引来四方无数善男信女。为纪念佛祖的亲临，后人用大佛脚印，即印巴利语"扎朵"，称呼这里。

莫里热带雨林景区以其秀丽奇异的自然人文景观及佛教圣地名闻遐迩。潺潺的莫里九曲十回，玉带般蜿蜒在深山密林间，清清曲水上的小桥朴拙简雅，奇山怪石峥嵘险峻，银链似的瀑布凌空直下，让人叹为观止。

原始的热带雨林里，到处都是生命的奇迹。这里森林茂密，古木参天，保存有大叶榕、细叶榕、高榕、七叶莲、"森林魔王"绞杀藤以及有"上亿万年活化石"之称的树蕨等数十种珍稀植物。"树包石""树面条"就是最直接的证据。你看，它从千丈之上的山顶飘下来，记录的是气根们寻求大地母亲的不离不弃和不折不挠。它们有的已经投入大地的怀抱，有的还在随风飘荡，继续着追寻的征程，形成了迎风飘逸的树根瀑布。

景区内现有野猪、狗熊、麋鹿、蟒蛇、孔雀、象、鸡、青猴等野生珍禽异兽，这是一幅人类与自然和谐统一的诗情画卷。

洞尚允，揭开榕树王国的面纱

一处风景，一种体验；一段经历，一次寻找。

涅槃是生命的升华，只是那种境界神奇邈远，与现实生活难以对接。当你造访遮放的"榕树王国"后，就会发现传说变

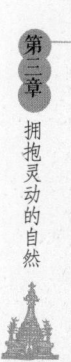

得如此真实，涅槃启示人类并造福世人。

有人说这里是"三界"交汇的地方，是一个神秘的精神领域的分水岭。遮放的榕树王国靠近龙江和芒市大河汇流处，那里叫洞尚允，地名为傣语，"尚"即"三"，"允"即城市，连起来就是三个城市的意思。走进洞尚允，榕树王国隐藏着鲜为人知的故事。

最先映入游人眼帘的是葱茏叠嶂的榕树群。如果说黄山迎客松是一种国画的姿态，那么这里的迎客榕则是一种战将的风采。数百棵古榕汇聚一堂，气宇轩昂、英武雄壮、士气滔滔，把每一个游客纳入绿色的怀抱，微风从林间划过，耳边传来神圣的菩提之音。

沿着缓坡向上攀登，眼前一座辉煌灿烂的佛塔闪现，这时才明白，榕树守护的就是久负盛名的孔雀王子金塔。寺院、佛塔和榕树三位一体，是整个景区的精华部分，环境干净、清净而清新。每年泼水节期间举行大规模佛事活动，来自东南亚的信徒与当地傣族同胞一同朝拜佛祖，场面极其宏大。

多少个曾经的时光，游人围着金塔转悠，欣赏精美的建筑，打量瑞兽雕像；环顾四周蜿蜒耸立的山峰，目睹浩荡的江水，感觉远景与近景构成了奇山妙水的画面。历史长河纵横千万里，无数神秘的面纱等待后人去揭开。在邈远朦胧的时光隧道中，那个古老的故事隐匿于云海深处，锁定在星光灿烂的太空上。

当年的阿弄是神仙，他要转世五百代方能成佛，在转世为金孔雀的时候，就栖息在洞尚允这个地方。但谁也想不到，厄运在无声无息地靠近，因为勐卯果占壁王国的王妃患有心脏病，巫师占卜后说要吃孔雀王子的心脏才能治愈。于是，一个叫莫牙利所的头人率领五百个弓弩手沿着瑞丽江而上，直奔洞尚允。经过数天的围猎，许多孔雀殒命于弓弩之下，依然找不到孔雀王子的身影。看到同伴们流血牺牲，孔雀王子愤怒至极，故意让猎人的暗箭射伤。弓弩手迫不及待地取出它的心脏，很快沿

莫里瀑布

江而返，回去邀功领赏。目睹残忍的杀戮，孔雀王子的同伴们极度悲哀，在山坡上发出凄凉的叫声。突然狂风大作、乌云漫卷，一声惊雷打在孔雀王子的遗体上，残骸即刻变成舍利子钻入土中。之后小山坡上长出了许多小榕树，渐渐形成今天的榕树林。后来，为了纪念金孔雀，人们建起了孔雀王子金塔。该塔建于17世纪初叶，"文化大革命"期间被毁。1985年重建，建筑风格为笋塔造型，主塔高15米，周围有8座小塔。建塔之初周围有550棵榕树，佛塔屹立在郁郁葱葱的榕树王国里，形成耀眼的风景。傣语称此榕树群为"勐榕"，意为榕树的国家。榕树与佛塔相拥，人在山坡上漫步，会产生一种空灵而平静的感觉，好像抵达一个宇宙的窗口，可以窥视和想象遥远的太空。

　　佛塔左面称为万佛山，山里有8个藏佛洞。因傣族信奉南传上座部佛教，虔诚的信众送佛像进佛寺，佛寺容纳有限，每年举行隆重的朝佛仪式之后就把一些佛像送到溶洞内珍藏。藏

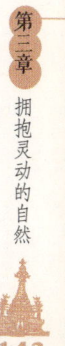

佛洞大小各异，洞内景象万千，有的巨石横空、气势磅礴，有的岩石排列、镶嵌整齐。大量的石佛雕工精湛、形态各异，佛身蕴藏着神奇的意念，一万年的光阴似乎仅是一瞬间。

当思绪返回现实世界的时候，你会忽然发觉那个古老的故事其实并不遥远，它一直就在我们身边。雷击遗骸就是一种涅槃，与凤凰涅槃相同或者近似，但凤凰乃传说之物，本来就感觉虚幻，其涅槃就更加高远空虚，只作为一种深邃的理念存在。

时光流逝，洞尚允的优美宁静却不会远离而去。耳边回响起菩提之语：佛家崇善、俗家积德，人生在世就应该凭自己的能力造福苍生。

黑河老坡——古老的婚床

一张古老的婚床，支砌在云海深处，远离闹市，神秘幻化，原始厚重，晴雨无常，一年一度瑞雪纷飞，满山银装素裹，其景色令人叫绝。

这里不仅有一望无际的高山草甸自然景观，也有晴雨不定的亚热带原始森林，丛林之中时时弥漫着雾气，仿似梦中仙境一般。

沿着蜿蜒的栈道往返，能饱览千年古木，获取远古信息，舒展你的遐想。

黑河老坡海拔2836米，面积2.46万亩，位于芒市中山乡与勐戛镇交界处。属东支山地，地势较高，人站在山顶上，放眼四周，群山奔腾，逶迤邈远，周围牛羊散欢，芳草如洗。游人听山风呼啸，观云海漫漫，仿佛置身于宇宙的新空间。芒市最高海拔是黑河老坡，最低海拔是528米的曼辛河谷，两地都在中山，所以便形成一山分四季的垂直立体气候。一个有趣的说法称这里是"古老的婚床"，适合各种动植物的生长，绿孔雀、蜂猴、黑熊、水鹿、蟒蛇、豹子、印支虎等经常出没，高等植物更是达数千种。据初步考证，黑河老坡高等植物达2500多种，林区动物约69种，其中有大量的珍稀动植物。

步入黑河老坡的原始森林，一切恍如隔世，满眼都是雾气、是幻觉、是

茂密的树木森林，它们都是植物的精魂。那些苔藓，翠绿鲜活地贴满每一棵树的枝枝杈杈。前世今生，苔藓们生生不息，把自己活成树木的一部分，成了树木的皮肤，成了树木的衣服。人在古树王国里，世界中断了声响，悄无声息，整个森林洁净、清净、安静、沉静。

黑河老坡有自己的故事。1944年滇西大反攻，溃败的日军途经黑河老坡，抓了两个牧羊的男子做苦役，其中一人为德昂族，一人为汉族。两人跟随日寇进入缅甸北部，途中备受折磨，吃尽苦头。一天夜里，他们同时梦见黑河老坡出现一道红光，耀眼夺目。醒来后便悄悄逃跑，天亮时发现，远方有一座大山，但只看到朦胧的山尖，那是家乡的黑河老坡。两人朝着黑河老坡的方向走，风餐露宿，一路乞讨，三个月后终于回到自己的故乡。这是一个真实的故事，为了感激大山的救命之恩，直到晚年，两人还相约登临黑河老坡。

听山风呼啸而过，观云海浩瀚翻腾，黑河老坡以得天独厚的自然生态景观和傈僳族狩猎文化为依托，开设户外运动、影视基地、露营等旅游项目。景区山清水秀，有清水河、赛岗河、小清河、万马河、芒杏河等多条河流，"听风台""热血靶场""凯旋楼""逐风跑马场"等多个具有鲜明特色的景点。

春意盎然的黑河老坡

梦幻诗蜜娃底

这是一片原始的山野，来自深山老林的古溪，清澈可掬，为原始的山野带来了湿润的气息。古树身上的苔衣，还遗留着远古的痕迹，古溪里的石头依稀映着远古的胎记。诗蜜娃底，就像它的傈僳族名字，烂漫而富有诗意，如诗如画的四季，就像傈僳族小伙那欢快的三弦，撩拨着姑娘激动的心弦，悄悄地变换着不一样的美丽。

在这个美丽的地方，有一个远离城市喧嚣的静谧之处叫"诗蜜娃底"，那里住着朴实而又奔放的傈僳族，他们生活在美若世外桃源的仙境之中，却狂野地玩着在刀山上跳舞，在火海中奔跑的古老游戏。

诗蜜娃底是傈僳语，意为美丽的黄草坝，距离盈江县城40余千米，距苏典乡政府13千米，海拔1000余米，面积约3平方千米。这里生长着千奇百怪的参天古树，流淌着透明的山泉小溪，给整个坝子注入了灵魂、产生了灵性。走进诗蜜娃底，嗅着清新的空气，看青山绿草、野花遍地，听鸟声清脆而柔美、蜂鸣蝶舞、总有一种暖暖的感动，一种返璞归真的感觉。

这里一年四季都能呈现出不同的风景，春回大地，树梢上还挂着昨夜的寒霜，早有马儿前来沐浴着春天的阳光，牛羊撒欢春草地，蜂飞蝶恋一树花。诗蜜娃底的春天，处处盎然着生机。

夏天的雨，绿了山林绿了草地，自驾者支起帐篷，忘情地拥抱这块神秘的土地，看远山如黛，牛群撒欢，花间蝶舞，听蛙鸣虫吟。夏天的风，携着天籁之音飘过耳际。诗蜜娃底的夏季，没有烈日没有酷暑，满眼都是绿意。

秋天的诗蜜娃底是个乘凉的好地方。看牛儿在反刍中冥想，小溪在暮色中沉醉；赏黄叶随风飞舞，任秋思缥缈心间。

冬季的冰霜让诗蜜娃底悄悄披上了银装，俨然以为冰美人在雪中傲立。牛羊已没了踪影，似乎大地也已睡去，只有那不怕寒冷的古溪，一路欢歌，哼着冬曲。不过，你在这里却感觉不到寒意，因为，远处热情好客的傈僳族人家，正炊烟袅袅。

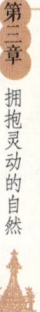

诗蜜娃底是人们神往的"天然森林公园"。它依山傍水，古树环抱，放眼望去到处都是树龄不相上下且实属少见的刺麻栗古树群，遮天蔽日，游人可饱览古树风采。这些古树，由于人行磨砺和雨水的冲刷，裸露的根系，犹如一条条静伏的黑色巨蟒，让人敬畏。这些茂密的树林还引来大批的野生动物，如麂子、野狐、山兔、松鼠、穿山甲，还有竹鸡、喜鹊、乌鸦、康鸡、斑鸠、燕子、冬麻雀等40多个鸟类品种。在那里鸟与人类和谐相处，良好的生态环境给傈僳山寨各族群众提供了无穷的乐趣，也为外来游客增添了一道亮丽的风景，让你心旷神怡，让你流连忘返。

　　春夏秋冬，四季轮回，诗蜜娃底会用不同的色彩呈现给你。一块草甸，一片古木，一顶草亭，每一个人眼里都有一个心中的诗蜜娃底。

诗蜜娃底

第四章
铭记历史的丰碑

打开尘封的记忆,在古老的"南方丝绸之路"上,德宏——这个必经的驿站,历经的苦难实在是太多太多,但境内的各民族人民总是挺起脊梁,牵手相望。

翻开古老的历史卷宗,探寻德宏各民族发展的历程,足以让每一个德宏人由衷的自豪。

也许这些事、这些人,在历史的长河里只是一朵小小的浪花,但它却铸造了德宏无言的丰碑。

马嘉理事件

站在红崩河畔,抚摸着默默无语的马嘉理事件抗英纪念碑,千古风霜雨雪聚边关,洗净硝烟尘埃铅华无数,洗不净思古伤愁万千。眺望莽莽苍苍的铜壁关,八年抗英的硝烟早已消散。时过境迁,沧桑巨变,物是人非,我们是否还记得曾经给国家带来的那一场惊天地泣鬼神的弥天噩梦,以及丧权辱国的《烟台条约》?

"马嘉理事件"也称"滇案"或"云南事件"。19世纪下半叶,英帝国主义为打开从缅甸北部入侵云南的通道,不断蚕食云南边地。清同治十三年(1874年)英国驻印度总督派英军上校柏郎率领全副武装的"勘测队",以来云南勘测绘制地图为名,妄图入侵云南。

时任英国驻华公使馆翻译官马嘉理,是英帝国主义殖民者驻华使馆的翻译、间谍。他沿途从北京到云南一路刺探军政要情,绘制山川险要地图,标示驻军情况,并把掌握的情报向柏郎进行了汇报。到达腾越厅后,未经清朝官员同意,按照跟"勘测队"事前约定,由马嘉理前往缅甸接应。得知英军即将入侵的消息,盈江各族军民纷纷组织起来,严阵以待。当时驻守边防的腾越镇左营都司李珍国到芒允召开大会,动员组织各族人民进行抗英战斗准备,给予侵略者以迎头痛击。

马嘉理带领英军向中国边境进发,听说前面有数百名中国武装人员要进行阻截,柏郎下令部队停止前进,打算探明情况再做打算。马嘉理自告奋勇前往探路,柏郎带队随后跟进。行至雪列已近傍晚,柏郎不敢留宿,命令部队返回班西山下宿营。马嘉理一行于14日晚来到芒允,宿于佛寺,认为平安无事,16日依原路返回接应柏郎。

行至芒允街户宋河边时，受到守候已久的腊都、儿通瓦等20多名景颇族义军的劝阻和痛斥，但马嘉理不但不听忠告，反而开枪打死1人。群情激愤，腊都、儿通瓦等忍无可忍，被迫将马嘉理及其随从4人杀死，讨回了血债。

次日早晨，柏郎率领侵略军入无人之境，被埋伏在班西山前阻击侵略者的军民们拦住。柏郎气焰嚣张不可一世，首先开枪向爱国军民射击。爱国勇士被迫进行反击，一时间，班西山下枪声大作，双方进行了激烈的战斗。柏郎交战不利，赶忙仓皇逃窜出境。

"马嘉理事件"发生后，虽然中国军民取得了反侵略斗争的胜利，理应由英殖民者向我国赔礼道歉，抚恤被马嘉理无端屠杀的中国人。但英帝国主义依仗有洋枪洋炮，颠倒黑白，要求清政府"赔罪"，并提出许多无理苛刻的要求。一向被洋人吓破胆的清政府屈服于压力，讨好洋人，将所谓"凶犯"腊都、儿通瓦等23名景颇族抗英勇士，捉拿后远途捕押昆明，经过颠倒黑白的"审判"，在北校场斩首；把积极组织抗英的腾越总兵蒋宗汉革职，把腾越同知吴启亮革职，把腾越镇左营都司李珍国革职下狱；向英国赔款关平银20万两，含中英《烟台条约》中规定的军费、商欠、抚恤费，并且派湖广总督李瀚章远洋去英伦登岛代大清帝国向大英帝国道歉。

1876年，清朝廷派李鸿章在山东烟台与英国大使威妥马签订屈辱的中英《烟台条约》，除"抚恤""赔款""惩凶"道歉外，还同意允许英帝国主义者开辟印藏交通，通往西藏、云南、青海、甘肃等省区；开辟宜昌、芜湖、温州、北海等地为通商口岸；扩大领事裁判权等。"马嘉理事件"中反侵略斗争的壮举以一个难言的结局载入中国近代史。

中华民族，曾经国泰民安，繁荣昌盛，誉称东方雄狮。日月轮回，在那些灰暗的年代，国家逊色为"东亚病夫"，任人宰割，落后挨打，弱国无外交，这是千古教训。后世不忘前世之师，江山社稷，家国情怀，永恒不变，古老苍凉之碑，名垂青史，时时刻刻提示后人保家卫国、国泰民安、政通仁和的重要性。

辛亥革命腾越起义

翻开1912年2月出版的上海《民主日报》，我们还可以看到这样的报道和评论："云南光复之役，发难地一为省会，一为腾越，而腾越先。腾越起义于辛亥九月六日，省中于辛亥九月九日，实后腾三日。省中首义，以统兵之将，节制之师，义声可昌，人心先附，其事易；腾越以市井之人，纠合之众，异军特起，竟篡大功，其事难。省会光复，中外传檄，本末俱全，人皆知之；腾则僻在边徼，交通梗塞，海内之人，知者盖鲜。"

1911年10月27日，在腾越（今腾冲）发动的辛亥革命腾越"九六"武装起义，结束了清王朝对滇西的统治，建立了云南第一个通过资产阶级民主革命实现的资产阶级共和制地方革命政权。作为中国资产阶级民主革命的重要组成部分，腾越起义为云南辛亥革命的胜利立了首功，有力地促进和推动了云南辛亥革命的进程，为云南乃至全国的辛亥革命做出了积极的贡献。

在这曲哀婉惨烈的历史悲歌中，永远隐现着辛亥革命腾越"九六"武装起义三位主角——刀安仁、刘辅国、张文光的面容和身影，而腾越武装起义的三杰中刀安仁是最富有传奇色彩的一位。

刀安仁一生走过了为干崖傣乡寻求光明的艰难道路：带领民众抗击帝国主义，企望能够保土安民；他开办学校、发展工厂、引种橡胶，寻求实业救国的可能；在种种努力都失败之后，他毅然走上了发动武装起义推翻封建统治、实现民主共和的道路。

1906年，刀安仁和弟弟刀安文带领十几位干崖青年，带着秦力山的介绍信去日本，在东京会见了孙中山和黄兴，并由孙中山主盟，滇籍同盟会云南主盟人吕志伊介绍加入了中国同盟会，成为同

刀安仁雕像

盟会第一批傣族会员。在日本期间，刀安仁把带去的十多名傣族青年男女分别安排去学习军事、政法、纺织、印染、师范、橡胶加工、园圃、栽桑养蚕等专业，为实施实业救国培养人才。刀安仁则参加了东京政法大学速成法制科的学习，广泛了解日本工商企业情况，准备在干崖兴办实业。在学习的同时全身心地投入革命活动中。在东京期间，刀安仁结识了同盟会的吴玉章、居正、宋教仁、胡汉民、章炳麟、李根源等人，刀安仁和他们交往密切，他的寓所成了当时革命党人的聚会地点之一。

1907年5月，奉派到滇西策划武装起义的同盟会仰光分会的杨振鸿专程到新加坡晋见孙中山，带回了"滇西革命以腾（越）、永（昌）人手"的策略和同盟会《革命方略》。据此同盟会仰光分会决定把干崖作为滇西起义的前线指挥点，建立由刀安仁负责的同盟会干崖支部，领导和筹划腾越、干崖地区的武装起义。为了扩大实力和影响，同盟会干崖支部在腾越创建了同盟会的外围组织——腾越自治同志会，由刀安仁任组长、张文光任副组长、刘辅国任联络员。同时，刀安仁加紧在原有的民族武装的基础上组建干崖起义武装——干崖敢死队，并参加了杨振鸿组织的永昌武装起义。永昌武装起义终因被人告密和准备不足而失败。

永昌起义失败后，刀安仁安排好善后事宜，于1910年春再次东渡日本。这次到日本，一方面要与日本东亚公司交涉继

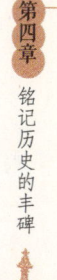

第四章 铭记历史的丰碑

153

续兴办实业事宜，更重要的是要会晤孙中山先生，向孙中山汇报滇西起义失败和兴办实业受挫等情况，孙中山则勉励刀安仁继续筹备滇西起义，并向他说明只有推翻帝制，建立共和，才能更好地发展实业。

刀安仁回到干崖，在干崖新衙门召开同盟会腾越支部秘密会议，成立以刀安仁为组长的腾越武装起义核心小组，详细制订了发动腾越武装起义的最后计划，并将腾越武装起义的计划报送同盟会仰光分会。农历八月，同盟会仰光分会同意了腾越支部发动腾越武装起义的计划，还派专人将《革命方略》和滇西军政府的印信送到干崖，交给刀安仁。农历九月初五，刀安仁组织的滇西国民军已全部秘密集结于干崖新城和旧城，编制、装备就绪。国民军中有傣族、景颇族、阿昌族、傈僳族、汉族等民族群众，总共800余人，共编为5营，同时组织后备队9个营，队伍总人数达1200余人。于初六凌晨向腾越开进，参加腾越武装起义。腾越起义一举推翻了清王朝在滇西地区的封建统治，建立了云南第一个资产阶级民主共和制的地方革命政权，这在云南历史上具有划时代的伟大意义。腾越起义为云南辛亥革命的胜利立了首功，促进和推动了云南辛亥革命的进程，为云南乃至全国的辛亥革命做出了积极的贡献。同时，腾越起义是中国资产阶级民主革命的一个重要组成部分，它是群众性反封建的民主革命运动，给后人留下了深刻的民主革命精神，在辛亥革命史上占有重要的地位。

刀安仁成功发动了腾越"九六"武装起义，推翻了清王朝在滇西地区的封建专制统治，建立了云南第一个民主共和制的地方政权。为了干崖和干崖的民众，刀安仁贡献了自己的一切，践行了自己的誓言，坚持实现了自己为之奋斗的理想，但却也在这场不彻底的革命中蒙受冤狱，含恨而逝，成为这段历史的见证和这段历史的教训……

滇缅路上的血与泪

> 翻开历史，抖落尘埃，滇缅公路，一个抹不去的抗战记忆；滇缅公路，一条通往世界的大动脉，一条地图上永不消失的红线，它连接了前天和昨天，也将伴随着今天走向明天。

1938年，贫血的中国战场急需一条运送抗战物资的血管。滇西，20万筑路大军，其中包括汉族、白族、彝族、傣族、苗族、傈僳族、景颇族、德昂族、阿昌族等民族。

9个月，一条东起昆明，西至缅甸腊戍，全长1146.1千米的滇缅公路全线通车。这是一条滇西各族人民用血肉筑成的国际通道，滇缅公路在第二次世界大战中扮演着重要的角色。

灾难深重的中华民族为了民族的生存与复兴，谱写了一曲曲惊天地泣鬼神的悲歌。让我们重温那个血与火的年代，为滇缅筑路工人们舍生忘死的爱国精神感动一回吧！

1937年8月11日，身为彝族汉子的云南省政府主席龙云到南京开会，建议南京政府修建滇缅公路和滇缅铁路，得到批准。1937年12月滇缅公路修建工程全线动工。国内部分从昆明至畹町，全长959.4千米。其中昆明至下关的411.6千米原已修通土路，为改建；下关至畹町的547.8千米为新建。

芒市土司代办方克光和遮放土司多英培在接到通令后极为重视，一方面积极组织动员辖区民工，另一方面上书第一殖边督办李曰垓，陈述工程浩大，时间紧迫，如果仅靠芒市、遮

滇缅公路通车仪式在畹町桥头举行

放两司派工修路，那么就是将所有的青壮年都派去也难以完成任务，于是建议边疆十土司协助。李曰垓同意两位土司的请求，乃定：芒市司辖区由干崖（盈江）、南甸（梁河）、盏达（莲山）、户撒司负责修筑连接龙陵县南天门路段以下的工程，其中梁河修10千米，每天应出工1000人；坝区由芒市负责，每天应出工8000人；遮放司辖区由陇川、勐卯（瑞丽）负责三台山路段；遮放司负责坝区；黑山门段由勐板司、遮放司的三角岩乡、梁子街十二寨乡负责，每天应出工各1000人。

1938年9月21日《云南日报》刊文：据盈江设治局报，该局负责白花洼至新桥河10千米的地段，民工死亡男156人、女23人。修筑10千米便有如此惨重的死亡，那么滇缅公路全线的修筑共付出了多少生命的代价，便可想而知了。在这些献出生命的人当中，有的甚至尸首腐烂在山林多日才被发现，因工伤致残者，为数就更多了。7—8月，暴雨猛降，修成的路面因塌方而致严重损害。潞畹段中有两座木桥被冲毁，山坡、路面多处塌方，但艰难困苦没有吓倒工程技术人员和民工们，他们风里来，雨里去，清除坍塌土石，排险导流，奋力抢险。

在修筑滇缅公路的过程中，德宏各少数民族同胞付出了巨大的代价，他们不分男女老幼，自带筑路工具和干粮，长途跋涉，以滴血的裸足和黝黑的脊梁，肩挑锄刨，逢山凿路，遇水架桥，日夜苦战，冬忍刀剑似的严寒，夏御成群结队的蚊虫，在滇缅公路沿线的草窝石洞里，暖出了不死的信心和延伸的希望……

滇缅公路横空出世，血肉之躯惊天地泣鬼神。血与汗，水一样的流淌，淌成大峡谷里为抗战而咆哮的大怒江。爆破、坠崖、落江、塌方和疟疾，夺走了3000多个鲜活的生命。即便倒下，魂魄也要站起，站成一排排挺拔的护路树碑……

从1937年12月至1938年8月31日，滇西20万各族人民用手挖肩挑的传统施工方式，修建大中型桥梁7座，小桥522座，涵洞1443道，共铺泥结碎石路面900余千米，全线贯通了滇缅公路。当源源不断的抗战物资，流过这条血管，流过这条生命补给线时，五大洲举起了酒杯——为滇缅公路，历史也举起了酒杯——为修建这条路的德宏各族人民祝贺。

人与路，互相创造着。路将人，创造成抗战勇士和为人类正义和平而奉献的英雄；人将路，创造成神话创造成滇西抗战传奇……

南侨机工在德宏

无私才能无畏，无私才敢担当。南侨机工们以实际行动和担当精神，用生命和鲜血抒写了对国家、对人民的热爱和忠诚。在遭到日本帝国主义侵略时，我海外华侨心系祖国，3200多名南侨机工，慨然蹈海归来，同仇敌忾，勇赴国难，不怕牺牲，体现了一脉相承的伟大民族精神。

1939年，中国的抗战进入最黑暗的时刻，所有通往中国的国际通道几乎被日军封锁殆尽，只剩下偏居大西南的一条滇缅公路，被国际社会称为中国抗战生命线的战略通道。

滇缅公路通车后，著名华侨领袖陈嘉庚先生在得知祖国需要大量汽车司机和修理人员之后，发出了《南侨总会第六号公告》，号召华侨中的年轻司机和技工回国参加抗战，与国家一同战斗。通告马上得到了响应，众多爱国华侨踊跃报名，有的甚至放弃了当时的优越生活条件，先后回国援助抗战，他们被称为"南洋华侨机工回国服务团"。1939年2月18日，被誉为"八十先锋队"的第一批南侨机工在新加坡码头告别家人、亲人、朋友回到祖国支援抗战。先后有3200多名南侨机工分9批回国抗战，有1000多名捐躯在抗日的前线上。

当南侨机工们到达大后方后，都要进行两个月左右的军事训练，在培训的知识中，防空知识最为实用，防空知识对于日后在滇缅公路上抢运物资之时，起了非常大的作用，拯救了很多机工的生命。

畹町南洋华侨机工回国抗日纪念碑

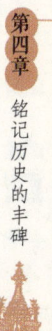

　　再会吧　南洋
　　你椰子肥　豆蔻香
　　你受着自然的丰富的供养
　　但在帝国主义的剥削下
　　千百万被压迫者都闹着饥荒
　　再会吧　南洋
　　你不见尸横着长白山
　　血流着黑龙江
　　这是中华民族的存亡
　　再会吧　南洋
　　我们要去争取一线光明的希望

　　《告别南洋》的谱是《义勇军进行曲》的姊妹篇，由聂耳作曲，田汉作词。
　　在这里，不得不提到几个女性的名字，如李月美、白雪

畹町南洋华侨机工回国抗日纪念馆展室

娇。最富传奇色彩的是李月美，她女扮男装上前线抢运物资，被人们称为当代"花木兰"，何香凝誉她为"巾帼英雄"。投笔从戎的富商千金白雪娇，她的家书激励了无数南洋青年勇赴国难。

1939年9月，芒市、遮放一带阴雨连绵，路面又烂又滑，南侨机工先锋第13大队37中队的17辆卡车全部被洪水围困，陷在泥坑中。所带食物全部吃光了，而救援的车子又进不来，断了补给。从第六天开始有一半人因极度疲劳和饥饿而病倒了，有两三位机工身患疟疾打摆子，能动弹的人只好上山挖竹笋烧煮，给倒下的战友充饥。他们被困在这杳无音信的荒山野岭中，死神疯狂地吞噬着这些孤单无援的海外赤子。天气一直到第八天才转晴，一群路过这里的傣族小孩看到了这悲惨景象，赶回去报信，当地的傣族同胞送来食物、草药和铺路工具，南侨机工们才脱了险。其后，重病伤员留下，到傣族村寨休养，其他人继续前行。抗日救国使南侨机工和德宏少数民族同胞结下了深厚情谊。

1939年至1942年的3年时间，滇缅公路一共有15000多辆汽车抢运了45万吨军需物资，还有那些无法统计的其他物资及用品。根据统计，抗战中中国军队的物资和装备几乎有一半是通过滇缅公路运进来的，而运输这些物资的汽车，正是由南侨机工们和其他司机一起驾驶。他们为抗战做出的重大贡献，正如南侨机工抗日纪念碑底座上书写的四个大字"赤子功勋"。南侨机工的身上体现出了三种精神：一是把祖国的命运和自己命运紧密联系在一起的爱国主义精神；二是不畏艰险、不怕牺牲的奉献精神；三是互相关心、互相帮助、团结友爱的集体主义精神。

　　滇西沦陷之后，很多机工留在了沦陷区，有些机工躲在村子寨子里逃生，因此也把云南视为他们的第二个故乡。

　　大部分南侨机工都是英俊帅气，有知识、有文化、有技术的青年，故而备受当地少数民族姑娘的青睐，在战火纷飞的年代给南侨机工送来了无限的温暖与关怀，很多机工娶了当地的少数民族姑娘为妻，定居在德宏。在德宏的30位机工，其中就有一半以上娶了当地的傣族，陈团圆就是其中一位，他的后人叶晓东成年后子承父业，在父亲牺牲的地方守护了70年，是南侨机工回国抗日纪念碑的守碑人。

雷允，一座伟大的历史丰碑

雷允，是祖国西南德宏瑞丽一个边境线上的村寨，70多年过去了，那段辉煌的历史依然鲜为人知。只有那座静静矗立着的遗址纪念碑，仿佛向人们诉说着70多年前中国航空史上曾经的光荣与梦想，记录一段几乎被湮灭的悲怆与辉煌。

抗日战争爆发前，中央飞机制造厂是在美丽的江南。1933年，国民政府军事委员会航空局与美国泛美航空公司合资建飞机制造厂，由中国政府控股（占55%的股份）。1935年在浙江杭州的笕桥建成投产，全称为"中央飞机制造厂"（英文简写"CAMC"）总经理是美国人鲍雷，厂长是中国人韩达，员工大多来自印度、南洋和我国浙江、广东等沿海一带。中央飞机制造厂投产后，制造出战斗机63架，组装50架，成为当时我国空军飞机的主要来源之一，中央飞机制造厂还研制出世界上第一架铜轴反转直升机。

1937年，日本发动全面侵华战争，中央飞机制造厂被迫内迁，几经波折，于1939年迁至当时处于大后方的中缅边境瑞丽雷允。选择雷允有两个因素，一方面雷允地处大后方，另一方面雷允临近英属殖民地缅甸、印度，有利于进口飞机机件。选定厂址后，国民政府的代表便与时任瑞丽弄岛勐卯安抚司代办刀京版商议。刀京版原是盈江干崖第二十二任世袭宣抚司使，是勐卯（瑞丽）衎景泰的舅父，衎景泰当时年幼就由舅父刀京版来勐卯安抚司署担任代办，帮助管理勐卯土司署事务。刀京版听明白对方的来意后，表示国难

雷允飞机制造厂纪念碑

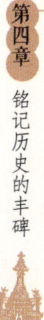

当前，身为中国边地土司，义不容辞，服从国民政府的安排，为飞机制造厂的修建及员工的食宿提供了很大的帮助。

迁厂方案定下来后，分散在四川、湖南的中央飞机制造厂中美员工陆续到达雷允，雷允一时热闹非凡，常住人口原来仅有10户傣族人家，迅速增至6000人，并建起了拥有100名医护人员，200张病床的医院，比当时的瑞丽城还热闹。中央飞机制造厂在雷允投产后，全体员工怀着救亡图存的精神，加紧生产，支援抗战，大批西南联大、西北联大的大学生加入该厂，报效祖国，员工最多时达2929人。

从1939年7月到1940年10月，雷允飞机厂制造了霍克-3双翼战斗机3架、霍克-75战斗机30架、莱因教练机30架，组装CW-21战斗机5架、P-40战斗机29架、DC-3运输机3架，改装勃兰卡教练机8架、海岸巡逻机4架，大修西科斯基水陆两用飞机1架（此架为蒋介石的座机），成为抗

日战争时期我国最大的飞机制造厂,并检修了大批飞虎队和英国驻缅战斗机,为中国的航空事业培养了大批骨干。

1940年,日军为封锁我国唯一的抗战输血管——滇缅公路,对滇缅公路沿线及军事设施大肆轰炸,4月26日、10月26日,日机两次轰炸雷允中央飞机制造厂,雷允地势开阔,缺少防空力量,飞机制造厂损失惨重,死伤员工和家属近200人。到1941年12月间,飞机厂被迫停工,生产瘫痪。后迁到缅甸八莫建发动机分厂,与美国进口机件,在缅甸原首都仰光组装飞机。

1942年3月,日本侵略军相继占领香港和海防后,又轻而易举地占领了英国新加坡海军要塞,矛头指向缅甸仰光。中国远征军赴缅作战后,由于英军畏敌如虎,致使中国远征军作战失利。在这种形势下,经过厂领导会商,并向航委会请示,决定再在保山筹建新厂,以防万一。当时已估计到仰光迟早会陷入日军之手,但只想到如果从仰光北上,雷允位于边陲,难以久守,不如保山安全。不久,厂领导钱昌祚和曾桐决定派叶肇坦、V.V.Wang工程师和余德华三位土建工程师以及秦本鉴、孙玉莹两位会计和事务人员前往保山勘探新厂址,以便先把重要器材运往保山存储。厂领导采取紧急措施,调集大部分车辆,组织人员把重要的器材包装好,火速运往

雷允飞机制造厂组装的战斗机

保山。为加快运输，每辆卡车配备两名司机、两名助手和一名年轻员工随车押运，命令他们昼夜行驶，不得停留。当员工们继续装运器材往返于雷允与保山之间时，日军即将侵入畹町，中国远征军也在撤退。雷允厂不得不将未及撤退的器材用炸药炸毁，厂房放火烧毁，厂领导计划完整撤退的一切努力归于破灭。

1942年5月4日，中央飞机制造厂人员撤到保山，却惨遭保山"五四"轰炸，54架日机狂轰保山城，炸死居民8800人，其中雷允飞机制造厂员工及其家属就有1000多人。据1943年1月16日保山县长杜希贤《保山县政府报敌各次暴行致云南省第六行政督察专员公署呈》中提到"飞机制造厂人员技工家属死亡约1095人"，中央飞机制造厂在保山"五四"被炸中死亡人数占惨案死亡人数的12.4%，加上受伤人数，伤亡极为惨重，再建飞机制造厂的事也再也没有了下文。

雷允中央飞机制造厂为抗日战争的胜利做出了巨大贡献，但在滇西沦陷后，该厂员工的去向却成为历史之谜，数千人的一个工厂一夜之间突然消失了。许多研究这段历史的人曾努力寻找过该厂员工的下落，但结果都令人不太满意。边陲雷允美丽依然，但曾经的技师工人，空中飞鹰已落入了历史的烟尘。

从卢沟桥到畹町桥

　　从卢沟桥到畹町桥，透过历史的窗户，我们看到了一个民族在紧要关头爆发出的最强大精神力量，体会到滇西抗战的胜利，不仅是河山光复，更是人心光复、精神重塑。在卢沟桥和畹町桥这段历史记忆里，我们还应该从中汲取什么、寻回什么？

　　如果说1937年7月7日卢沟桥上的枪声是全国抗战的集结号，那么1945年1月20日云南德宏畹町桥边的炮声则是把日军赶出国门，滇西抗战胜利的礼炮。

　　1941年12月7日，日军偷袭珍珠港后，气势汹涌挥师南进。1942年3月侵占缅甸，同年5月3日，第56师团进犯我国滇西，侵占畹町，5月4日占领芒市、龙陵，5月10日占领腾冲，滇西大片国土沦陷。中国军队凭怒江天堑与日军形成对峙，德宏、保山、腾冲等滇西片区由抗战大后方成为抗战前沿。日军第56师团在滇西腾冲、龙陵、松山、平达建立了四个守备点，师团总部设在德宏芒市。1944年4月11日，中国远征军集16万大军强渡天堑怒江，分左右两翼全面反攻。

　　战斗经历了松山攻坚战、腾冲围歼战、龙陵争夺战。1944年8月10日，中国军队进入芒市外围，及时抢占芒市周围的战略要地，开始了与日军呈胶着状的张金山、南天门、桐果园、红崖山、大湾东山等高地的争夺战。随着芒市外围战事结束，中国军队占领了芒市外围各战略高地，从东、西、北面对其形成包围，敌军

五星红旗插上畹町桥头

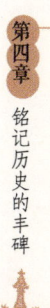

见大势已去，由芒市向遮放及勐戛方向逃窜，20日，被日寇占据两年多的芒市光复。逃窜至勐戛的敌军盘踞白羊山，企图掩护其主力。白羊山东靠龙陵，西南接芒市，西北俯视控制遮放，共有9座山峰，地势险要，易守难攻。11月24日，预备2师奉命追击窜至勐戛的日军。12月1日，远征军收复遮放。遮放日军退守虎尾山，在山上构筑工事，企图据守阻止中国军队。虎尾山，位于遮放南端，五峰相连，因状如虎尾故名。

经过20多天激战，中国军队占领了虎尾山。逃窜日军退至畹町黑山门，黑山门三面环山，滇缅公路经黑山门垭口达畹町，地理位置一夫当关，万夫莫开。日军从芒市撤退时就将芒市主力148联队预备队、146联队预备队共2000多人集结于黑山门、回龙山一带，并构筑坚固工事，摆开与中国军队决一死战的阵势。中国军队为将日军全歼于国境内，对攻打黑山门的兵力做了周密部署：第6军和第71军由正面进攻；第53军攻克腾冲后，由腾冲经陇川至瑞丽再绕出畹町西南，截断滇缅公路，断敌后路，为右翼部队；第2军由勐戛进入缅甸勐古一带，进攻黑勐龙和畹町一带，为左翼部队。1月20日，黑山门被攻克，敌军全线崩溃，向畹町逃窜，中国军队一路追击，

一举收复了畹町，第9师也攻克了畹町九谷，三路军队于1月20日会师于畹町，将侵略者赶出国门。至此，沦陷于日寇铁蹄下两年多的滇西全部光复。1月21日，中国军队在畹町举行了升旗仪式，为滇西大反攻画上最后胜利的句号。滇西抗日反攻战，历时2年8个月16天，收复失地8.3万平方千米。中国军队共投入兵力16万多人，日军兵力6万多人，战斗中，中国军队伤亡及失踪67465人，歼灭日军21057名，中国军队伤亡与日军死亡人数之比为3.2:1，其悲惨壮烈由此可见一斑。

滇西抗战之胜利，"创全歼守敌之范例，开收复国土之先河"，不仅打通滇缅公路、中印公路，有力地支援了国内的抗战，同时，也揭开了中国抗日战争战略大反攻的序幕，为加速世界反法西斯战争的胜利做出了积极的贡献。

边关名镇畹町

这是一个充满神秘色彩的袖珍城市，她曾与滇缅公路、南侨机工、远征军、盟军、史迪威公路一起名扬世界，是众所周知的抗战名镇。中华人民共和国成立后，周恩来总理与缅甸总理携手从这里徒步进出国境，共谱和平外交篇章，畹町桥就是历史的见证者。畹町是南方丝绸之路的重要驿站，更是新中国首批国家一类口岸。在她身上你能看到骄傲的过去，更能展望辉煌的未来。

"畹町"是傣语，意为"太阳当顶的地方"。相传，一高僧率弟子云游至此，时值正午。弟子问："师父此为何处？"高僧将禅杖垂直插地，见无阴影，便说："此乃太阳当顶的地方。"故此得名。

畹町与缅甸九谷市仅一河之隔，彼此山水相依，鸡犬之声相闻，为西南陆路通往缅甸和东南亚国家的主要通道，故又有"西南国门"之誉。历史上，畹町曾是滇缅公路与缅甸相连接的重要窗口。抗日战争时期，国民政府曾在此设立了海关、邮政局、电报局。1944年中国远征军开始滇西大反攻后，这里又成为最先把日本侵略者赶出国门的胜利之镇。

1950年4月29日，畹町和平解放。1952年8月17日，政务院批准畹町为首批国家一类口岸。1992年6月9日，国务院批准畹町市为沿边开放城市，同年9月，国务院批准设立畹町边境经济合作区（5平方千米）。1999年1月1日，国务院批准撤销畹町市，将其行政区域并入瑞丽市。同年2月8

日，云南省决定成立瑞丽市畹町经济开发区。

畹町虽小，但具有全中国其他任何地方都无法复制的两大优势：一方面是区位优势，芒满通道距离缅甸最大的陆路口岸芒友（105码）仅有13千米，距离高速公路出口仅1.8千米，距离规划建设中的泛亚铁路西线即大瑞铁路中的畹町货运站仅有2千米，是德宏唯一一条通往缅甸的国家准二级公路。货物运输从105码经芒满通道入境，具有运距短、路面状况好、规避货物运输对城市建设的破坏三大优势。另一方面是文化优势，集中体现在抗战名城、外交名城、商贸名城。畹町既是抗战名镇，又是新中国外交名城。1956年12月15日，周恩来总理在缅甸结束友好访问后，和缅甸联邦总理吴巴瑞等400多名缅甸贵宾，取道缅甸九谷，步行走过畹町桥入境，这是新中国历史上唯一一位国家领导人出访后步行回国，这在世界外交史上也罕见。两国总理不但在畹町做了稍事停留，并且在畹町共同就餐。之后，前往德宏州州府芒市，参加中缅边民联欢大会。在这次的中缅边民大联欢的活动中，双方参加的人数多达15000多人，他们分别来自两国边境地区的代表，有不少还是亲戚和故友，能在这里重逢，彼此心情都非常激动。为了纪念这中缅两国边境人民联欢大会的召开，两国总理还在芒市宾馆主楼前面种下了缅桂花树。两国总理在畹町会谈休息时下榻的小楼至今仍然完好地保存着，现为"畹町中缅友谊纪念馆"。1960年7月12日，在畹町召开了中缅勘界首次会议，按照"和平共处五项原则"，圆满解决了中缅两国的边界遗留问题。

创建于2010年4月的畹町边关文化园，有古董车馆和民俗馆，之后多种主题博物馆群陆续形成规模，形成目前畹町边关文化园多个主题的博物馆群整体规模。边关文化园内的博物馆群由民间人士杨自文先生投资兴建，现有总藏品4万余件，展出藏品2万件。主题博物馆群展品强调与历史的沟通，突出传统文化的亲和力。藏品内容丰富，种类多，涵盖范围广，其中更是不缺乏各种珍品绝品。

畹町特有的历史背景，浓郁的民族文化、商贸文化、生态文化、宗教文化、饮食文化、珠宝文化等，它们与抗战文化、和平外交文化、华侨文化一起，组成了畹町独有的文化形态，成为国境线上一道亮丽的风景。

跨越千年的变迁

> 一个人的记忆，承载着一个人对一段时期的经历；一个民族的记忆，记录着一群人的历史变迁；而一个国家的记忆，则谱写着一个时代、一个社会对数千年过往的感怀与传承。

中华人民共和国成立后，党中央、国务院帮助德宏的景颇族、德昂族、傈僳族等少数民族，从原始社会或者奴隶制度社会一步跨越到了社会主义社会，实现了生产关系的一步跨越，这些少数民族被称为"直过民族"。

你对这些跨越千年的民族了解多少？你知道什么是"直过民族"吗？"直过民族"是新中国成立之初从原始社会末期等不同社会形态，直接过渡到社会主义社会的民族。

"直过民族"特指新中国成立后，从原始社会跨越几种社会形态，直接过渡到社会主义社会的民族。他们几乎一夜之间跨越了其他民族上千年的历程。新中国成立前他们居住的山区基本上处于原始社会末期，社会经济仍然处于采集狩猎、刀耕火种的原始自然经济状态。云南是我国直过民族最主要的聚居区，德宏的直过民族有景颇族、傈僳族、德昂族3个民族。那时居住在山上的景颇族、傈僳族、德昂族群众还过着原始部落刀耕火种的生活，"七月砍树、八月烧山、九月犁地，来年开春种上早稻和苞谷"是他们生活的真实写照。

德昂族酸茶

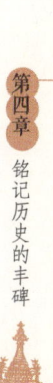

1950 年至 1956 年，是新中国民族工作的第一个黄金时期，也是民族工作经历艰难探索的七年。

1950 年 1 月，中国共产党经过与土司、山官几个月的耐心谈判，终于实现和平进驻。当五星红旗飘扬在畹町桥头上时，德宏结束了有边无防的历史。1950 年 4 月，在中央"慎重稳进""团结第一，工作第二"的边疆民族工作总方针指导下，云南省委根据这类地区的特殊情况，提出了"团结、生产、进步"的工作方针，并派出大批民族工作队深入农村开展细致的社会历史调查。5 月 15 日，德宏全境和平解放。

1950 年秋，时任国家民委处长、中共云南省委边疆工委副书记、省委民族工作部部长的王连芳和曾任政务院文化教育委员会计划委员会副主任委员的夏康农教授受中央委托，率领中央访问团，带着毛主席、周总理的亲切问候，来到了德宏。两万多傣族、景颇族、阿昌族、傈僳族、德昂族和汉族同胞，

第四章 铭记历史的丰碑

173

景颇族的金斋斋

包括各地土司、山官、头人，穿着节日的盛装，排成长长的两行，跳着古老优美的孔雀舞、象脚鼓舞迎接中央慰问团到来，像见到亲人一样争着与中央慰问团的同志握手。

1952年，为了稳定、开拓祖国神圣的西南边疆，疏通民族关系，实现民族团结，让各族人民过上平等幸福的生活，使党的政策真正扎下根，党决定派民族工作队到德宏边疆开展群众工作。

1953年12月，"直接过渡"政策经云南省委批准，同意德宏在景颇族、傈僳族、德昂族分布的地区，不再进行土地改革，而是本着"团结、生产、进步"的方针，在中国共产党领导下通过开展互助合作发展生产，逐步消灭剥削制度，直接过渡到社会主义，这些地区叫作直接过渡地区，简称"直过区"。

德宏的"直过区"主要是原433个景颇族山官和511个各族各类寨头的辖区范围。为了加强领导，党和政府抽调大批干部到山区基层工作，同时根据"直过区"村寨分散、经济文化落后的特点，在三四千人口范围内，建立了相当于区（现为乡镇）一级的领导机构，称为"生产文化站"，下设贸易、银行、粮食、卫生、学校等机构，配备了会计、技术等人员，以领导"互助合作、发展生产"为中心，相应地发展文教、卫生和财贸工作。1954年12月，经中共云南省委批准，德宏"直过区"先后建立17个生产文化站和站党委。经过几年的努力，"直过区"民族人民食不果腹、衣不御寒的悲惨境地有了翻天覆地的变化。潞西县（现芒市）德昂族和景颇族聚居的三台山文化站（区），1963年登上了云南省农业先进单位的光荣榜，全站的粮食比初办合作社的1954年增加315%，每人平均产粮食1109斤，大牲畜每人平均超过一头，家家厩里有牛。"直接过渡"民族生活的跨越，是他们摆脱压迫与剥削，翻身做主人的跨越。"直过区"的方式，废除了保有氏族公社残余的旧制度，德宏的景颇族、傈僳族、德昂族等实现了从奴隶社会到社会主义的历史大跨越，德宏的经验做法在全省、全国得到推广。

1956年，云南边疆民族地区胜利完成和平协商土地改革之后，毛泽东主席在接见西藏上层代表时，肯定了云南边疆民族地区民主改革的成果，希望西藏上层代表到云南参观，当时选定的参观点就是德宏州。

古语道：兄弟同心，其利断金。各民族都是生活在一个大家庭里相亲相爱的一家人，共同团结奋斗，共同繁荣发展，实现中华民族伟大复兴是我们共同的心愿。心中有度，坚持中国共产党的领导，方能不乱；心中有爱，像爱自己的亲人一样爱其他兄弟民族，守望互助，方能更好地交往交流交融。

不忘初心，方得始终。70年砥砺奋进，70年春华秋实，德宏各族儿女用智慧、汗水与勤劳绘就了多彩的画卷，谱写了一段辉煌篇章。昔日一穷二白的蛮荒之地，变成了如今生机勃勃的幸福家园、欣欣向荣的新边疆，德宏傣族景颇族自治州成为镶嵌在祖国西南边陲的一颗璀璨明珠。

唱响《有一个美丽的地方》
——杨非的德宏情

著名歌曲《有一个美丽的地方》是由已故军旅作曲家杨非创作于二十世纪五六十年代，后成为电影《勐龙沙》的主题曲之后，更是广为流传。此曲描绘的是傣乡，指的是德宏傣族景颇族自治州，主要写的是德宏的瑞丽。歌词中提到的瑞丽江就是傣家人的母亲河。

有一个美丽的地方罗，傣族人民在这里生长
密密的寨子紧相连，那弯弯的江水呀绿波荡漾
一只孔雀飞到了龙树上，恩人哟就是那个共产党
傣族地方有了您，啊……遍地花开朵朵香
荒田栽满了绿苗罗，草地变成了牧场罗
白白的棉花送内地，那盐巴布匹呀运边疆
平平的坝子里赶牛车，高高的山上那个走马帮
姑娘们穿上了花衣裳啊……蝴蝶展开花翅膀
春风传送着山歌罗，民兵扛起了刀枪罗
到处是我们联防的岗哨，那解放军大哥也守卫着边防
告诉你呀亲爱的毛主席，这儿是一道钢铁的屏障
各族人民永远向着您，啊……好像百鸟朝凤凰

《有一个美丽的地方》这首脍炙人口的歌曲，唱出了傣乡的风土人情，让人听后无不向往傣乡。多数人只知道，此曲描绘的是傣乡，但了解此曲写作由来的人，都知道此曲主要写的是德宏的

1996年泼水节，杨非先生重返歌曲创作地——勐秀山，宾主随他唱起《有一个美丽的地方》那动人的旋律

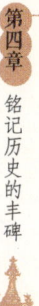

瑞丽。这首歌曲是遮放调的风格，词描写的是瑞丽，由于瑞丽风光与德宏傣乡其他地方相似，所以说德宏就是一个美丽的地方。

1954年，时年27岁的杨非到德宏瑞丽下连队采风、体验生活。来到瑞丽市勐秀乡勐秀山顶一棵榕树下，杨非极目远眺，阳光下的瑞丽坝碧绿无垠，瑞丽江水从坝子间缓缓流过，此情此景，触发了杨非的音乐创作灵感。一曲优美、婉转的《有一个美丽的地方》从此诞生，传唱大江南北。

1997年1月，瑞丽市第十二届人大常委会第二十三次会议决定将《有一个美丽的地方》定为瑞丽市市歌，并授予歌曲作者杨非瑞丽市荣誉市民的称号。

2002年初，瑞丽市委、市政府决定，在杨非创作这首歌曲的地点——瑞丽市勐秀乡原云南省军区边防某团一营二连

杨非先生墓园雕像

的旧址旁，树立一座《有一个美丽的地方》创作地的纪念碑，以表达瑞丽人民对杨非的崇高敬意和衷心谢意，昭示后人永远传唱这首名曲。

半个多世纪以来，这首歌被选入五四以来100首中国优秀爱国歌曲。杨非创作的歌曲除《有一个美丽的地方》外，还有《背起背篓上山来》《边疆牧歌》等数十首优秀歌曲。词曲作者杨非也与瑞丽市结下了割舍不断的情缘，他把德宏瑞丽视为第二故乡，离开德宏后，还多次来到德宏走走看看。德宏州庆五十周年时特请杨非来德宏参加，杨非去世前不久再一次来到德宏看看这片让他魂牵梦萦的地方。2007年11月28日，杨非在昆明去世，享年80岁。杨非老人去世后，德宏州政府满足了杨非老人的遗愿，将他葬在瑞丽勐秀山上，让他与他深深热爱着的这片土地永远在一起。

姐告的嬗变

在瑞丽江南岸，有一块充满梦幻与活力的弹丸之地，她有一个傣族地名叫——姐告，汉语意为旧城。据考证，麓川思氏王朝最初的王城就建立在与她仅隔不足一里的者兰，这里曾是南方丝绸之路上的一个重要驿站。

姐告位于瑞丽市南面4千米处，与缅甸木姐紧紧相连，是瑞丽市唯一跨江的村镇，是320国道的终点，是瑞丽国家重点开发开放试验区和中缅瑞丽—木姐边境经济合作区的重要组成部分，是中缅"人字形"经济走廊的起点，是"中缅""中印"公路的交汇点，是中国对缅最大陆路口岸，也是我国距离印度洋最近的一个口岸。素有"天涯地角"之称。

姐告总面积2.4平方千米，实际可利用面积1.92平方千米。西侧与瑞丽城区隔江相望，东、南、北三面与缅甸最大的陆路边境口岸木姐口岸毗邻，设有9座界碑。她是中国云南省最大的边贸口岸，中国50%、云南70%左右的中缅边贸物资从这里进出。

解放前，这里只有三五户傣族人家在此居住。到了20世纪80年代初，这里也还是一个放牧牛羊的牧场。过去，渡江仅靠竹筏、木舟摆渡。1987年姐告被列为我国西部沿边实行双向开放的重点。为了打造姐告边境贸易区，修建跨江的姐告大桥，连通两岸，1991年2月，批准设立"姐告边境贸易

经济区"。2000年，姐告实施"境内关外"特殊政策。2019年，日均出入境流量高达4万余人次，交通运输工具1.7万余次。目前，姐告边境贸易区既是中缅两国边境贸易的物流中心，也是集贸易、加工、仓储、旅游于一体的面向南亚、东南亚开放的口岸。

  姐告虽然很小，但有三道国门可供中缅双方的人员出入。一个是进出人员主要通道——称"大国门"，即中华人民共和国瑞丽口岸；另一个是大型货车通道——称"姐告国门"；还有一个是小型货车小型机动车、人力车和入境人员等的通道——称"瑞丽国门"。为了加快中缅双方的人员往来和通商便利，在靠近瑞丽江边的另一道国门也已建成即将启用。姐告口岸在瑞丽江的东岸，陆路直接与缅甸相连。1991年在中国第81号到82号界碑处，中缅双方共同建成宽敞的中缅商贸大街，是中国对缅贸易陆路通道最繁忙的地区之一。街上商号林立，商品琳琅满目，两国边民在这里频繁贸易、友好相处。主要交易商品有玉器、树化玉和免税商品等。一排排

姐告国门

崭新的民族商店和货棚，摆满了琳琅满目的日用百货及民族工艺品，可以说是万商云集。姐告是一个集边塞风光、异国风情、民族风采、热带风景于一体的旅游胜地，这里有驰名中外的"中缅街""瑞丽口岸国门""天涯地角""月亮岛""南拨河民族村""姐告傣族文化历史长廊""免税店"及庄严神圣的"界碑"等旅游景点。在"姐告玉城"里有很多的翡翠原石及成品交易市场。在这些交易市场上，你能够见到来自缅甸、孟加拉国、斯里兰卡等不同国籍的珠宝商人。

姐告的迅速崛起，引起了我国高层人士的关注，党和国家领导人先后到姐告视察工作，对姐告给予了极大的关怀、支持和期望。时任全国人大常委会委员长万里勉励瑞丽和姐告："大胆改革，加快开发。"时任国务院副总理田纪云看了姐告的边贸形势，欣然为姐告题词："发展边境贸易，促进中缅友好。"

南来北往的客人，只要走进瑞丽，必然要到姐告口岸看一看这个国际物流的门户。置身高处，一眼望去，姐告大桥横跨瑞丽江，阳光下彩色喷泉耀眼夺目，风格各异的高楼排列成阵，夜幕下宽阔笔直的马路华灯闪烁。还有那雄伟大气的国门建筑、钟声悠扬的傣族奘房和商铺林立的中缅街等，满眼繁华的景象。一个日趋兴盛的口岸，受到外界的高度赞誉。中央电视台的专题报道称，"姐告是中国大西南通往东南亚的陆路口岸明珠"，日本新闻报道"姐告是中国大西南的小深圳"，新加坡电视台报道，"姐告的中缅街是永远的沙头角"，游人夸姐告是个神奇美丽的地方，商家说它是淘金的宝地。

通过 20 余年的开发，姐告从一个贫穷落后的边境牧场变成全省乃至西南地区最大的内陆口岸，呈现出富有现代气息"一城两国"的雏形。一个边境傣族村寨的嬗变，佐证了改革开放取得的伟大成果，成为德宏边境贸易繁荣发展的缩影。

人字屹立山水间

德宏古老的历史虽然已经沉睡，但记录这段历史的时间却依然醒着，因为在这块神奇美丽的土地上，有一群本土的历史文化名人，在特定的历史时期，用有限的生命雕刻着德宏的历史丰碑，它将承载着今人的记忆驶向希望的未来。

民主革命先驱刀安仁

刀安仁（1872—1913），傣族，又名郗安仁，佩生（沛生），傣语官名"帕荫清"，德宏盈江新城人，干崖（今盈江县）第21任宣抚使司，中国同盟会会员，中国近代民主革命家，中国傣族资产阶级民主革命先驱。

早年前往印度、日本考察，受民主革命思想影响，回国后在家乡从事革命工作。光绪三十二年（1906年），再次东渡日本，加入中国同盟会。宣统三年（1911年）10月27日，领导发动腾越起义。1912年，遭袁世凯陷害被捕。1913年，在北京病逝，享年40岁。

在任期间，一面大力倡导兴办实业，发展地方经济；一面积极开展反清斗争，组织了多次革命活动，是傣族爱国民主人士的代表人物和革命先驱。主要著作有《抗英记》《游历记》《狱中级事》《傣文诗韵》，傣剧本《阿銮相勐》《陶禾生》等。

抗英山官早乐东

早乐东（约 1855—1919），又称穆然早乐东，云南省德宏州陇川县王子树人，景颇族，世袭山官。

光绪二十四年（1898 年），英方勘界负责人斯格德深入我境内数百里的陇川，企图把滇缅界桩立在陇川坝心的景坎。早乐东多方奔走，联络各处景颇山官、头人，组织抗英队伍，进行强烈反抗。但中方勘界负责人刘万胜卖国求荣，昏庸无能，竟听随英方摆布。早乐东向刘万胜指出，陇川边境在铁壁关、虎踞关之外，并向英方出具铁壁、虎踞二关碑文拓片，据理力争。岂料英方不可理喻，竟悍然出动武装人员，强行侵入我章凤一带测绘地图。早乐东立刻组织百余名抗英武装，按景颇族传统仪式，饮酒盟誓，祭献战神后，火速奔赴现场，警告对方马上撤走，英方不理。早乐东义正词严地说："这里只有一条板凳，我要坐，没有你们的位子！我们不怕，要打就打，要杀就杀！"英方仍一意孤行，早乐东怒不可遏，一声令下，部众呼啸而出，顷刻间将英方栽插的木桩悉数拔光。英军头目奥氏欲指挥部下动武，早乐东抢上前去，一把将奥氏从马背上拖下来。吓得奥氏面色如土，连声求饶。在早乐东和抗英勇士们的愤怒谴责中，英国侵略者抱头鼠窜，落荒而逃，将边界划到景坎的阴谋被挫败。

民国元老李根源

李根源(1879—1965)，字雪生，又字养溪、印泉，生于云南腾越（今梁河九保乡），近代名士，中国国民党元老，上将，爱国人士。

李根源是辛亥元老，中国近代史上的著名人物，曾参与领导云南起义，参加"二次革命"、反袁世凯称帝活动和"护法"斗争等革命运动，修建英雄冢，倡导建设腾冲国殇墓园，在昆明"重九起义"、云南军都督府建立、滇西问题的解决、边疆民族地区的治理等方面做出了重大贡献。

德宏第一位共产党员罗志昌

罗志昌（1914—1977），原名罗自昌，汉族，芒市芒市镇人，是德宏地区第一位加入中国共产党的党员。在昆明求学期间，罗志昌喜读进步书籍，不满国民党政府的反动统治，多方寻求救国真理，主动接触进步人士。1936年，罗志昌在昆华师范邀约进步同学组织读书会，自觉地投身于革命事业，参加云南地下党创办的刊物《前进》的出版工作。1937年"七七"事变后，罗志昌积极发动学生开展抗日运动，被选为昆师学生代表，参加"云南学生抗敌后援会"并成为主要负责人之一，任出版部长，负责宣传工作。同年9月在昆明加入中国共产党。第二年1月，他与同学匡沛兴取道越南，经香港、广州、武汉、西安，又由西安步行10余天到达延安。先后在延安"抗大"中组部党员训练班、中组部行政干部训练班、延安马列学院学习，聆听毛泽东、陈云等老一辈无产阶级革命家的报告，系统地阅读研究马列主义的经典著作。

1942—1945年，他一直在陕甘宁边区做发动群众参加抗日游击战的工作，组织群众开展大生产运动。抗日胜利后，根据党中央"向北发展，争取东北"的战略决策。1945年8月，中央组织部派罗志昌等一大批干部去东北工作。他先后任黑龙江省勃利县委副书记、县长和吉林省土改工作队长、长春市头道区长等职。1949年，罗志昌随中国人民解放军南下，1950年5月回到云南工作，先后任个旧市工会秘书长，云南省委工矿部组织部部长，昆明三五六厂党委书记，以礼河水电局副局长，以礼河电厂党委书记、厂长。

德宏第一位女共产党员余维芳

余维芳（1915—1982），梁河县九保人，生于1915年，1938年加入中国共产党。1934年秋，余维芳考入云南省昆华女中读高中。1936年11月，中共云南临工委根据斗争形势，建立党领导的秘密抗日救亡团体"云南省各界抗日救国联合会"。余维芳在昆华女中加入了抗日救国联合会，积极投入抗日救亡的宣传活动。

1937年7月7日，日军进攻卢沟桥，抗日战争全面爆发，余维芳经常到云南大学、西南联大、英专等大专院校，听教授们组织的演讲会。云南省学生救国联合会提出学生的抗日救亡组织应从秘密走向公开。1937年8月18日正式成立"云南省学生抗敌后援会"（简称学抗会），学抗会组织包括在昆明的大中学校共22所，余维芳任学抗会组织部部长。1938年，余维芳加入了中国共产党，并成为学生运动的组织者之一。

抗日英烈杨思敬

杨思敬（1917—1943），字焕南，汉族，1917年10月生，芒市勐戛镇大新寨人，潞西青年抗日救亡团的组织者和领导者，曾任潞西青年抗日救亡团团长、龙潞游击支队第四大队大队长等。1987年7月，民政部颁发革命烈士证明书，追认他为革命烈士，是德宏州唯一一位在抗战中被追认为革命烈士的抗日英烈。

1937年，日本发动全面侵华战争后，他在爱国主义精神激励下，立志从戎。1942年5月，日寇进犯滇西，相继占领畹町、潞西等地。在国破家亡的危难关头，他回到家乡，说服母亲变卖田产购买枪支和弹药，发动群众捐枪捐款。在三仙洞内召集本地立志抗日救国的有识之士秘密开会，成立潞西青年抗日救亡团，被公推为团长，开展抗日游击斗争。率游击队在龙陵、潞西等地与日军作战数十次。面对日寇的凶恶威胁，杨思敬对妻子和亲人说："古来征战几人回，我迟早将为国牺牲，死得其所，不必难过。"于1942年秋在芒市勐戛镇莲台山观音寺旁率人镌刻了"还我河山"四个大字。

1943年5月，日寇大举围剿游击区，战斗中他不幸被俘，面对日寇威逼利诱、软硬兼施的各种伎俩，宁愿以死报国、决不投降。后敌人强迫他随军进入游击区指认游击队营地，妄图一举歼灭，他不愿为日寇所用，途中乘日寇不备，纵身跳下山崖，不料被野藤绊住，遭日军枪杀，时年27岁，被誉为德宏的"狼牙山五壮士"。他在滇西抗战的英雄业绩永垂史册，为国捐躯的英雄壮举浩气长存！

第五章
缅桂花开　胞波情深

　　这里有一条江，滋润着中缅两国的田园和村庄；这里有一座桥，承载着中缅两国的深情厚谊；这里有一口井，流淌着中缅胞波的浓浓情结。

　　晨钟，荡不开两岸血浓于水的兄弟情结；暮鼓，诠释着中缅两国人民世代友好交往。

一个美丽的传说

陈毅元帅《赠缅甸友人》：
我住江之头，君住江之尾，
彼此情无限，共饮一江水。
我吸川上流，君喝川下水，
川流永不息，彼此共甘美。
…………

据缅甸著名史书《琉璃宫史》记载：早在帝释时代，太阳神的后裔，与龙公主邂逅相爱。龙公主生下三个龙蛋。一个龙蛋漂至中国，变成一位美貌的少女，后来成为中国的皇后；一个龙蛋沿江漂到缅甸境内抹谷，变成了红宝石（抹谷是缅甸著名红宝石产地）；另一个龙蛋沿伊洛瓦底江漂到缅甸境内良宇，变成一个英俊的男孩子，长大后继承了王位。这位国王就是蒲甘国的始祖、历史上有名的骠苴低国王，缅甸人把中国人称作"瑞苗胞波"，意即"同一所生的亲戚"或"同胞兄妹"，是太阳神后裔与龙公主所生的姐弟。

胞波是缅语中"兄弟"的发音。"胞波"为缅甸语称谓，表示"同胞兄弟／姐妹"之意，是中缅两国间用以称呼对方的专属词语，现已成为承载中缅相亲的历史文化符号。如果说中缅"胞波"亲缘关系始见于缅甸经典《琉璃宫史》的传说，那么数百年的中缅之交缔造了人民相亲的基石，而在20世纪60年代，"胞波"得到升华并定型成为中缅两国间友好关系的标志。一间博物馆在位于缅甸曼德勒市西南伊洛瓦底江边的金多堰成立，取名"胞波"，展现中缅亲密交往的历史，铭刻"胞波"情谊，世代相传……

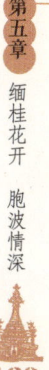

美丽的传说源于中国和缅甸历史上交织的文化、宗教、地缘、血统联系。中国和缅甸山水相连，自古以来就是好邻居、好伙伴。而现代两国的交往，尤其是"一带一路"倡议提出后各项深入的合作，则是对胞波情谊新的注脚。

瑞丽姐告国门

第五章 缅桂花开 胞波情深

长安响彻《骠国乐》

> 白居易《骠国乐·欲王化之先迩后远也》：
> 骠国乐，骠国乐，出自大海西南角。
> 雍羌之子舒难陀，来献南音奉正朔。
> 德宗立仗御紫庭，鞮鞻不塞为尔听。
> 玉螺一吹椎髻耸，铜鼓一击文身踊。
> 珠缨炫转星宿摇，花鬘斗薮龙蛇动。
> 曲终王子启圣人，臣父愿为唐外臣。
> ……

中华五千年的悠久历史，孕育了底蕴深厚的民族文化。在那浩若烟海的诗篇中，于德宏而言，我们不得不提到唐代的一位大诗人白居易的《骠国乐》，因为他所歌颂的就是中国的友好邻邦——昔日的骠国，今天的缅甸。让我们一同穿越时光隧道回到唐代的京都长安，去观赏那场视觉的盛宴吧。

唐朝时期，在大唐西南瑞丽江下游的伊洛瓦底江流域有一个佛教古国——骠国，其共有18个属国，298个部落，9个城镇，都城在卑谬（今缅甸卑谬）。该国文化发达，擅长音乐。唐朝是我国空前开放的时代，它以广纳百川的博大胸怀迎接着当时多元文化的挑战，并把这种挑战变为营养，充分吸收其中的一切精华，不仅增强了中华文化的生命活力，而且通过对接、冶炼、重铸，创造了辉耀中天的大唐文化，形成了覆盖东亚的中华文化圈。

唐贞元十七年（801年），发生了中缅两国文化交流史上一件有意义的大事。这就是当时的骠国国王雍羌，为表示友好，派遣其子悉利移城主舒难陀，率领一支演出队伍，不远万里，来到唐朝首都长安献演其国乐舞。骠国乐舞使团途经今芒市、龙陵、保山，经

过约81天的行程，于九月底到达南诏都城大理。南诏不仅热情接待了骠国乐舞使团，还为其途中方便，派出译使陪同乐舞使团继续北上，又经过71天的奔波，于十二月初到达"天府之国"的锦城成都，受到大唐剑南西川节度使韦皋的欢迎和接待。唐贞元十七年（801年）十二月上旬，骠国乐舞使团离开成都，踏上前往长安的征途。历经71天的行程，于次年二月上旬到达大唐京都长安，使团到达长安受到了大唐京都及其附近地方官民的热烈欢迎。在激昂的鼓乐声中，当宫廷御史陪同舒难陀王子及使团全体成员鱼贯入门，走上宽达42丈的南北向御道——朱雀大街时，还遇上不少居住在长安的来自朝鲜、日本、波斯等国的人士。唐王朝泱泱大国的风范令骠国乐舞使团在感动、惊叹之余，又满怀羡慕之心。

唐贞元十八年（802年）二月十三日，大明宫麟德殿舞台装潢布置一新，皇亲国戚、达官贵人、文人学士陆续入座。舒

一寨两国水井

难陀和两位大臣在宫廷御史的陪同下也已落座。不多时，身着龙袍的德宗皇帝在众人的簇拥下坐上了御座。骠国乐舞演员"皆齐声唱，各以两手十指，齐开齐敛，为赴节之状，一低一昂。未尝不相对，有类中国拓枝舞"。当身着骠国鲜艳服装的乐舞演员和乐手伴着典雅动听的骠国曲调在舞台展现优美舞姿时，德宗皇帝激动得不由自主打起拍子赞叹。骠国舞蹈使团在大唐的都城长安演出了十二部舞蹈节目，这场动人心弦的"骠国乐"轰动了整个长安。

这一事件，史称骠国献乐。献乐受到了唐王朝的高度重视，唐德宗出席观看表演，史传做了详细记载，并有人专门作《颂》上献。在遗留至今的众多唐代诗篇中，还有以此为题吟的名篇，唐代著名大诗人白居易的五十首《新乐府》中，有一首就叫作《骠国乐》，形象而生动地刻画了这场乐舞盛事。

骠国舞蹈团每个节目的出场演员或二人，或四人，或六人，或八人，最多达十人，均为双数。她们一个个头戴金冠，肩披彩巾，耳垂玉饰，裸臂赤足，盛妆艳丽，宛若天仙。乐师则都是男性，他们身穿绛红衫，以彩锦蔽膝，有的弹筝，有的弹琵琶，有的吹螺贝，有的吹笙，有的击鼓，有的敲铃钹，共使用二十二种乐器，组成乐队。当每个节目开始时，在悠扬的序曲声中，一位"赞者"（解说员）走来，先介绍乐舞大意，演员随即应和节拍，翩翩起舞，开始表演起来。

共饮一江水，浓浓胞波情

在德宏州芒市宾馆内，生长着两株枝繁叶茂、高大挺拔、花香四溢的缅桂花树。左边一棵树台基上刻着"周恩来总理亲自种植"的字样，右边一棵树基上刻着"缅甸前总理吴巴瑞亲自种植"字样。凡是到德宏旅游观光的客人都会慕名前来缅桂树前观赏和留影纪念，这就是著名的中缅友谊常青树。

1949年，中华人民共和国刚刚成立，以美帝国主义为首的反华势力竭尽全力想孤立新中国，企图在我国周边形成反华势力包围圈。在当时的历史背景下，如何打破美帝国主义反华包围圈的阴谋，建立与周边国家的友好关系，明确划定和解决我国与周边国家之间的边界问题，成为新中国建立后党中央外交战略的重要任务。

1948年，缅甸获得民族独立后，于1949年12月16日宣布承认中华人民共和国，是世界上最早承认中华人民共和国的非社会主义国家。

为解决与周边国家的边界问题，开创我国与周边国家外交友好关系的新局面。1954年，周恩来总理首次对缅甸进行了友好访问，中缅两国总理共同倡导了举世闻名的"和平共处五项原则"。1960年，中缅两国总理在北京签订了《中缅友好互不侵犯条约》和《中缅关于两国边界问题的协定》。1961年1月4日，中缅两国总理在缅甸仰光互换边界条约的批准书，从而使中缅两国边界条约在法律上正式生效，中缅

中缅边民大联欢纪念活动文艺晚会

之间有了一条永久和平的边界，为中国与其他周边国家解决边界问题树立了典范。

为促成中缅两国正式边界条约，1956年12月，周总理和陈毅、贺龙到缅甸访问。其间，周总理提议在中国西南边城德宏州首府芒市举行中缅边民大联欢，得到当时缅甸总理吴巴瑞的赞同。12月15日，周总理和吴巴瑞总理从缅甸经中国畹町陆地边境口岸进入中国，这是周总理一生中唯一的一次从陆地口岸步行回国。

周总理从畹町桥偕同缅甸吴巴瑞总理进入畹町后，就在畹町桥头举行了中华人民共和国国旗升旗仪式，两国总理一起检阅了我国的仪仗队。12月16日，中缅边民大联欢在芒市举行，参加联欢会的有15000多人。在充满和平友好气氛的联欢大会上，两国总理发表了热情洋溢的讲话，表达了和平共处的真诚愿望。尔后，两国总理和随行官员及两国边境各族人民共同观看了云南省文艺团体演出的民族歌舞和杂技。大联欢期间，两国总理还在下榻的芒市宾馆亲手种植了象征中缅友谊长存的友

谊树——缅桂花树。现在，两株缅桂花树枝繁叶茂，高大挺拔。凡是到芒市观光的游客都会慕名到树前观览，留影纪念。

　　60多年来，由周总理和吴巴瑞总理种植的这两棵缅桂花树经历了风雨沧桑，依旧枝繁叶茂，郁郁葱葱，中缅两国的友谊也经历了岁月的考验，在发展中进一步巩固提升。为缅怀敬爱的周恩来总理的伟大风范，进一步增进中缅两国人民的友谊，加强爱国主义教育，德宏州人民政府在社会各界人士的支持下，筹集资金修砌了两株缅桂花树的树台，建盖了具有民族特色的"缅桂亭"，在树、亭四周营造了绿草坪，树后亭前两头竖立了中缅两国边民都视为吉祥、友好象征的白象雕像，亭树相映，景情互抒，融为一体，成为芒市宾馆内一道亮丽的风景，成为德宏著名的旅游观光景点之一。1996年，云南省政府又把缅桂亭和中缅友谊常青树确定为云南省首批爱国主义教育基地。

两个国家三个总理女儿的胞波情

2019年8月5日,中央电视台财经频道播出《魅力中国城》第二季首轮竞演,云南德宏与重庆南川竞演"城市名片"环节中,周恩来总理的侄女周秉德,缅甸前总理吴巴瑞之女杜内依巴瑞、缅甸前总理吴努之女杜丹丹努同时登台为德宏竞演助力,成为该环节最大的亮点。三位总理及其后人与德宏有何渊源? 这里我们说一说背后的故事。

1954年,毛泽东主席在中南海与缅甸前总理吴努便有过会晤。1955年,周恩来总理在出席万隆会议之前,应吴努总理邀请前往缅甸仰光吴努总理家中共商万隆会议有关事宜,也正因此,周恩来总理临时改变了行程,没有乘坐克什米尔公主号直接飞往印度尼西亚,由此也幸免于克什米尔公主号的空难事件。

正是中缅两国历届领导人的引领,数十年来,两国边民互通有无,边疆和睦稳定、胞波情谊深厚,成为国与国交往的典范。而两国总理曾经步行进入的德宏正是中缅两国友谊的典型承载之地。看着父亲和周恩来总理携手走过畹町桥的珍贵影像,杜内依巴瑞说:"这次来不仅是为德宏助阵,也是来看看父亲曾经与周恩来总理一起走过的路,一起种下的树,也希望这种友谊能够一代一代传承下去,中缅两国能够世代友好。"2014年,杜丹丹努在北京受到了习近平主席的接见。

60多年过去了,时光改变了容颜,不变的是那份两国的友谊。在接受采访时,杜丹丹努说:"我父亲在新中国成立之前就到过中国,他与毛泽东主席、周恩来总理在那时便结下了深厚的友谊，这为两国厚重的胞波情谊奠定了坚实的基础。数十年来，中缅两国历届领导人高度重视这份情谊。我衷心祝愿中缅两国胞波情谊能够永远传承下去。"

周秉德女士在接受采访时说："我家里一直保存着伯父周恩来与吴努总理一家的合影，它是父辈们为中缅友谊打下深厚基础的见证。对于我来说，吴努总理救了伯父的命。在这里见到杜丹丹努女士，我非常激动。"中国和缅甸的友好邻邦关系已经有几十年了，是中国和其他国家之间一个很好的榜样。中缅两国胞波情谊是从三家人到两国人结下的深厚友谊，随着时间的沉淀，像一口浓烈的酒，愈发醇香。

一寨两国——银井

> 来德宏吧,在这里可以看到中国的瓜藤爬到缅甸的竹篱上去结果,缅甸的母鸡跑到中国居民家里生蛋,坐上千秋就能荡到国外,就连那高高的芭蕉树也不甘寂寞,要把一串沉甸甸的果实挂到国外去沐浴异国的阳光雨露。

"一寨两国"距离瑞丽市区10余千米,位于有名的中缅边境71号界碑旁,是典型的"一个寨子两个国家"地理奇观。国境线将一个傣族村寨一分为二,中方一侧的称为银井,缅方一侧的称为芒秀,形成世界上罕见的"一寨两国"的人文地理景观。

中缅两国边界无天然屏障,国境线弯弯曲曲、犬牙交错,且没有明显的界线,竹篱、村道、水沟、田埂,就是两国的国界,边民们每天数次穿越国境线而浑然不觉。因此,中国的瓜藤爬到缅甸的竹篱上去结瓜,缅甸的母鸡跑到中国居民家里生蛋便成了常有的事。寨子里的老百姓语言相通、习俗相同,他们同走一条路,共饮一井水,同赶一场集,和睦相处,世代相承,传为佳话。

在银井"一寨两国",如果没有中方一侧威严的国门和值勤的边防武警以及对面缅方高挂的国旗和缅方移民局办公房,你根本就感受不到这里是两个国家,出入其间的两国边民就像随处见到的情景一样,骑着摩托车、自行车或者手扶拖拉机自由往来。

一寨两国

小小留学生

在西南边陲瑞丽，每天都有一群缅甸孩子带着特殊的通行证来中国上学，"上学出国，放学回国"，这些缅籍学生被形象地称作"小小留学生"，成为中缅胞波传承的"小小使者"，是中缅边境线上一道亮丽的风景。

20世纪70年代，中缅边境上不少中国家庭把小孩送到缅甸去读书。但自从我国实行改革开放政策之后，瑞丽边疆地区的经济飞速发展，让这个昔日的边陲变成了改革开放的前沿，党和政府对边疆民族地区的教育从政策上、资金上给予了极大的关心帮助，中国家庭把小孩送到缅甸去读书的状况发生了根本性的改变。从20世纪90年代开始，特别是进入新世纪以后，随着中国教育水平的不断提高，越来越多的缅甸家庭都希望把孩子送到中国来读幼儿园、小学和中学。为了睦邻、安邻、富邻，中国政府本着"教育无国界，大爱无亲疏"的理念，为缅甸籍学生到边境一线入学打开了方便之门。

银井小学始建于1960年，占地面积4.15亩，目前有147名学生，其中缅籍学生69名，占总人数的46.9%。近年来，银井小学缅籍学生的比例都在40%以上。银井小学认真贯彻党和政府的外交方针，在教学和管理活动中对中缅学生一视同仁，让他们接受一样的义务教育，学习一样的课程；在优惠政策上，与中国学生一样享受"两免一补"和营养早餐。同时，学校和检查站还专门

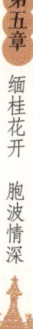

成立了"阳光工程"基金，专门资助中缅贫困学生完成学业。

　　学校把传承中华文化、密切胞波情谊作为思想道德教育的一个重要内容，积极向缅籍学生宣讲中华文化，介绍中国国情，组织缅籍学生到警营参观，让两国儿童铭记历史，从小树立睦邻友好意识。为继续传承优秀传统文化，学校在学前班和小学一、二、三年级，开设了汉语、傣语、缅语课程，通过三语教学增进彼此的沟通交流，提高学生学习的兴趣，帮助学生理解课文。同时，为培养学生坚强、自立、自信的品格，学校开展了爱国主义教育、学习民族歌舞、了解民族风俗等丰富多彩的教育活动，让学生之间知礼明仪、互帮互爱，引导学生全面发展。

小小留学生　　银井小学又是瑞丽出入境边防检查站银井分站与银井小学

共建的全国第一所边防小学，为最大限度方便缅籍学生顺利通关入境就学，瑞丽出入境边防检查站银井分站将便捷服务作为联建共创党支部建设的一项重要举措，免费为缅籍学生办理优先候检卡"一卡通"，并为"缅甸小小留学生"开通领取"出入境优先候检卡"绿色通道。缅籍学生胸前只需挂上"出入境优先候检卡"，就可在执勤官兵的护送下穿过国门和公路前往学校，受到缅籍学生和家长的欢迎。

为了给孩子们创造一个良好的就学环境，德宏公安边防支队与驻地党委、政府按照"边防部队、地方党委和政府、教育部门"三方联创的模式，由银井分站民警担任法治副校长、校外辅导员和军事教员，着力打造"设施完善、管理规范、富有边防特色"的知名"跨国学堂"，制定了校训，创作了校歌，让警营文化很好地融入校园文化建设之中，得到了国家部委及省级有关部门的充分肯定，多次被《人民日报》（海外版）、《云南日报》等主流媒体宣传报道，在2014年的全国民族团结进步表彰大会上，银井小学的实践和做法，受到了习近平总书记的关注。

目睹这些每天出入国境的"小小留学生"，再回顾中缅两国人民走过的峥嵘岁月，我们不仅看到中缅边境贸易交易会盛况空前，更看到了齿唇相依和血浓于水的胞波情谊。

国门立书社，春风更化雨

如果说"国际小学堂"是着眼于中缅年青一代的"边境民心工程"，那么"国门书社"则是德宏州适应改革开放以来边境地区经贸文化交流不断增长需求的文化创新工程。

中国德宏与缅甸接壤，两国边民跨境而居、同宗同源、语言相通、习俗相近，在文化、思想、生活等众多领域相互交融，建立了两国边民深厚的胞波情谊，也使得德宏这个祖国最西南的边疆民族地方成为民族团结的大家园，成为中原文化和边地文化、汉文化和少数民族文化、东方文化和西方文化交汇融合的文化大观园。

为实施中华文化"走出去"，搭建文化交流的窗口和平台，丰富和满足边疆民族地区广大人民群众精神文化生活需求，巩固中缅边民悠久的胞波情谊，维护国家文化安全、政治安全，促进边境和谐安宁，解决边境两侧群众"看书难、买书难、借书难"的问题，2009年以来，德宏州先后在瑞丽市姐告、银井，陇川县拉影，盈江县那邦，芒市芒海设立"国门书社"，并先后在缅甸曼德勒、仰光设立"胞波"书社和木姐阅览室。

书社开办以来，通过免费发放阅读卡、免费开办汉语和缅语以及少数民族语言文字（傣语、景颇语、傈僳语）培训班、

举办中缅文化讲座、赠送图书等文化惠民活动，充分发挥了书社公共文化服务功能，受到了广大边民读者的一致欢迎和好评，增进了民族互信，促进了民族团结。国门书社自成立以来，共开展汉文、缅文免费培训11余万人次；免费借阅13余万人次；接待省部级领导视察500余次；接待群众参观40余万人次；赠送图书、音像制品300余万码洋；连续4年组织中缅学生开展庆"六一"读书活动，参加人数达2500余人次。特别是为中国的缅语爱好者免费培训缅语，为缅甸汉语爱好者免费培训汉语，深受群众的喜爱。每天两期天天开班，人数每天每期50人70人，已连续举办9年之久。还不定期开展农业科技图书赠送、农业科技知识免费培训等活动，提高边境地区各民族群众的科技、文化水平，使部分农民在养殖、种植技术方面得到了提高。组织中缅出版机构进行互访，组织中缅读者、作者交流，以及向缅方捐赠图书；积极参加中缅边交会，到缅甸、泰国、柬埔寨等国家参加书展。通过培训和一系列的活动，中缅两国人民有了更多学习交流的机会，增强了互信、增进了友谊。源远流长的胞波情谊在文化的交流融合中得到了传承和升华。

中缅胞波狂欢节

国际风云动荡剧变的今天，中缅两国的边民用胞波之亲情创造了一个令人惊叹的"中缅胞波狂欢节"，给这个充满竞争缺少温馨的世界送来了一份惊喜，令世界为之瞩目。从此，孔雀之乡的德宏瑞丽又增添了独特的风韵。

中缅两国自古以来山水相依，村寨相连，民族同宗，宗教同源，情同手足。《三个龙蛋》的美丽传说在中缅两国之间广为流传。

为了延续中缅之间浓浓的胞波情谊，2000年4月"泼水节"期间，由瑞丽市人民政府主办、缅甸木姐地区和平与发展委员会协办，以"和平、发展、吉祥、共欢"为主题的"中缅胞波狂欢节"首次举行，后根据国家长假的调整，改为每年10月2日至5日期间举行。

首届"中缅胞波狂欢节"声势浩大，影响巨大，获得圆满成功。第二届始升格为云南省旅游局（现云南省文化和旅游厅）与缅甸国家旅游部宾馆饭店司主办，德宏州政府、瑞丽市政府，缅甸木姐地区和平与发展委员会承办的大型国际综合节庆活动，成为"中国昆明国际旅游节"的分会场和主要活动之一，并连续多年被评为云南旅游最具影响力的节庆活动，是中缅两国有较大影响的共同节日盛会，备受两国的重视与关注，在南亚、东南亚都享有盛誉。

从2000年至2019年，中缅两国政府和社会各界都对"中缅胞

中缅胞波狂欢节牛车彩车巡游

波狂欢节"给予高度重视与大力支持，其中凝结着中缅主承办方的无数心血与汗水，凝聚着中缅两国人民的共同心愿。在独具特色的节日活动中充分展示和弘扬了两国缤纷多彩的民族文化与民间艺术，增进与加深了延续数千年的胞波情谊，扩大并增强了两国之间的交流与合作。同时也促进了中国瑞丽与缅甸木姐在政务、警务、商务以及旅游文化等多方面的双边共建与和谐发展。

"中缅胞波狂欢节"节日期间，美丽的边城山笑水笑、歌舞翩跹，不同肤色的数万人民欢天喜地共颂胞波友谊。牛车彩车、民族方队大巡游已经成为这一节日的最大亮点，并以其独特的魅力吸引着八方游客。

"中缅胞波狂欢节"这个具有国际性的节日已成为一种节日品牌，在云南省乃至全国都产生了一定影响，并走向全国乃至世界。

"一马跑两国"与你相约瑞丽！

德宏与你相约，在美丽的瑞丽江畔，来跑一场你人生中独一无二的马拉松吧，它不仅是你与自己身体的一次较量，更是一场心灵和异域风景的对话。当你在奔跑过程中穿越国境线，看到两个国家的人文风貌与风景，听到不同语言的助力呐喊声时，心海的波浪将会如何翻腾？

"一马跑两国"，指一场马拉松赛道途经两个国家。每年12月31日，中国瑞丽—缅甸木姐国际马拉松开跑，运动员从瑞丽市姐告大国门进入缅甸，再从姐告小国门返回中国，是全国首个途经两个国家的跨国马拉松比赛。共有来自多个国家和地区的万名参赛者参与，赛事的举办是德宏州主动服务和融入国家"一带一路"建设，积极发挥交流平台功能作用，加快建设面向南亚东南亚辐射中心的一个重要举措，对于加强中缅文化交流合作，加深中缅两国胞波情谊，提升德宏开发开放的层次和水平，不断提升德宏知名度、美誉度具有重大而深远的现实意义。也是德宏依托较强的人文优势、地缘优势和生态气候优势，主动融入和服务国家战略，积极发挥交流平台功能作用，加快建设云南面向南亚东南亚辐射中心的重要举措。2017年12月31日，首届"一马跑两国"中国瑞丽—缅甸木姐跨国马拉松赛就有来自19个国家和地区的7500多名运动员参赛，其中，5000多名运动员跑出中国国门后，途经缅甸木姐市南多通道、敏戈拉木姐大路等道路后，再经中国瑞丽姐告国门返回中国，在同一个马拉松赛程中体验了穿越国境，奔跑在两个国家赛道上的别样

2017中缅瑞丽—木姐国际马拉松

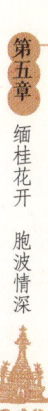

风情。这场两国历史上独一无二的马拉松赛事充分展现了中缅友好合作的良好国际形象，成为中缅两国人文交流史上最具有标志性的体育赛事。为此，中缅双方一致决定由中国田径协会、缅甸田径协会、缅甸卫生与体育部体育运动司、云南省体育局、云南德宏州、缅甸木姐市于每年12月31日联合持续主办该赛事，并共同致力于将其打造为区域性国际体育文化交流盛事。2018年12月31日，第二届"一马跑两国"马拉松赛如期而至，中国、缅甸、新加坡、日本、德国等多个国家和地区的近万名运动员参赛。活动组织方对赛道进行了优化和改进，缅甸境内赛道延长至6.5千米，还特设缅甸籍运动员特别奖，缅甸参赛运动员数量明显增加，赛事规模、活动规格、影响范围以及举办赛事的水平层次不断提升，荣获了2018中国田径协会铜牌赛事。2019年12月31日，第三届"一马跑两国"马拉松赛缅甸境内赛道将延长至12千米，这场作为深化中缅两国胞波情谊重要纽带的赛事,在加深中缅人文交往、巩固睦邻友好、深化互利合作方面正发挥着越来越重要的作用。此外,德宏与深圳华大运动有限公司合作,引入新的基因科技,参赛选手自愿采集生物样本和记录比赛运动表型数据,通过顶尖基因测序技术,为参赛选手提供个人长距离耐力赛人体的生理指标情况,用科技守护生命健康安全。"一马跑两国"马拉松赛的成功举办,不仅是马拉松赛事本身在空间地域、举办模式的一次新突破,也是国家间深化交流合作的有益探索和创新。由于"一马跑两国"马拉松赛对推动两国人文交往向纵深发展,具有较强的促进作用,中缅两国有关部门均高度重视,建立了定期会晤机制,就赛事路线规划、赛道准备、赛程确定、赛事注册、运动员通关等重点问题进行反复磋商对接。为体现两国共办一场马拉松赛的特殊性,赛事组委会还特设了缅甸籍运动员特别奖和 50 名"胞波友谊奖",缅甸运动员组成绩单独排名。奖牌设计以中缅界桩为元素,制作采用珍贵的红木和翡翠,奖牌中心图案为中缅边界 S81 号界桩,界桩两侧为两国田协和马拉松的会徽,蕴含通过马拉松赛事将中缅两国距离拉近,使"君住江之头,我住江之尾"的中缅胞波情谊充分展现。德宏以敢为人先的勇气和创新精神,已完美举办了三届"中缅瑞丽—木姐国际马拉松赛"赛事,瑞马还将持续办下去。

中缅"两国双城"自行车跨国越野赛

2019年,"七彩云南"格兰芬多国际自行车赛瑞丽站圆满收官,越野赛圆满收官。

"两国"指中国和缅甸,"双城"指中国瑞丽、缅甸木姐。"两国双城"自行车赛赛道起点为瑞丽市姐告大国门,进入缅甸城市木姐,再返回中国境内。这是中缅两国友谊跨国赛事,也是丰富中缅两国文化体育交流的有效探索。2018年10月4日,在第十八届中缅胞波狂欢节期间,"一带一路 七彩云南"国际双城山地自行车挑战赛暨中缅"两国双城"自行车赛开赛,该赛事是继"一马跑两国"中国瑞丽—缅甸木姐跨国马拉松赛后,中缅两国共同举办的又一大国际体育赛事。比赛吸引了近500名国内外选手参赛,本次比赛赛程共50千米,其中缅甸境内赛程16千米,赛事分为男子山地公开组、女子山地公开组、男子山地大师组、德宏本地男子组、青少年组。参赛选手从国家级口岸姐告出境,然后进入缅甸城市木姐,选手还可领略赛道沿途中缅两国独特优美风景。

"一带一路 七彩云南"国际双城山地自行车挑战赛暨中缅两国跨境双城山地自行车挑战赛

第五章 缅桂花开 胞波情深

"丝路光影"国际微视频德宏影展

兴许，那些人，那些事，那些气氛，在地球人的生活中只存在一次，所以，人类才有太多的回忆需要记录。

是什么刺激了你敏锐的感官？让你抓住了最精彩的瞬间？

无论你来自何地、何国，来吧！带着你最得意的记录走入别样的德宏，在"丝路光影"国际微视频德宏影展，这个包容开发的平台上展示你最完美的追求。

世界如此美丽，光影搭建心桥。

"丝路光影"国际微视频德宏影展（首届名称为"一带一路"国际微纪录片德宏影展）是德宏立足实际，发挥区位优势，积极服务和融入国家发展战略，打造面向南亚东南亚人文交流重要品牌的一项重要举措。2018年，由德宏州创设并成功举办的首届"一带一路"国际微纪录片德宏影展取得巨大成功，影展由云南省文化厅（现云南省文化和旅游厅）、云南广播电视台、中共德宏州委、德宏州人民政府联合主办，中共德宏州委宣传部、德宏州文体广电（新闻出版）局共同承办，缅甸联邦共和国驻昆总领事馆支持。影展以"交流、合作、发展"为宗旨，来自中国、菲律宾、越南、泰国、老挝、柬埔寨、缅甸、韩国、尼泊尔等国家和地区的纪录片创作者齐聚芒市，共同描绘区域性国际影视的美好蓝图。影展启动以来，共有248部作品参展，受到中共云南省委宣传部及省直有关部门的高度肯定，国内外媒体和社会各界广泛关注。影展突出了国际性、时代性、广泛性，旨在把民族的题材，通过视频语言使其成为能让世界共同认知与欣赏的作品。影展启动以来，组委会广泛动员征集参展作品，受到国际国内微纪录片业界和业余爱好者的广泛关注和积极响应。影展紧扣现代方便快捷的传播形式，紧密结合"微时代"背景下微视频的内容设置、制作形式、传播渠道的新变化，瞄准浏览群体主要是"90后""00后""手机一代"的观看习惯，全力打造出集新闻性、真实性和艺术性于一体的"现象级"的视频新产品形态。影展注重搭建微纪录片、微视频展示交流平台，积极动员"一带一路"国家和地区广大纪录片爱好者和从业人员参与，追求参与的广泛性。在征集到的作品中，片源方面既有国外的作品，也有国内的作品。作品内容方面既有反映宏观的时代主题，又有大时代背景下的个体状态；既有业内专业人士的精品之作，也有业余爱好者带着露珠的接地气之作。活动内容方面，既有影展作品赏析交流分享，也有诸如韩国资深纪录片导演许旭和中国的张纪中、张杨等国际国内知名导演点评，还有"一带一路"微纪录片影视联盟成立、德宏州"七彩云南·国际艺术创作基地"揭牌、"一带一路"微纪录片德宏创作基地揭牌等仪式性的系列活动，使影展成为艺术家和老百姓共享的节日盛会。

2019年4月，由云南广播电视台、云南广电网络集团、中共德宏州委、德宏州人民政府共同主办，缅甸驻昆明总领馆、华语电影联盟、中国旅游演艺联盟等支持的第二届"一带一路"国际微视频德宏影展在芒市成功举办，有来自16个国家和地区的538部作品参展。参展作品规模层次明显提高，活动影响力显著增强，德宏影展的品牌效应逐步显现。同时，在影展期间举办的中缅胞波微视频创作与传播暨"丝路光影"影视联盟代表交流会、国际微视频创作与传播主题论坛等主题活动，进一步促进了中外全方位、多层次、宽领域的文化合作发展。更是德宏主动服务和融入国家"一带一路"倡议，充分利用新媒介进一步增进与南亚、东南亚的文化交流，以文促情、以文化人，以文化融通的方式讲述中国故事，同时也是繁荣边疆文化事业，促进"一带一路"沿线国家和地区民心相通，拓宽中国与邻邦国家人文交流与文化融合发展的有效渠道。

第六章
品味自在的德宏

放下所有的忧愁与烦恼来德宏吧，让大朵大朵的白云陪着你从他地走到此地，去细细品鉴德宏割舍不掉的美食味道；徜徉在柔软的时光里，看云卷云舒，看落日繁花；倾听菩提的声音，用虔诚的心去寻找最质朴最真诚的感动，触摸着亿万年的温润，在这里度过春夏秋冬和每一个诗意的黄昏与朦胧的早晨。

德宏的味道

如果一个美食家没来过德宏,"美食家"的称谓便徒有其名。德宏——那些尝不够的美食,品不完的小吃,赏不尽的美景,将留给你一份独领风骚的抚慰与温柔,一份无法忘却的幸福记忆。这就是德宏的味道。

傣家的酸、甜、苦、辣、生

德宏傣族饮食已自成体系,不仅本民族喜欢,而且受到世界上不同民族、不同肤色食客的喜爱。傣族的菜谱,丰富多彩,傣家的口味酸、甜、苦、辣、生样样俱全。但在人们心目中,往往把酸和傣族联系在一起。如今,傣味餐馆遍布德宏城乡,并已落户昆明、北京、上海、广州等大中城市,酸香傣味风靡全国,成为世人了解德宏、德宏走向世界的重要窗口。

酸,为菜味之冠,酸的菜肴比比皆是,如酸炉菜、酸腌笋、酸腌鱼、酸腌菜、酸肉、酸茄、酸干腌菜、酸水汤、酸醋、酸木瓜煮牛肉、酸笋煮鸡、酸菜煮豆腐、酸帕贡菜、碎汁腌菜、水腌菜等等,可谓酸出了水平,每餐无酸不食。

甜,甜得出奇,西瓜、香瓜、麻苍蒲(木瓜)、菠萝、香蕉、杧果、黄泡等,有时还要放上白糖当菜吃,南瓜放红糖煮。平时还喜欢在茶水里放糖泡饭吃。

苦,有的菜闻着就苦,吃起来更苦,而且越苦越爱吃。苦的菜

有马蹄菜、帕锡介、莫吉利花、帕浪翁、苦瓜、牛苦肠、鱼苦肠、猪苦胆等等。

辣，可说是辣之王，即冲天辣、小米辣、象鼻辣、花呆辣、灯笼辣等等。特别是象鼻辣，群众称为"涮涮辣"，夸张地说，一个寨子家家户户用个这种辣子涮一下做蘸水还吃不完。

生，生得出奇，生猪肉、生牛肉、生鱼、生蚂蚁蛋、生竹蛹、生蜂蛹等等。

傣家人认为，吃酸心爽眼亮，助消化，多吃酸的，可以消暑解热；吃甜的能增加热量，解除疲劳，预防肝炎；吃辣，可以开胃，增食欲，增强身体抵抗力，预防伤风感冒；吃生的，菜鲜味美，可口舒心，营养丰富。来到德宏，不品尝傣味的酸、甜、苦、辣、生，将是极大的遗憾。

傣家最爱"撒"

在傣族的菜谱中，素以酸为冠，又以"撒"为首。"撒"的种类很多，其中以"撒达鲁"最为有名。"撒达鲁"又叫猎

德宏傣族特色菜肴

生，其做法是把猪里脊肉或瘦肉与猪肝一起剁细，加上酸米醋和盐，使生肉、生猪肝在醋中浸泡后由红变白，加上切细的茴香、青辣椒、生姜、大蒜、野芫荽等作料，经搅拌均匀，再加上牛、猪泡炸皮和米线，用炸脆或炸泡的猪肚子、猪头皮、猪拱嘴蘸吃，味道极佳。

除"撒达鲁"外，还有"撒哄"又叫"撒撇"，即牛肉生，是傣味中的又一名菜，其做法是把牛肉剔筋去油后剁细，把切细的韭菜、马蹄菜、野芫荽、生姜、大蒜、青辣椒、香柳叶等作料搅拌均匀，盛上煮沸后过滤的牛苦肠水，加上泡皮、米线，用炸脆或烤脆的牛肚子、牛连铁吃。也有把牛肉剁细拌上作料，做成肉圆子，用牛粉肠水煮吃。

傣家还用鱼做"撒"，叫"巴撒"，即鱼生，有两种做法，其一，从鱼背取出脊肉剁细，放上茴香、野芫荽、青辣椒、生姜、大蒜和酸醋搅拌匀后，放上莴笋丝，用炸脆或烤脆的小鱼、鱼皮、鱼骨头等蘸吃。其二，先把鱼烤得半生半熟，斩头去尾，剔除骨头，削去鱼皮，将鱼肉剁细，加酸醋作料放入泡皮搅拌均匀后，用烤脆或炸脆的鱼皮、鱼骨头蘸吃。用竹蛹、蜂蛹做的叫"撒蒙"，做法是将蛹在锅中用水稍煮，捞起，放上青椒、芫荽、大蒜、酸木瓜丝拌匀后吃。另外，每年四五月，傣族还喜欢将细黄蚂蚁的卵挖出洗净后，放入锅内用油稍炒，放上芫荽、大蒜、油辣椒，加上酸醋、米线、莴笋丝拌吃，叫蚂蚁蛋生。

吃"撒",已经成为傣族婚丧嫁娶、贺新房、迎宾客必不可少的一道菜,正如当地群众所言:无"撒"不成宴席。

景颇族绿叶宴

绿色,是景颇族山寨永恒的主题。

绿叶宴,是从景颇族古老传统的饮食习惯中诞生的,桌上除了绿色还是绿色,就连餐桌,也全为绿叶铺就,那一张张宽大的绿叶,就是一个个特别的"菜盘","盘"中盛满了景颇族人独特的山珍野味,也盛满了一个古老民族质朴的深情。

景颇族被誉为大山的民族,有着灿烂的饮食文化,"绿叶宴"就是其中之一,它是从景颇族古老传统的饮食习惯中诞生的,是景颇族最传统、最原生态的宴席。恰如景颇族崇尚自

景颇族绿叶宴

然、眷恋自然、回归自然的淳朴之心。

德宏雨量充沛，各种野生动植物资源十分丰富，为聚居在山区的景颇族人提供了制作绿叶宴的特殊条件。正如景颇族的民谣所言："山里的东西，绿的是菜，动的是肉。"

绿叶宴以当地极为丰富的山茅为主，采用传统的烤、煮、炸、腌等手法烹制。餐桌以绿叶铺就，用肥大的树叶或芭蕉叶包盛饭菜，用树叶叠成勺、盆盛汤，因满席翠绿、全不用碗筷而得名。

景颇族的菜肴大体可分为舂、烤、煮、剁、炸、腌、凉拌几种。景颇族山寨的绿叶宴就是根据景颇族传统的菜肴结合客人口味烹制而成的。主要菜肴有景颇鬼鸡，绿叶包烧的鱼类、肉类、竹筒烧肉和烧鱼、揉野菜、舂筒菜、煮山珍野菜、凉拌鸡等，吃的米饭很有讲究，它不是电饭锅或蒸笼里蒸煮出的饭，而是用竹筒烧出的竹筒饭和用鲜鸡汤做出的鸡粥。

在诸多菜肴中，舂筒菜是景颇族菜肴中最富特色的菜，舂的工具必须是竹筒和木棒。几乎所有可食的动植物都可制作舂菜，肉菜需烤熟烤干，有牛干巴、鳝鱼和沙鳅鱼等，植物类中有苦子果、各种青豆、鱼腥菜、马蹄菜等，令你胃口大开，那辣中带香、香中微苦、苦中有甜的滋味，使食者无不绝口称赞。从景颇族人的"舂筒不响、吃饭不香"的谚语中，可见舂筒菜在景颇族菜肴中所占的位置。舂筒菜的主要作料有荆芥、生姜、大蒜、辣椒、香柳等。

在景颇族名目繁多的各种烤、煎、煮、凉拌食物中，尤以竹筒烧煮和绿叶包烧最具特色，凡肉类均可用竹筒烹煮，其中上品为煮鸡肉、活鱼等。用竹筒煮肉，肉质鲜嫩而不烂，味道鲜美独特。特别是拌以多种作料后放入竹筒或芭蕉叶包裹烧烤的各种家畜，加之青竹和叶子本身的香气使烤出的食物具有独特的清香，使人食之不忘。

景颇族绿叶宴一般每人一份，食用时，把手洗干净打开包裹就可食用了。餐桌上饮酒用的酒杯，盛汤用的汤勺均来自大自然中的青竹与绿叶，宴席中的食物皆采自大自然中自然生长无污染的各种

绿色食品，使人食之放心，且有一种回归自然之感。一桌绿叶宴不但味道可口，更让人一看就觉得赏心悦目。摆好的绿叶宴，真可谓是色香味俱全，简直就是厨师们精心雕琢的一件艺术品。

朋友，如果你想品尝景颇族人的绿叶宴，请到德宏来。

奇特的昆虫食品

在这个充满异域风情的浪漫之地，已经说不清楚究竟有多少令人难忘的味道。德宏的吃食融入了太多民族风情与文化，在本地人眼里，从儿时延续至今的老味道，依旧能从舌尖暖到心窝……

居住在德宏的各少数民族，除食用一般的植物、动物食物外，至今还保留着人类早期以昆虫为食物的习惯，有的还用作招待贵宾的佳肴。所取食的昆虫中，有不少是很奇特的。把一种个体很大的黄蚂蚁卵从蚁穴中取出，用清水淘洗干净后晾干，与鸡蛋混合炒吃，味美无比。如果你来到农贸市场，会见到傣族妇女卖蚂蚁卵；假若你在夏季天气晴朗的夜晚来到德宏坝山麓一带的小溪、河沟边，见到沟河畔灯火点点，那是他们待蝉鸣叫着从山林里成群结伙飞往水边喝水时，借蝉的趋光性点上火把，将蝉引来，然后捕捉进袋，一夜工夫，能逮住数百只呢！回到家后将逮来的蝉去掉翅、足，放入锅中焙烤，烤后的蝉再用油炒食，其味香脆，是下酒佳品。竹虫也是他们喜食的美味，德宏盛产竹子，竹虫也特别多，他们在竹林中寻觅到被竹虫钻蛀的洞顺着往上一节剖开，竹蛹就在其中，多时一个竹节里可得到一小碗。将取出的竹虫蛹剁生，加上炒米粉和作料，以生菜蘸食。亦可用水稍煮一会，捞起用油煎食。还可与鸡蛋一起炒吃，香脆可口。若将竹虫蛹焙干做下酒菜，是待客

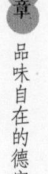

的上品。

然而最不同凡响的是还吃一种个体很大，身体上有黄黑相间的花斑、结黄网的花蜘蛛。这种蜘蛛有拇指那样大，儿童们最喜捕捉。他们将捕到的花蜘蛛放在火上烤去肢脚，蜕去一层皮后，夹在糯米饭或软米饭中当菜吃，其味不亚于烤肉。此外，他们还从地穴里挖一种景颇语称作"起柯"的蛹，这种蛹较大，一般都有两三个拇指那样粗。他们将从地穴挖出来的白色的蛹，洗净后放在锅里稍煮片刻，捞起来配上作料与鸡蛋一起煎食，这种蛹蛋白质含量很丰富。

可惜这些高蛋白的昆虫食品，在今天人们的食谱中，几乎完全丧失了它的地位，若能加以科学的利用，对丰富人类的食物品种将会有一定意义。

阿昌族爱"过手"

过手米线，顾名思义就是用手当碗来吃米线，是户撒阿昌族人智慧的结晶，凝聚了阿昌族的风俗习惯，是他们在历史的发展中创造出的原生态的绿色美食。

走进阿昌族的故乡户撒，各村寨间如逢节日，只听见无数把薄刀在砧板上剁肉，发出笃笃笃的响声，这是许多摊贩正在制作阿昌族有名的风味小吃——火烧生猪肉米线，也称"过手"米线。生性豪爽的阿昌族人喜欢把制作过手米线称之为"剁米线""拌米线"，吃过手米线则称之为"甩一套过手米线"。

这种美味小吃，各摊档的调料不尽相同，但大家选料都很注意，一般是新鲜火烧猪肉，经过剁细斩茸，然后用酸醋拌熟，再加上碎花生米、猪肝、猪脑、粉肠以及各种调料如芝麻、大蒜、辣椒、芫荽、豆粉、酸水等，最后拌上柔软滑润的米线。这种米线柔软、光滑、不结团、不黏手，肉馅拌下去，不沉底，也不浮头，均

匀地散布在米线中，味道鲜美，酸辣可口，别具风味。

傈僳族名菜——竹米煮鸡

你是否听说过48年才开一次花的故事？你是否知道48年才结一次果实的奇闻？你是否吃过48年才结一次果子的神仙果？这就是大自然赋予傈僳山寨的"仙果"——竹米。

据《史记》记载，因竹米不易得到，所以被抹上一层神秘色彩，传说中竹米是凤凰之食，古代有"凤凰非梧桐不栖，非竹米不食"之说。

据《本草纲目》中载："竹米，通神明，轻身益气。"竹米颜质正如《太平广记》载："其（竹米）子粗，颜色红，其味尤馨香。"珍贵胜过粳糯米。煮了当饭吃，既为稀奇食物又为保健膳品，尊之为"绿色食品之贵族"。

陇川户撒阿露窝罗节时吃过手米线

盈江县苏典乡拉马河村大垭口，中缅边境线8号界桩周围的森林里，生长着一种稀有竹子叫薄竹，薄竹结的果子便叫竹米。竹米是代表年轮的，48年才能品尝到同一片林子里的竹米，比如某年兔年这片竹林落下的大部分果实不久就发芽，48年后即轮到第四个兔年才结果，少部分第二年才发芽的，就等到第四个龙年结果。不同的林子有不同年轮的竹子，如此轮回，循环往复。

　　竹米煮鸡：食材有珍稀竹米、土鸡、草果、干辣椒、生姜等。将土鸡宰杀煺毛，清洗干净，斩件。烧锅下油，待油熟后，干辣椒切段，生姜拍扁，草果拍碎，放油锅里爆炒至辣椒紫红，再将鸡肉放入锅内继续爆炒。待鸡肉里的水分炒干，加2千克水，放入竹米煮至熟，下盐调味。一碗下去特别舒适，不咸不油，散发着食物固有的鲜香。

竹米炖土鸡

德昂族名菜——橄榄撒和茶叶菜

德昂族人与自然和谐相处，讲究饮食的生态环保。德昂族最有特色的橄榄撒和茶叶菜，是德昂族饮食中一道不可多得的珍馐，但至今仍然深处闺阁人少识。

橄榄撒 主要用料有里脊肉、橄榄皮。配料：肚底肉、茴香、芫荽、大蒜、小米辣、马蹄菜、米线。调料：酸水（柠檬汁、酸黄果汁、盐霜果汁均可）、食盐、味精。做法：将刚砍来的橄榄树刮去表皮，将里皮用刀刮下，放入清水里浸泡，将涩味挤出。将肚底肉烧熟切片，里脊肉剁细，与备好的橄榄皮末搅拌均匀，酸黄果汁倒入大碗内，加入芫荽、剁生椒、蒜泥、食盐味精等调料拌成蘸水，拌米线、莴笋吃。味道酸辣、涩香、细润，甘甜回味。

茶叶菜 德昂族是茶的民族，德昂族有一则故事里讲到，德昂族是 108 片茶叶变出来的。故事的真假不说，德昂族吃茶、喝茶、制茶、腌茶有独特的方法，让普普通通的茶叶释放出深厚的民族文化内涵。茶叶菜是将茶叶尖采摘后，用清水洗干净，加入冷饭和水轻轻搅拌后装入竹筒内，三四天后发酵变酸。食用时，取适量酸茶置于碗中，加入洋葱片、熟花生油、蒜瓣、小米辣、春花生、西红柿、芫荽、食盐味精适量搅拌均匀便可食用，此道菜是绝对的减肥菜、健康菜。

恣意生长的土堆鸡枞

《南园漫录》记："鸡枞，菌类也。惟永昌所产为美，且多。……镇守索之，动百斤。……采得，洗去土，量以盐煮烘干，少有烟即不堪食。采后过夜，则香味俱尽，所以为珍。"德宏历史上为永昌府辖制，产食鸡枞的历史已数百年，土堆

鸡㙡又是一方名产，真是"菌香烟雨外，异味四海闻"。

德宏山区，产青鸡㙡、黄鸡㙡、土堆鸡㙡，其中以土堆鸡㙡产量最多。这种鸡㙡伞罩不大根且长，有的达尺余。生长这种鸡㙡的土堆很大，一窝土堆鸡㙡产几十朵至上百朵，多时需用担挑和箩背。

每当雨季，景颇山上的各种菌类便破土而出，有的似未撑开的伞，有的如园林里的小亭，有的像南海珊瑚，有的如出水芙蓉，一朵朵，一丛丛，千姿百态，五彩纷呈。在这些菌类中，又以鸡㙡为上品，其肉肥硕壮实，质细丝白，味鲜甜脆嫩，清香隽永，无

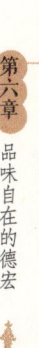

论炒食、油炸、清蒸、做汤，滋味都很鲜美。

　　生活在德宏的人，过着自己舒坦的小日子，浑身都散发着满满的幸福感。这座悠闲的城有一种魅力，只要你在这里住上几天，就不会想着要走。

绿野风光

徜徉在柔软的时光里

　　山清、水秀、天蓝、地绿,终年如春,风光绝美。有人说:"徜徉在柔软的时光里,去梳理脑海里的印象德宏——那就是最美的诗和远方。"

　　阳光毫不吝啬地倾洒在布满棕榈树的街道上,数座翡翠般晶莹的袖珍小城,用悠闲的时光将每个来到这里的人"俘获"。

　　这里多民族文化融合异彩纷呈,这里四季温暖花开不绝、水果不断,这里的人真诚好客、热情善良……

　　德宏的美令人动容,让每个过往者都赞不绝口!

走进德宏斑斓的世界

　　日月更替、孔雀飞翔,德宏之美早已被许多名人全面解读。著名作曲家杨非的《有一个美丽的地方》,向外界展现了德宏绝妙的自然美景,祖国西南边陲的自然风光从此有形有色更有声;画家袁晓岑创作的《瑞鸟图》,把边疆神奇的自然风光推上了中南海;著名音乐家施光南的一曲《月光下的凤尾竹》,把纯情和美景播撒人间……

　　这里,有秀美的瑞丽江、大盈江、亚热带雨林奇观、莫里雨林瀑布,有南菇河淘宝场,有全国最大的榕树王、橡胶母树,还有迷人的凯邦亚湖、全国物种保留最多的铜壁关自然保护区。在这里,你能购买到世界上最好最美而且最便宜的珠宝玉器,可以看到一城两国、一寨两国、一街两国的奇观,不出百里就能领略到奇特的异域风情。在这里,你能享受到傣族圣洁之水和景颇族水酒的最美好祝福,品尝到阿昌族"过手"米线的独特美味……

德宏，一个四季如诗如画的绿色世界。

飞燕在柳丝上剪出绿色的嫩苞，桃花在房前屋后娇羞含笑，大青树在春光里婆娑起舞。山冈上、田野里变成了绿的世界，江堤河畔，各种叫不出名的小鸟儿啁啾、歌唱、欢跃、飞翔。葫芦丝声声吹奏南甸欢歌，斑色花开满山谷沟坳，莫里飞瀑袅袅娜娜、飞花飘雨，为树木丛林披上薄薄轻纱，勐巴娜西珍奇园的骄傲孔雀开屏斗艳、三角梅姹紫嫣红……这是德宏的春天，一个万物生长的乐园。

月影婆娑的竹林里，回荡着小卜冒吹奏的动情的葫芦丝声，夜风拂动的竹叶下，飘着小卜少甜美的情歌。嫩竹拔节的声响，总在微风里荡起阵阵浪涛……这是德宏的夏天，一幅绚丽多姿的图画。

芒市大金塔

杧果累弯树腰、荔枝笑红树梢……置身秋日德宏沃土，山被竹楼前熟透的香蕉簇拥着、交错着，一座绵延着一座。拿着镰刀、挑着箩筐、扛着谷桶的男人和女人们，踏着淡淡的晨曦相继走出了家门。田野里此起彼伏的打谷声宛如一曲传唱了千年的音乐，沉重而凝缓地在山间回响。灰的、绿的、黄的蜻蜓，在头顶密密麻麻地飞翔，与人和自然平分这片边陲明媚的秋景……德宏的秋天，是一个硕果累累的季节。

和谐的暖风，弹奏着古树的哨音，永不疲倦。冬日阳光如一盏盏照亮一切生灵的灯，让自然界万物永远不会除掉盛装和失去盎然的生机。大青树、波罗蜜树、三角梅躲在暖阳下面微笑，漫山遍野的山花展露一簇簇醉人的绿。鸟语花香、山清水秀、百花争艳，冬天的童话正在这里上演。

德宏，是一幅人与自然相融的和谐画卷。

黎明轻撩黑夜的窗帘，太阳缓缓地爬上山头，为万物带来了生机。人们习惯地在鸟的啁啾声中睁开惺忪的双眼，百灵鸟习惯轻盈地剪几缕阳光，把啼唱发表在波罗蜜和花瓶树间的枝丫上，那优美的音韵如泉水般倾洒在城市的空气中。街道上，一阵阵持续不断的鸟语传来，循声望去，三五成群的小鸟在追逐嬉戏。这些娇小身影似乎在提醒着行人生活在德宏的幸福，车、人、鸟演绎着人与自然和谐剧。

随着夜色的降临，幽幽夜来香伴着浓浓的栀子花香，如浓茶般的空气，让人心旷神怡。波罗蜜成熟后发出诱人的阵阵醇香，让人顿悟大自然的神奇魅力，感受生存的温柔与美好；荷池中铺满一片诱人的绿色，翠绿般温厚，碧玉般圆润，俊俏的荷花亭亭玉立于其间，吐出淡淡的清香。池中的蛙声伴着落叶化作串串动人的音符，奏响动人的绝唱。

在这里，各民族之间和睦相处，中缅两国边民关系融洽，所有的生命都绽放出更加亮丽的色彩，各民族在这里构建了一个和谐社会，体现着和谐与发展的巨大力量。

德宏是一个美丽和谐的人间天堂。走进德宏,就如走进一个斑斓世界,边陲德宏之美,犹如一个童话世界。凭据边、情、绿、宝的神奇魅力,德宏——这个名字将响彻全国、响彻世界。德昭日月,宏润千秋。

美丽的勐巴娜西

寻你的一生,我魂牵梦萦;爱你的一生,我豪情满天。

勐巴娜西,你更是我心中永远装不下的梦、美丽的热土和圣殿!

勐巴娜西,你在我梦的枝头开放无数花朵,我在你绿色恋歌的醺醉下守望,让我一生惊喜、留恋。

你如一位柔情似水的傣家少女,是我心中永远装着的一幅风景,把我深深地占据。想念你的时候,不眠的日子化成一座一座的山冈、弯弯曲曲的坝子,充盈着我干涸的心地。你的光芒耀眼,使我生起无数的梦想,像白鹭飞起,然后逃离、隐去，留下的剪影满含忧郁。我无法抵御你美丽的引诱，只好在你无数充满浓浓情意的歌声里，种下一片片诗歌般的绿森林，为你而歌，让你聆听。

绿孔雀飞过的蓝天里，白云飘飘，会唱歌的"大鸟"带着更多的远方客人来了，朝着心中梦境般的勐巴娜西来了。你身如处女的圣洁凝住了多少痴情的目光。他们都醉倒在你弯弯的歌里，醉倒在你水样的柔情里。竹楼掩不住你美丽的倩影，花儿般的芳香四处飘散，它从芭蕉叶的缝隙里过滤而来，从羊奶果的香甜中传递而来，把波罗蜜的芳香带来，悬挂于希望的梦境中，成为美的盛赞，成为美的喜宴，读你，懂你。

江流九曲，大地欢歌。你含苞欲放，静守闺门。快快打开你的闺门吧，就是再笨拙的男儿也忍受不了你痴情的回眸、声声的呢语！

金色的稻浪，犹如一曲葫芦笙吹成的民谣，对，是那首柔肠百结的《有一个美丽的地方》，灿烂地鼓胀着我幸福的心门。我问你，那大大小小的谷堆，是不是你给予我的深情问候？那笔直的高等级公路，是不是弥合我、缝补我思念离愁的又一根七彩的丝线？勐巴娜西，请原谅我对你那无端的等候，我要荡一叶爱之轻舟，在月夜里，停泊到你无涯的岸边，顺着你弯弯的歌，采撷你为我开放的美丽花朵。

我终于遇见了，你是我一生寻求的美丽少女，像是我流淌于心间的美丽乐曲，还是我午夜情怀里的萨克斯，爱之琴弦。你虽不是飘荡于我思绪间的茶韵古筝之音，可你是柔情的瑞丽江水和情感丰富的大盈江两位美妇人合唱成的爱之音啊。我听到了，这歌声守望漫漫长夜，绿了我心间的每一道田埂。我爱歌声鼓起的每一个迷人的亮色和鲜花般纯洁善良的每一个民族。

我要舞起热情激荡的长刀，泼洒圣水，跳起欢乐、神奇、绝妙的"窝罗舞"，向天神地神请出青龙、白象、金孔雀，深深地为你祝福！

梦中的勐巴娜西，我再也控制不住自己无边的等候了。今日，我要为你歌唱，我要把露珠儿透明的心献给你，我要像一只痴情的鸟儿，衔一片青绿的竹叶，飞落于你的身旁，等你、爱你。请别憎恨我夜幕下的那些如许愁思、期盼的目光。从旭日喷薄的地平线到残阳垂落的西天，有我雨花般的足迹，茉莉花飘雨，视线凝结成不朽的风之琴曲。

梦苏醒在大象吼叫的地方，梦就在太阳当顶的地方。

芒市——黎明之城

从南天门一路奔腾而来，进入芒市城区，就会有一个刻有"黎明之城"的巨石映入眼帘，它是芒市城的重要标志，也是一个美丽的传说。

千年前，佛祖释迦牟尼踏着星辉、顶着寒风、翻山越岭，一路修行来到了芒市的雷崖让山，佛祖在朦胧的黑夜中闻到了稻谷散发的清香，听到夜鸟欢乐的鸣叫，抬头仰望天际似乎能摘到天上的月亮和星星，于是佛祖便席地而坐，进入了禅的世界。那就让我们一起拉开这传说的幕布，走进古老芒市的时空。

突然，一声嘹亮的鸡鸣声划破天际，同时也把佛祖引回到了现实的世界。佛祖慢慢睁开眼睛，看到从眼前升起的太阳，光芒而又明亮，晨曦普照在翠绿的坝子上，与佛祖身上的袈裟交相辉映，让整座雷崖让山熠熠生辉。山下的人们看到山上闪耀的金光，得知佛祖已到此地，奔走相告，对佛祖顶礼膜拜，祈求佛祖保佑。佛祖释迦牟尼听到了众生的诵经声和祈祷声，双手合十下山而来，佛祖所经过的地方枯草逢春，一片绿色盎然、鲜花烂漫。

古时的芒市四周群山围绕，瘴气笼罩，俗话说："要到芒

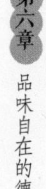

市坝，先把媳妇嫁。"人们将这片土地称之为"芒"，是希望它就像傣语寓意一样是个"清静快乐、瓜果飘香、土肥鱼美的地方"，成为人们所向往的佛家居住的仙境。佛祖释迦牟尼听到了众生的愿望，挥一挥左手驱散了笼罩在芒市上空的雾瘴，挥一挥右手让芒市土地上所有果实成熟、河水甘甜清澈，让整个芒市重获生机。

为了让人们生活富足，感受到这个世界的美好，灵魂得到洗涤，佛祖便在这里住了下来，每天给人们讲经，教授种植稻谷的方法。佛祖每到之处，稻浪翻金、瓜果飘香，人们安居乐业。时间在佛祖的诵经声中流逝，芒市的人们也一天天地富足和快乐起来，他们每天都跳起欢乐的嘎秧舞、敲起震天响的锣鼓、铓，感谢佛祖赐予的新生活。佛祖看着众生幸福的笑脸，在不远处的榕树下进入了

禅的世界。伴随着鸡鸣，佛祖便在刚刚苏醒的阳光中起身，双手合十，仰望上苍说："请保佑'勐焕'（傣语为鸡叫的地方或黎明之城）年年风调雨顺、五谷丰登、生活幸福！阿弥陀佛！"起身离开了芒市。人们为了感谢佛祖的恩赐，在雷崖让山上建盖了寺庙，取名为勐焕金塔，塑了佛祖金身，每天朝拜，同时也把将佛祖唤醒的雄鸡塑成了金鸡，守卫寺庙。为了永远纪念佛祖，芒市人也将芒市称为黎明之城，希望每天的黎明之光让芒市更加美好。

这就是芒市，传说中的黎明之城，古人称之为茫施，千年岁月洗尽铅华，却让这"蜀身毒道"的驿站沉淀精华，也许那一棵榕树下就是佛祖参禅的地方，也许那一座寺庙就是当年

金塔晨雾

佛祖讲经的地方，也许那一粒稻米就是佛祖亲手所栽。这就是芒市——黎明之城，让我们在《有一个美丽的地方》的音乐中，在这动人的传说中，感受芒市的佛韵，感受芒市的富庶，感受芒市的魅力，展望芒市的未来。

美哉！瑞丽

这是一个多雾的地方，远古傣王国的圣地，孔雀公主的故乡，傣家孔雀舞的摇篮，朦胧似梦美丽如画。这是一个多情的地方，碧波的江水荡漾着傣家的柔情，目瑙纵歌跳不尽景颇族人的激情，德昂族水鼓传情声震四方，中缅胞波情谊源远流长。瑞丽是一首歌，杨非一生的守望让美丽的地方名传天下，那悠扬迂回的美妙音符如缕缕馨香缭绕于心，让人回味悠长。

在中国最西南的边陲，那个遥远的边地，有一个名叫瑞丽的地方，谜一样的神秘。多少年来，她一直被世人赞叹和传诵着……

瑞丽是一幅画，汇聚了天下最美的颜色；瑞丽是一首歌，流淌着人间最美的旋律。

感慨，由心而发；真情，随心而动。难怪有人感叹："我到过很多国家和地区，这种两个不同国度的边民能够这样和平友好相处，还是第一次亲身感受到。""瑞丽的寨子好美，特别是这里的民族兄弟姐妹淳朴，这真是一个令人难忘的地方。"

无数国家领导人曾纷纷踏上这片热土，把关爱和期望永远地留在了这里。多少国内知名人士、国际友人钟情于此，又寄情于此。究竟是什么如此地吸引着摄影师的镜头和文人墨客的创作灵感，而让这里成为著名影视之地和体验生活的绝佳境地呢？今天，这片再度沸腾的热土，又将牵起多少梦想？

是美！是那个占据于心里，纠结于心底，令我们苦苦追寻，拥有而又恐失去的主题，左右了我们的情感，诠释了生命的意义。是美！是那种从内心深处涌动的暖流，那种难以自持的震颤，那种无与伦比的快乐，是我们不惜倾尽一生都要执意的追求。

瑞丽的美，或起于自然景观，或来自风情人文，或来于勤劳与智慧的创造，或闪现于那个不经意的瞬间。风物之美，人性之美，圣洁之美，神奇之美……

瑞丽是美的化身，美的摇篮，美的圣地。爱，总在痛定以后；美，常在历经之中。就让雨林的气息畅快你的呼吸，就让青翠的绿意牵引你的思绪，就让蓝天浮云伴着你的心情，投入她的怀抱，倾听她的心跳，感受她的呼吸！

瑞丽是一处幽幽净土，竹林深处，菩提树下，塔铃低吟，佛幡轻拂，一切凡尘喧嚣顿化沉寂，佛奉奘寺，佛留心间。

瑞丽是一壶酒，如同傣家小锅酒，景颇族的甜水酒，喝了不愿醒，来了不想走。半醒半醉的朦胧，魂牵梦萦的地方，说不清、道不明、理还乱的瑞丽情结，正如这酒，酒不醉人人醉了。瑞丽是一个容易让梦滋生的地方，触景生情，情怀千种，临地生念，念想万般。美丽的故事不是神话，财富之梦也不再是传说，而跨国之梦，就在眼前；瑞丽是缔结中缅友谊的纽带，那个关于龙蛋的传说注定了中缅胞波情缘，同住一村寨，共饮一井水；同处一院落，共为一家人。两国总理的外交佳话情系千秋，缘续万古。

瑞丽是一首歌，瑞丽似一幅画。瑞丽如梦，是梦中的仙境，是人们心向神往的人间天堂。

水墨陇川

龙江、南宛河和户撒河由北向南，在青山和绿坝间书写出一个苍劲有力的"川"字。三川大美，构成了这幅画的线条和轮廓。

如果把祖国比作一幅巨型的中国水墨画，那么陇川则是这幅画中西南端最精彩的一笔，称之为"水墨陇川"。

绿色，是"水墨陇川"这幅水墨画的主色调。陇川，除了漫山翕翕郁郁的亚热带雨林之外，满坝的甘蔗林像青纱帐一样组成无边无际的绿色海洋。

漫无边际的甘蔗林，阵风吹过，绿浪翻卷，一浪高过一浪，一浪催赶一浪，时而跌落涧谷，时而卷过坡头，滔滔滚滚，逶迤远去。偶尔有几株树或几蓬竹子，伫立于绿波之上，恰如大海里的舟楫。还有县城的森林公园，当地人对这里的绿色心生热爱，外地人则艳羡不已。陇川就是活脱脱一个天然大氧吧！真是满目翠绿，绿满陇川。

金色，是"水墨陇川"中色彩最鲜艳的一笔。且不说陇川坝子秋季那金色的稻海，以及点缀在万绿丛中的那众多的金色奘寺佛塔，仅被称为"佛祖花园"户撒坝子的油菜花海，就叫人心醉。每

年的 2 月初至 3 月中旬，是油菜的盛花期，是观赏"十万亩花海"的最佳季节。真是"村在林中，林在花中，人在画中"。

白色，是"水墨陇川"这幅画的点睛之笔。陇川火山附生地质现象丰富，有温泉二十多处。它们喷出的热气变成缕缕白烟，潇潇洒洒，弥漫飘逸，缓缓上升，流动在山野间。

明朝崇祯十三年（1640 年）七月，徐霞客考察到了陇川，曾住在户宛温泉附近，经常在此沐浴，留下这样的文字："四山突起，中为石凹；温凉适宜，早晚可浴；泉水可饮，开胃健脾。""滇之温泉较多，此泉不可不浴。"道出了户宛温泉之特异。

白鹭是点缀在这幅画中的流动色彩。陇川的蓝天白云下飞翔着这些吉祥鸟，在陇川的任何一个地方，都可见到它们的身影。最常见的"牛鹭嬉戏"的情景，更会让人着迷。

刚劲的轮廓和线条，浓郁碧绿的主色调，加之金色的渲染

美丽的陇川户撒坝

和白色的点缀，"水墨陇川"无与伦比，让人流连忘返。

请记住"水墨陇川"这幅画，记住这方山山水水。

滇西万象城　花飘大盈江

盈盈一水，柔情依依，清波碧浪，婉转萦回。大盈江似母亲温柔臂弯环抱子民，用甘甜的"乳汁"孕育着盈江儿女；似银丝带飘舞、清透，蜿蜒流过田间，串起盈江儿女"共饮一江水"的情谊；似曼妙的少女，浅吟低舞，滴动无垠的乡愁，勾住游子归家的心。

大盈江穿越森林峡谷，流入盈江坝区，水流减缓，江面扩宽。芦苇簇拥的江心小岛，在蓝天白云下，尽显"亚马逊"的野性。

春天，木棉花开，一朵朵跳跃在枝头，如同一簇簇跳跃的火焰，燃烧在青翠的竹林中间。人们踏着青青的绿草、细细的白沙、

大盈江风光

褚赤的栈道和石板铺就的小路，来来回回地穿梭。洁净、蔚蓝的天空撑在高远的青山上，有丝丝的云游弋着。湿地公园里，各色的花儿在阳光下茵茵地铺开，犹如天女的织锦。

夏天的细雨如期而至，细密的、迷蒙的、遽然的、连天的，如烟、如雾，如苍天垂下的线条、如骤然急响的鼓声和马蹄，一阵一阵、一日一日地下着。群山和树林都被水雾锁着，迷迷蒙蒙，江水渐渐地涨满，从灰白到浑黄，长高的芦苇在江水中矗立着，长长的叶子划过江面，带着细细的波纹，犹如一条条细碎的鱼儿在水里游动。

秋天，碧蓝的江水躺在洁白的沙滩上，慵懒地弯着腰身，展示着自己优美柔和的曲线。身上的裙裾，如轻纱一般，带着亮银的丝线，朝岸边的白沙涌来。绿的上面，直立的、飘动的、摇曳的白，那是苇花，素洁得犹如天上的云，一团团、一片片、一线线连到了天边。

走进湿地深处，遥看江心的竹笆桥上，戴着竹篾帽子的傣族女子担着竹箩，细碎的步子，踩得竹笆小桥吱呀吱呀地响，艳丽的纱衣和笼裾紧紧地贴着细细的腰身，左臂搭在竹担上，摆动着右臂，她们的每一步，都变成了江中美丽的摇曳的倒影。有大雁飞过，长长的队伍沿着河谷留下了两行远去的身影。

傍晚，夕阳渐落，湿地公园的一切景物都渐渐笼罩上一层明亮的金沙，江水、沙滩、竹桥、稻谷都显得金灿灿的。夕阳染红了天边的云彩，金色的阳光镶嵌着或浓或淡的红云，层层叠叠地倒映在江水里，像一汪流淌的金水。

盈江的冬天是温暖的，江水薄而轻、透且亮，江底的石子静静地铺在河床上。象牙白、青黛绿、赤褐、灰棕、褚黄、绯红、苍黑……每一粒大大小小的石子，都带着自己出生地的印迹和流水雕饰的颜色，静静地躺在洁白的沙子里，在流水里轻轻地温柔地洗着，期待着一双小手捧起，一路滴下银色的叮咚

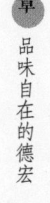

的泪珠。

沿江翠竹林堤，绵延数十千米；江岸农田肥沃，竹树环绕的村寨，星星点点，似璀璨的明珠点缀其间，点线连接，勾勒出一幅迷人的画卷。对于久居都市之人而言，这是难得的返璞归真。

走进傣家村寨，竹篱小径、榕树和翠竹掩映的村庄飘出袅袅炊烟，在这些村寨里能感受到傣族人如水一般纯美的性格和原汁原味的傣族文化。步入景颇族人家，竹木成林，风景秀丽，能感受到乡村的静谧和悠闲，感受到山水相依人相伴的和谐，感受到大自然的祥和，品尝到山间美食，让心灵回归自然宁静。再探傈僳族村寨，宛若进入了一个神奇而美妙的世界，使人感到大自然神奇的活力。

奔腾的大盈江孕育了这片热土，岁月流淌，其貌依旧，充满"野趣"。

塔往右，水往南

今夜，有花香，顺水而来。

坐在南甸河畔，听着优美的葫芦丝之音，看着波光里的霓虹摇曳生姿，隐约里，仿佛有歌声，随水穿透时光隧道，带着熟悉的气息，款款而来，又悠悠远去。

对岸，广场旁，灯光中的大金塔安静矗立，有络绎不绝的访客虔诚地走上台阶，绕塔，一一跪拜。

梁河，一条从高黎贡山之巅穿林越石而来，带来城外的精彩，又穿城而过，将小城故事声名远播。有这么一座塔，矗立河岸边，守护小城风风雨雨。多少年来，水载着塔光抚摸着城市的肌肤，哺育和洗涤着城市的灵魂，让小城故事在沉沉浮浮中厚重而多姿。

就是这条河、这座塔，能让你遇见奔流不息水之灵动，遇见张扬中收敛、粗犷中精致、飞舞中稳健的有别于江南亭台楼阁的建筑风格。在金光铺展的塔下的雕塑和壁画中，你能窥见一个与水有不解之缘的民族的动人之处。一座塔，便能让你与禅机更近，而河岸边的温泉，更能为你洗去风尘。若你用心，无须太久，在此岸泡了温泉后带上零钱去彼岸大金塔走走，读读壁画、看看雕塑、走走台阶、拜拜佛像，再到塔下桥边的小吃铺品品特色傣味，便能体悟傣族绚烂多姿、刚柔并济的文化。河，是这座小城灵动的符号；塔，就是小城的地标。

每年 4 月，两岸河边大红、绛紫、橙黄、素白的三角梅临岸盛放，塔下广场成了傣族泼水节的天堂，傣家小卜少和小卜冒着五颜六色的节日盛装，提着水桶拎着水盆从四面八方汇聚而来，把被赋予祝福的水，高高扬起，洒向欢聚的来宾，把节日的狂欢演绎得淋漓尽致，金塔广场顿时活色生香。欢声笑语随水流轻快地流进南甸河，让民族和谐的祝福之声穿石过滩，民族的和谐之花开遍两岸。

你若到小城来，不妨寻到南甸河岸，听听河流轻唱马帮的山谣，听听土司的故事，以及小城上演的爱恨别离。

临岸看塔，看的是一种缘渡；临塔看水，看的是一种永不回头的潇洒。也许有一天，你会站在大桥上，和今夜的我一样，轻念——塔往右，水往南。

菩提的声音

南传上座部佛教文化历史悠久,底蕴深厚。

德宏,凡是有村寨的地方必有耀眼的佛塔、奘房。它不仅是虔诚供佛的圣地,也是文化、教育的发源地,其内在文化博大精深。

树包塔——爱情塔

岩吞和罕伦的故事与爱情塔碑文记载的时间和事件大致相符,追忆传说,英雄与美人依然鲜活真实,仿佛从云端中翩翩走来。现在的榕树早已高过了佛塔,把佛塔纳入了自己的怀抱,塔恋树树恋塔,塔树早已融为一体,成为云南名胜景点之一。

烟雨朦胧、缅桂飘香的边城芒市有一座"爱情塔"永远散发着历史的芬芳。树包塔,傣语称"广母姐列",意为铁城塔,位于芒市步行街中段。据傣族史料记载,此塔建于清乾隆五十三年(1788年)。芒市十七世土司放愈著为纪念一场胜利的战争而修建。佛塔由砖石砌成,高十余米,呈八角形,神龛内摆放着佛像,已有两百多年历史。

在民间更多的人则称之为爱情塔,一个悲伤的故事发生在清朝年间。当年有个叫罕伦的傣族姑娘出生在姐勒寨,进入青春妙龄的季节,婀娜多姿的身材胜过飘逸的凤尾竹,羞花闭月的面容能让铁树开花。芒杏寨子的岩吞是个英勇善战的小伙子,在保卫边关的战

斗中立下赫赫战功，备受世人称赞。在风清月明的夜晚，岩吞的葫芦丝声打动了罕伦的芳心，两人相爱在荷花池边。不久，外敌入侵，边关狼烟四起，岩吞奉命带兵出征。临行时与罕伦在荷花池告别，相约征战归来就结婚。想不到岩吞出征后，皇帝选美选中了罕伦，罕伦忧虑万分，用榕树叶写了一封书信让鹦鹉捎去给在边关征战的岩吞。可是久久不见岩吞归来，罕伦站立在荷花池边，遥望远方，忧心如焚。等岩吞回到家乡的时候，罕伦已经殉情于荷花池，村民正在给她举行葬礼。岩吞见心爱的人已离开了人世，顿时伤心绝望，拔刀自刎，英魂追随远去的香魂。人们被岩吞和罕伦的忠贞爱情感动了，就将他们合葬在一起，并在坟上建了一座爱情塔。为他们送信的鹦鹉也十分惋惜和忧伤，特意衔来一粒榕树种子播在塔缝里。一颗榕树种就这样发芽生长，随着时间的推移，树越长越高，塔与树形成了共生的局面。一对恋人的幸福破灭了，他们把爱的永恒留给后人。

树包塔

盛名远扬菩提寺

如果要研究傣族佛教，芒市菩提寺颇有代表性，不论是其建筑风格、朝拜规模，还是文化积淀都具有不可低估的历史地位。抵达菩提寺，人还没进门，就能感受到心灵的

宁静，聆听到空灵的菩提之声。菩提寺已被列为云南省重点文物保护单位。

佛寺在南传上座部佛教中称奘房，是佛教徒出家修行的地方，也是主持传经布道的场所。菩提寺，位于芒市城中心地带，寺里最显著的位置供奉着佛像。正中的是释迦牟尼佛，两旁是男神"违从属"和女神"洼沙塔列"。南侧偏厦内端坐着观音菩萨，手执净瓶，仪态万方。菩提寺始建于清康熙十六年（1677年），至今有340多年历史。据说，当时的芒市长官司的长子舍弃官位，皈依佛门，修建此寺，因寺前有一棵菩提树，故名菩提寺。傣语称"奘相"，意为"宝石寺"，寺院占地360平方米，具有四大亮点：一是建筑风格特别，集傣式、汉式、梵式风格于一体，层楼叠阁，斗拱飞檐，在中国建筑艺术中堪称一朵奇葩。二是藏经较多，储存着许多傣族不同时期的艺术珍品，除大量的剪纸和壁画之外，还有很多内容浩瀚的万卷经书。其中，贝叶经存量不少，保存较为完整，是承载佛教文化的重要场所，早已成为享誉东南亚著名的佛寺。三是盛事难忘，记忆犹新。1956年，北京广济寺供奉的佛牙曾经送到这里举行过朝拜活动，一月之内，中外香客多达24万人，菩提寺在东南亚各国中名声大增。1985年，泰国王姐干拉雅尼瓦塔娜公主到芒市观光，第一项活动就是到菩提寺拜佛。数百年来，中缅两国的僧侣时常到这里取经念佛，相互交流。四是这里曾经出过一位高僧，法名静修，他是芒市土司加封的"御封佛爷"，是土司在佛教界的代理人，总理全司佛教事务。此人有很深的佛学修养，精通经书，翻译了大量的佛教文献，曾出访缅甸等东南亚国家，为促进中外佛学交流做出了应有的贡献。

白鹭若云五云寺

古榕参天，胡须垂然，数百年栉风沐雨，主干遒劲苍老，岁岁萌发新枝嫩叶，夕阳收起最后的光芒，白鹭栖息于佛教圣地五云寺，透出诗画的意境。

五云寺与菩提寺毗邻，傣语"奘罕"，意为金寺。"奘弄"是五云寺的前身，位于法帕。有匾记载：五云寺建于清康熙四年（1665年），相传是芒市始建的第一座佛寺，道光二年（1822年）迁至此处。因建寺时，寺门前有五棵大榕树，树下有一个清澈甘甜的水井，树上常年有白鹭飞来栖息，远远望去就像五朵白云，故称五云寺。寺内供奉着由泰国高僧左密灭带给芒市的第一尊铜佛像——帕拉过勐。抗日战争期间，佛寺和金殿毁于战火。中华人民共和国成立后重建。寺院旁还建了一座宝塔，宝塔由8个小塔连着主塔，每个小塔里都有佛像。相传，寺里曾使用一口乾隆时期铸造的大铜锅，煮一次饭，可以供上百人食用。

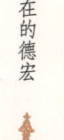

五云寺

金塔银塔辉相映

金塔、银塔两相辉映，山水充满祥光瑞气。作为景点，能让游客开心地观光，留下难忘的印象；作为佛教建筑，具有别具一格的艺术风格，设计精美，气势宏大，堪称典范。到此一游，也许你会说点什么或想点什么。

"勐焕"是芒市的佛教地名，就是佛祖传教到这里天刚刚亮的意思。一年之计在于春，一天之计在于晨，新的一天开始了，心里萌动着美好的希望。佛祖把至善的意愿留给黎民，金塔、银塔不仅仅是地标性建筑，更是幸福吉祥的象征，一片和谐安宁的土地永远充盈着温暖的阳光。

勐焕大金塔位于芒市雷崖让山山顶。相传，释迦牟尼转世为金鸡阿鸾曾到雷崖让山修行，释迦牟尼涅槃数百年后，他的弟子"召罕大"（阿罗汉）为传播佛教教义又亲临此地修行。为了让"召罕大"有个好的修行环境，周边的花儿、草儿、树木纷纷让道，所以就起名叫雷崖让山，意为野花野草荆棘都让开的地方。原雷崖让山佛塔毁于抗战期间，原潞西市勐焕大金塔毁于1966年。雷崖让山自古以来就是佛教圣地，为表示对佛祖的怀念和敬重，满足广大信众的要求，20世纪末恢复重建，定名为勐焕大金塔。投资5500万元，于2004年6月30日破土动工，2007年5月1日举行开光加冕大典。金塔高76米，塔基直径5米，共分四层，一层塑有释迦牟尼佛、药师、观音菩萨和弥勒，二楼和三楼展示着佛祖生平及所用器物和佛教壁画。二、三、四层的平台由群塔组成，最高点戴有重达2.3吨的大金顶。金塔周边花团锦簇，山青树葱，视野开阔，可以俯瞰整个芒市坝。

2010年后，在金塔的东南边修建了勐焕大银塔，银塔高66米，整体略小于金塔。但勐焕大银塔所在位置略高于金塔所在位置20米，供奉着2012尊佛像并安放舍利子于其中，是一座纯粹的南传上座部佛教佛塔。

姐勒金塔"广母贺卯"

在这美丽的边城，有一座海内外闻名的金塔——姐勒大金塔，傣家人叫它"广母贺卯"。广母（即塔），意为"瑞丽城首之塔"，又叫它"金狮塔"，一座塔有两个名字，足见人们对它喜爱有加。

相传，很久以前，每当月明星疏之夜，在金塔地基处，地就发出光芒，极为奇丽，令世人大为惊恐。掘出一看，方知是佛祖遗留的舍利，于是众佛教徒集资在掘出遗骨的地方建造一塔，旁建一寺，以示祀意。自此，姐勒金塔天天香火不断，勐卯土司也在金塔做一年一度的佛事，并代代相传。

据传此塔是在2500年前，勐卯国国王召武定执政时建造的，是瑞丽最古老的佛教建筑。据傣文史书《迷喊》（《金熊史》或《姐勒塔史》）记载：在速塔共玛腊王子统治时期的一天夜间，王子发现姐勒山丘发光，翌日派人查找，发现有熊、

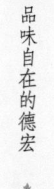

麻雀、野鸭、牛、人等七种骨头。据说释迦牟尼转世时曾轮回550次，当他轮回为麻雀、野鸭、牛、熊等动物时曾在姐勒生息，所以人们又将此塔称为"金熊塔"。此外还有一个更为生动的民间传说：古代，勐卯坝的部落酋长为了争夺土地和水源，经常发生战争。有一年，正当双方打得血流成河、精疲力竭、胜负难分之际，从南方来了一位高僧，他请两位酋长到姐勒的小山丘上议和，他取出两节粗细不同却一般高的竹筒，分别涂上红、黑两种颜色，立在平地上，他指着阳光下竹筒的阴影语重情长地说："这两节竹筒虽然有大小，但它俩的影子却一般高。"两位酋长思索了一会儿，明白了高僧的心意，于是两人喝血酒言和，从此国泰民安，和平发展。为了纪念这次成功的和谈，化敌为友的部落人在这里建立了第一座佛塔。

姐勒金塔建塔之初，塔身用土坯建造，主塔高10余米，周围以数小塔围之。后经历代土司不断整修和装饰，到民国年间，10余米主塔高高耸立，其外环列17座小塔，外表涂上金粉，主塔顶冠贴以金箔。塔基围有一圈石栏，四周置石雕狮像，塔周古树参天，见者无不为之赞叹。1969年，这百年古塔却毁于一旦。1981年重新开始修建新塔，历时数年，在原塔基上重现了旧塔原貌。新塔采用砖土结构，主塔较旧塔高10余米，外围小塔，依次渐小，主附塔顶均冠于金箔华盖，微风过处，风铃叮当，令人神往。姐勒金塔修复后，每年泼水节前，佛教徒都在此举行佛事。境内外佛爷、和尚、尼姑纷纷前往讲经诵佛。姐勒金塔又恢复了昔日佛教圣地的面貌，如今此塔仍是东南亚著名的佛塔之一。

孔雀王宫——大等喊

"奘寺"是南传佛教寺院，傣族中南传佛教占主导地位，每个寨子里都有这样一座寺院，当地人称之为缅寺，而这里被称作"等喊弄奘寺"。中国许多著名导演为之动情，千里来此拍摄了《孔雀公主》《滴水观音》《西游记》《毛孩》等电影外景。

大等喊奘寺始建于清乾隆年间，相传释迦牟尼传经布道时路过此地住了一夜，信徒为纪念他的恩泽修建了这座奘寺，距今已有200多年的历史。1918年和1958年曾两次重修，1981年再次翻修，占地5992平方米，建筑面积376平方米，由正殿和两亭阁构成。正殿由32根木柱撑起，底层空敞，上建楼台，系干栏式殿堂建筑，面阔3间，宽17.3米，进深7间，长19.6米，抬梁式结构，重檐歇山顶，檐高5.16米，屋面用铁皮覆盖。在主脊正中央，从下到上依次叠有四层由大到小的房顶，其上转为四棱柱体、四棱锥体，顶端形如南传佛教的塔顶，整个屋顶层叠呈锥状，向上收缩，直插蓝天。顶端有风标和塔帽，四周悬挂风铃，随风摇曳，叮当作响，似向远方的信徒发出召唤。

大殿的正门向东，门前有两重檐顶的亭阁，面积2.7平方米，檐高3.2米，由一条13.8米长的走廊连接，旁有栏杆，走廊直抵殿门前的楼梯。这种前廊连接佛门的佛殿，实际是用前廊作为殿前的引导空间，用来突出佛殿的入口，渲染宗教气氛。

沿走廊直行，脱鞋，登楼，就进入大殿。正殿四壁用木板装镶，上层四殿开有窗，殿内光洁明亮。天花板由数十块鸟兽、花草和人物等木刻彩雕镶嵌而成，做工精美，具有较高的观赏价值和艺术价值。大殿正中供奉着释迦牟尼金身塑像，佛祖结跏趺坐，左手横放在左脚上成"定印"；表示禅定，右手在胸前屈指为环形，表示佛祖正在对众生讲经说法，即所谓"说法相"。佛像身后为光芒四射的呈圆环状的背光，象征佛光普照。佛伞为佛像上庄严饰物，寓意为"佛行即行""佛住即住"。佛坛四周布满了经幡，在这些长条状的织物上，书写着经文和对佛的敬语。呈长筒形悬挂的庄严饰

物称佛幢，有丝织，也有棉织，上绣佛像，施彩画，或书写经咒和敬语。这些五光十色的装饰物，具有浓郁的民族风情，也体现了傣族人民高超的手工技巧。

这种把殿堂结构与佛塔结构巧妙结合在一起的建筑，别具匠心，很有特点。其中最吸引人的就是屋顶，整个屋顶变化繁杂，顶面坡度较陡，多折重叠，线条丰富，轮廓分明。这一奘寺的整体造型，给人最深的印象是高耸蓝天，带给人一种奔腾向上的动感，使一种超凡脱俗的意念充斥胸怀，营造出一种净化心灵世界的宗教气氛。

雷奘相

据傣文经书记载，雷奘寺曾经为当时的东南亚八大寺庙之一，相传释迦牟尼曾在此讲经传教，历来是中缅信教徒的朝拜圣地，现已成为中缅边民和南传佛教徒朝山拜佛的一处胜景。

雷奘相，傣语，汉语意为宝石山寺，位于瑞丽市芒约村民小组的后山上，创建于13世纪中晚期，是德宏南传上座部佛教传入初期建造的佛寺。据傣文经书记载，该寺是东南亚八大奘寺中的第三

座奘寺。先后于1880年和1984年重建,1989年公布为瑞丽县级文物保护单位。

大殿为砖木结构,木构架抬梁式,面阔三间,进深六间,建筑面积为367.9平方米。1987年大殿东南约200米处,建了一座6米多高的白象群塔。寺院内除主殿堂、白象塔外还有僧房、戒亭、比丘尼房和建佛寺的出资人名,并塑有水牛救命之恩的雕像。

1982年,在该寺出土了明代烧制的红砖和新石器石斧。1990年,又发现唐代炭化稻谷及战国时期的陶片。2001年在该寺原建塔基地宫中出土了300多件陶制佛像和形制独特的铜铸佛像。奘寺大殿前坡下的文化层东西长约200米,南北长约50米,面积约10000平方米。地层堆积厚约1.4米,从上至下分为4层。第一层为红褐色土,厚约40厘米,夹现代陶、瓷、砖、瓦片;第二层为灰褐色土层,厚约50厘米,未见包含物;第三层为红色土,较纯净,未见包含物;第四层为灰褐色土层,厚约30厘米,有少量夹砂厚陶片。第四层以下为生土层。陶片主要为夹砂红、灰陶片,烧制温度较低,脆软,多为素面,无纹饰,少数陶片上有弦纹,器型不明。另出土的碳化稻谷及磨光石器,经分析,文化类型与云南省"白羊村新石器文化"近似,反映的是一种近水而居的以原始农耕为主的稻作文化形态,对研究德宏傣族先民的历史以及德宏古代农业和稻作文化的起源有着积极的意义,具有很高的研究价值。

弄安金鸭塔

传说,这一带地方,原来是一片沼泽,四周水草丛生,芦苇繁茂,没有人烟。有一天,飞来一对金鸭,在这里栖歇安家,繁衍后代,给这里带来吉祥,瑞丽傣家才逐渐搬迁到这里

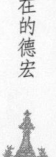

建寨。瑞丽傣家为不忘金鸭开创之德，故建塔纪念，并在塔上塑一对金鸭，作为幸福吉祥象征。

弄安金鸭塔，简称弄安塔，又称笋塔，位于德宏州瑞丽市勐卯镇团结村弄安寨旁。原塔毁于20世纪60年代，现塔为80年代初重建。塔像春笋，有人称它为笋塔，又叫它"金鸭塔"。

他是勐卯境内仅次于姐勒金塔的又一塔群，是德宏州傣族具有悠久文明历史的重要见证。塔为南传佛教较典型的金刚宝座塔，为四座小塔围着一个高十余米的主塔。金鸭塔群呈白色，布局合理，美观大方。远远望去，似破土而出的巨大春笋，走近观之，四周环抱着的四座子塔，瑞丽弄安金鸭塔塔基呈梅花状，塔身为多层葫芦形，每座小塔座里都有一座佛龛，佛龛内有一尊佛像，佛龛上还有凤凰或花边浮雕装饰。金鸭塔塔尖上有伞状塔帽，江风一吹，银铃叮咚悦耳，金鸭塔身上的各种彩绘、雕塑，典雅秀美。

弄安金鸭塔

允燕佛塔

朝晖夕阳之下，塔身通体涂金，金光四射，蔚为壮观。允燕塔属南传上座部佛教大型群塔建筑，是融佛教文化和傣族传统建筑为一体的创造性建筑。由于其造型独特优美，雄伟壮观，堪称佛塔精品，在东南亚享有盛誉。

允燕塔位于盈江县城平原镇东2千米处的允燕山二台坡，始建于1947年。因1946年盈江发生特大水灾，人民生命财产遭受严重损失，瘟疫蔓延，为求佛保佑，由盏达（今盈江县）土司后裔思鸿升的弟媳线云宵女士主持筹资修建。由于国内局势动荡，工程时建时停，直到1952年才完工。"文化大革命"期间虽遭局部损坏，但塔基、主塔和小塔主体尚存。分别于1982年和1993年进行了两次维修。1983年1月13日，云南省政府公布允燕塔为云南省第二批重点文物保护单位。2006年6月，国务院公布为第六批全国重点文物保护单位。

允燕佛塔

允燕塔为土基结构，是滇西南传上座部佛教的标志性建筑，属于覆钵形金刚座式群塔，由1座主塔和40座模型塔组成。塔基（金刚宝座）由5层叠加而成，底层呈正方形，底边长（宽）约为19.3米，高1.1米，第一层28个模型塔内设有佛龛。第二至四层基座均为方形束腰须弥座，四角各置模型塔1座，共12座，不再设有佛龛。第五层塔基为八角形束腰须弥座，顶端筑成圆台，周边雕有一仰莲瓣，呈一莲座，主塔立于莲花座之上，塔下身是一巨钟，中间一周有形态各异的手拉108个佛珠串的"七护卫"浮雕，分别是虎、狮、白象、鼠、羊、龙、鹰之化身，传说还有一隐身黑象在塔下巡逻。浮雕上面为刺绣袈裟纹饰。塔身上部筑一串扁圆形连珠相轮，相轮上置一仰覆莲座聚宝瓶，构成塔刹。刹顶冠以金属宝伞和风标。塔身及塔刹通体涂饰金粉，朝晖夕阳之下，金光闪烁，十分壮观。

滇西6座方基座塔中，以允燕塔规模最大，塔身造型最为精致，保持了佛塔的原真性与完整性，其文物价值与20世纪90年代重建的佛塔相比要高出一筹。允燕塔坐南朝北，方向偏东5度左右。由允燕山北麓进入塔区筑有一条水泥通道，两侧为茂密的林木，通道全长93米、宽4.5米。起端与终端高差约10米。在通道进入塔基四周地平面入口处，置有二尊"嘎朵"（意为怪兽），造型奇特，相当于汉族地区的麒麟或狮座。允燕塔与缅甸曼德勒省瓦城的"罗伽骠塔"塔身浮雕图案及塔基造型相同。塔身结构，塔刹结构及图案与曼德勒省实皆市的"烦鸟帕耶信塔"相同，是中缅两国历史上文化交流的物证。

1992年，缅甸曼德勒省掸族佛教协会主席吴宰妙旺来访，并提出要赠送盈江允燕塔玉佛一尊。1993年4月，由吴宰妙旺率领85名僧侣护送玉佛至允燕塔，佛像高11.8英尺，重10吨，盈江县佛教协会在允燕塔南山坡建寺，是中缅两国友好交往历史的延续，允燕塔成为中缅两国人民胞波友谊的纽带。

景罕玉兔塔

景罕玉兔塔历史悠久，曾是印度、缅甸、泰国佛教所公认的佛光宝地，它与缅甸的曼德勒佛塔齐名，是德宏傣族风格典型建筑之一，也是德宏傣族、德昂族拜佛以及各族人民的游览胜地。

玉兔塔，原名"广姆邦代"，意为玉兔灵骨佛塔，位于德宏州陇川县景罕镇东山顶。据傣文史料《舍本勐宛》（即《陇川史》）记载：塔建于明崇祯五年（1632年），直径8米，有主塔一座，高22米，四周环绕四座高12米小塔；1923年修葺时又增建四座高12米小塔；1952年，由陇川土司多永安主持到缅甸迎来三尊铜佛，供于塔旁佛殿，1969年春毁于"文化大革命"，1980年重建。现塔建筑在山坡顶端石砌的平台上，主塔高25米（一说13.86米，或22米），周围建筑的8个子塔，

景罕广姆塔

各高10米。主塔座分三层，由一朵圣洁的开放状的莲花托着圆塔，塔顶尖端戴着工艺精美的铜制塔帽，塔帽上悬挂着几块镜子和天笛，阳光照射，风吹笛响。东、西、南、北四方小塔座设有佛洞，内塑有小佛像。塔身雕塑着各种动物、花卉、人像，远望气势宏伟，近观玲珑剔透。

据当地傣族经书记载，盘古开天之时，盘球巨焰熊熊，生物绝亡。唯有玉兔承帕纳（菩萨）保佑，避于岩洞，免脱灾难。而后玉兔广播幸福之种，年迈升天，其骨骸存于洞间。一日，伢细（仙人）下凡，葬兔骨于广坦坡地。日子过了很久很久，一日傍晚，一个名叫波社保的老人放牧回来，路过广坦坡，看到坡上金光闪耀，畜群也齐跪于地，波社保看到此奇景，回到村中一说，邀约众人上坡挖寻，于傣历11月23日挖出鼓形的玉兔骨骸，后又于傣历的5月15日，挖出一整具玉兔骨骸。人们为降邪魔，望万物生长，民寿年丰，山河太平，崇敬玉兔神光，以兔骨为塔心，修建起一座佛塔，纪念玉兔。佛塔建起后，经众人商议，决定在每年傣历的4月14—15日两日举行一次摆为摆冷细（4月摆），11月23日举行一次摆为摆稍散（23日摆），这3日即为傣族、德昂族举摆朝拜玉兔之节日。从那时起，每年春、秋两季，傣族、德昂族人民群众都要欢聚到景罕广姆塔举行赶摆盛会。

玉兔塔在德宏及缅甸北部享有盛名。佛塔所建之处，地处坝子边沿，突起的一山丘，地势壮观，多级台阶直上塔院。山体古树参天，林木遮天蔽日。登上佛塔，陇川坝子风光清晰在目，山后明镜似的水库，镶嵌其间，鸟语花香，格外幽静。

勐底佛塔

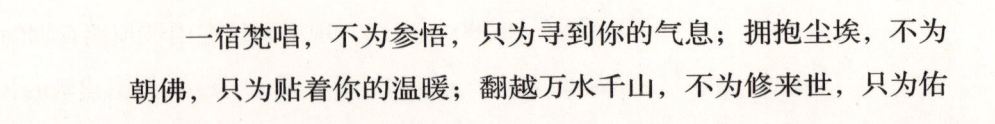

一宿梵唱，不为参悟，只为寻到你的气息；拥抱尘埃，不为朝佛，只为贴着你的温暖；翻越万水千山，不为修来世，只为佑

你平安。

　　你来或是不来，我都在勐底佛塔旁等你。就像梁河甜蜜的空气，呼吸于此，湿润而鲜美、暖和又香甜，如美酒佳肴，温润着我的一生。

　　勐底位于梁河县城西郊的"南底"河畔，勐底意为底下的地方。传说因江河猛涨，四处冲刷，以至整个坝子面目全非，茫茫水中独见一座傣语称之为"峦印"的小团坡未被冲走，后来人们发现是因为佛祖释迦牟尼生前转世一代中的"白马阿峦"曾在此生息，因此"峦印"有了灵气，遂建塔祭奉。

　　原塔于1919年建，有寺有塔，寺名"大佛寺"。寺塔毁于1966年，于1984年10月择现址重建，1986年竣工，占地面积7亩，建筑面积349平方米，有塔和傣奘等建筑。塔为白色，高16.2米，底部直径14米，底部周长近44米。

梁河大金塔

这座勐底金塔是一座空心佛塔,八方有须弥座。主塔外侧有4座小塔,走入塔身,佛龛内供奉着4尊佛像,仔细观察却发现,4坐佛的表情均不相同。灰白的墙壁上挂着壁画,讲述的是佛祖成佛前经历的磨难,一些壁画随时光的打磨变得越加模糊。

金灿灿的佛塔,坐落于山坡上,佛塔四周绿树掩映。

墨韵飘香——香云寺

"云铺香做海,一寺隐烟霞。"

香云寺是德宏境内现存历史最悠久、建筑技艺最精湛的一座殿宇。从建筑科学性、地区民族性、历史文物性来看,有较高的研究价值。

香云寺原名勐连寺,坐落于距梁河县城约5千米的河西乡中学内,诗句"云铺香做海,一寺隐烟霞"即寺名含意。据《梁河县志》记载,香云寺始建于清乾隆二十八年(1763年)。该寺原有三进,规模较大,但由于兵患火灾,前殿、正殿、庭院、围墙损毁严重,但基础仍存,现存的皇太极殿,大约在光绪二十六年(1900年)局部重修。该殿矗立于高高的二层台石基础上,通面宽11.4米、进深10米,均为三开间,气魄宏大。其建筑形式为歇山重檐顶,18根柱子用材硕大,斗拱装修,月梁,攀间雕梁画栋技艺甚精,尤其是雀替部分,均为透雕,可谓典型的清式古建筑。

香云寺系德宏州具有代表性的汉传佛寺,从现存宗教建筑看,其整体建筑技术水平、制作工艺水准很高,可谓形神兼备,雕工精湛。屋顶系三层重檐歇山顶式,斗拱装饰,出三跳,技法高妙。月梁攀间做工精巧,上有花卉鸟兽图案,雀替部分均做透雕,制作水平极高。此外门窗、裙板等部位雕镂有多种花草纹饰、八宝图案。整栋大殿建筑飞檐翘角,雕梁画栋,古色古香,属典型的清代

香云寺

建筑。

关于香云寺，还有"飞佛建寺"和"木龙飞天"的传说。相传，勐连寺有个和尚看中了香云寺的风水，想把勐连寺迁到那里，但因他单人独寺，别说迁寺院了，就连塑一座佛像都困难。一天夜里，突然雷雨交加，和尚趁机将勐连寺的佛像背到那里，第二天扬言说佛祖喜欢那里，佛像自己飞到那块地上去了。当地的士绅和信徒便纷纷捐款捐物建寺院，建成后的寺院就是现在的香云寺。

香云寺建成不久，寺里的和尚想雕一对飞龙抱柱装饰大殿，他请来一个外地雕刻工匠，商量好价钱，就开始选料雕刻。这位工匠手艺很高，雕刻的木龙栩栩如生，雕刻完一条木龙后他觉得用工太大，事先商定的工钱太低，想请和尚加点工钱。可是和尚不但不加工钱，还斥责了工匠几句，工匠心中不快，就想找机会整治一下和尚。一天晚上电闪雷鸣，工匠手提斧子走进大殿，向雕好的木龙砍了几斧，然后大喊："木龙飞天啰、木龙飞天啰……"当和尚和村民闻声赶来时，工匠对他们说："雕好的一条木龙飞上天了，另一条要飞的时候被我砍了几斧才没有飞走。"和尚和村民信以为真，只得给工匠加了工钱，直到现在，香云寺的飞龙抱柱上还留有工匠砍的斧痕。

殿内雕龙画凤，木龙栩栩如生。寺内有清光绪年间李根源所植白、绿梅二株，历代文人墨客赋有诗文。

亿万年的温润

德昭日月，宏润千秋。

德宏处于世界南北向和西北向两大宝石成矿构造带的北延交会部，紧邻世界著名玉石产地缅甸，汇集了各种翡翠、宝石、玛瑙、树化玉等稀世珍宝，发展珠宝文化产业具有得天独厚的地缘优势和条件，也是珠宝文化产业发展的富矿。

玉润德宏

古人云："玉在山而草木润，渊生珠而崖不枯。""珠沉渊而川媚，玉韫石而山辉。"

有人说，她是一个精灵，一个采日月之精华、集天地之灵气的精灵。她是精灵，她叫翡翠，她是一种美丽的石头。

翡翠是玉石界的新宠，对于喜爱翡翠的人来说，它就是心尖上的宝贝。而当下翡翠不再是达官显贵者的专属，更多的已飞入寻常百姓家。

翡翠的传说

翡翠的传说实在是太多太多，最让人感动的还是缅甸《琉璃宫》记载的传说。相传，太阳神女儿出嫁时，他让女儿带着三个蛋出嫁，嫁到的那个地方就出翡翠、宝石和黄金，这个地方就是今天的勐拱一带。

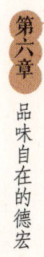

畹町文化园藏亚洲一号翡翠原石，重3000千克

　　翡翠是怎么被发现的？据英国人伯琅氏所著的书称，翡翠实为云南一马夫发现。一次有一位云南的马夫在从缅甸勐拱返回云南腾冲（或保山）的途中，为平衡马驮子两边的重量，随手捡起路边的一块石头放在马驮上。回来后卸下马驮时一看，途中捡得的石头非常好看，似乎可做玉石。经初步打磨，果然碧绿可人。其后，马夫又多次到产石头的地方捡石头到腾冲加工。此事得以广为传播，吸引了更多的云南人去找这种石头，然后加工成成品出售，这种石头就是后来的翡翠。

　　其实，缅甸翡翠最早为人类发现和使用可以追溯到2000年到1500年以前。最早使用翡翠的民族是骠族，那时的人们就能将翡翠、玛瑙、珊瑚、琥珀等几种宝石切割并磨成各种形状，用来镶嵌在银器和金器上，起到装饰的作用。或者将翡翠磨成圆珠串成珠串佩戴。最早的翡翠雕件是翡翠大象，当时的工艺还非常原始，雕刻的大象相当抽象。缅甸文中最早出现"翡翠"这个词是在15世纪，直到18世纪到19世纪，翡翠才开始在缅甸大量开采。

　　为什么在缅甸发现千余年、记载几百年的翡翠，一直默默无闻，而突然一下成为国宝？原因只有一个，中国清代乾隆年间，中国人接触了解翡翠后非常喜欢，中国皇家宫廷也给予翡翠极高的地位，称其为帝王玉。

玉出云南，玉从瑞丽

石之美者为玉，玉之王者为翠。

翡翠既然产自缅甸，为何又有"玉出云南"之说呢。

缅甸，中国古称之朱波，汉谓之掸，唐谓之骠，元谓之缅，肃封为藩属。掸国即现今的缅北勐拱、勐密一带。早在东汉永元九年（97年），章和帝"赐金印紫绶"。这说明了所产之玉，从汉代就作为贡品进入内地，也说明了二者的隶属关系。《云南北界勘察记》中记述，在缅甸新店大盈江东岸瑞亨山顶发现明代一块"威远营碑"，中镌刻"威远营"三个大字，右镌刻"大明征西将军刘筑坛誓众于此"。誓曰："六慰拓开，三宣恢复，诸夷格心，永远贡赋，洗甲金沙。藏刀鬼窑，不纵不擒，南人自服。"左镌刻"受誓勐养宣慰司、木邦宣慰司、孟密安抚司、陇川宣抚司，万历十年（1582年）二月十一日立石"。受誓四土司中，今仅有陇川尚存。这件文物证实了昔日翡翠产地一带的疆土归属确系中国版图。《云南北界勘察记》有载："勐拱位于大金江之西，为蛮邪瘴疠之乡。清乾隆三十四年（1769年），大学士傅恒以经略征缅甸，勐拱土司浑觉贡珍异，负弩矢前驱，傅公奏请颁给浑觉宣抚司印绶。野人山产宝玉，至珍异。勐拱为玉石厂总汇，采运玉石者，追乾隆初元。故我腾越之人，采山而求瑰宝者，数百年来咸居于勐拱焉。"

清乾隆《腾越州志》卷三载："前明尽大金江内外，三宣、六慰皆受朝命。而腾越且兼戛鸠、蛮莫、勐拱、勐养而有之。"

据此史料可证明，玉石产地勐拱"在朱明之世已隶版籍，延至清乾隆百年后"，仍属"滇省藩篱"的土司辖地，由腾越州管辖。因而玉出云南之说，顺理成章且有理有据，并非空穴来风。

清末，英国殖民者的入侵缅甸，特别是1885年发动战争，俘获缅王锡保，宣布将缅甸北部并入英属印度。中英签订了《缅甸条款》，清政府被迫承认了英国占领缅甸的事实。孟拱、帕敢、密支那等地历史上从元、明直到清朝中期归属我国的翡翠玉石产地也被英国

珠宝步行街

恃强划归缅甸。

  翡翠的繁荣昌盛在清朝乾隆、嘉庆、道光三朝。因为清宫对翡翠喜爱，云南又一直是翡翠玉石的原料集散地和加工地，促进了云南玉雕业空前繁荣，玉雕成为云南的传统加工业。正是有了这些历史文化的依据，"玉出云南"的说法，才从古一直延续至今。

  近年来，依托区位和资源优势，德宏州委、州政府将珠宝文化产业作为重要产业门类进行培育打造，围绕"一都三城、三中心"的产业布局（"一都"，即"美丽德宏·中国玉都"；"三城"，即

瑞丽东方珠宝城、盈江翡翠毛料城、芒市珠宝文化城;"三中心",即把德宏打造成为中国翡翠毛料交易中心、珠宝玉石加工中心、珠宝玉石成品批发中心)的产业布局,目前已初步形成了集原料进口、生产加工、贸易流通、研究设计、节庆会展、收藏拍卖、旅游购物、文化交流于一体的综合性国际珠宝交易中心。

早市、晚市万人簇拥

20世纪80年代初期,瑞丽率全国之先,建立起了中国第一个翡翠珠宝专业市场——"中华珠宝第一街"。20多年前,瑞丽市在国家工商总局成功注册了"东方珠宝城"商标,持续建设了集贸易、加工、销售于一体的珠宝文化产业园区,丰富完善了翡翠、玛瑙、宝石、树化玉等产品体系。

来到德宏,不论你是否喜欢珍藏翡翠,都务必去体验一下翡翠交易的早市和晚市。

姐告早市 每天上午8点至12点是玉城最繁忙的时候,来自缅甸、巴基斯坦、印度、泰国等不同国家和全国各地的珠宝商人就纷纷来到玉城,市场里人声鼎沸,不同肤色、不同地区、不同语言的人们摩肩接踵,每个人手中都拿着专业照赌石的手电筒,比画着、交易着,让原本就热闹的姐告玉城市场更加喧嚣了。

姐告玉城翡翠毛料批发交易市场,是全国翡翠批发市场规模较大的毛料交易市场,每天80%的交易都在早市上完成。姐告的成品也是吸引全国各地珠宝商人来财之路,各种各样的成品含手镯、挂件、戒面、耳环、摆件。颜色、种水不一样,价格各不相同。来此交易买卖的商家包括中国、缅甸、巴基斯坦、印度、尼泊尔等国的商人。

德龙夜市 地处中缅边境黄金口岸的瑞丽,有一座建筑风格浓郁,充满东南亚、南亚风情的瑞丽德龙国际珠宝城,是面向南亚、东南亚等国家和地区珠宝交易的国际化平台的新型国际贸易城。

德龙国际珠宝城夜市有500多间商铺和1000多个摊位,其中一半左

右经营翡翠成品，灯火通明；另一半经营原石毛料，为了观察原石几乎不开灯。德龙夜市设有15条大道，宽度为12—23米不等，8条进出口通向东西南北四条市政街道，整个商城四通八达，各种车辆进出通畅，充分满足商业流通、经营交易的需要。

每天夜幕降临，瑞丽德龙国际珠宝城便逐渐热闹起来，这并不是因为瑞丽炎热的东南亚气候，需要一点傍晚的清凉，而是只有夜晚的黑暗，才能衬托出玉石毛料的光晕。如果对玉石行业不了解，傍晚到德龙珠宝城，一定觉得来错了地方，远远望去，珠宝城一半以上笼罩在黑暗中，与周围灯红酒绿的环境形成鲜明的对比。但就是在这片黑暗中，每天上千万元的交易正在暗流涌动。

走进德龙夜市，黑暗中无数的光点正在闪烁、移动。这些光点都是买家拿着手上的电筒，在对翡翠毛料进行打光产生的。在这个地方，既不是春节也不是国庆，但每天晚上，震天的礼花响彻德龙夜市上空，彩色的烟火映红了购买毛料的顾客的脸庞。据介绍，这是毛料切"涨"了，大家在庆祝。

翡翠直播新业态

珠宝翡翠行业利用网络直播等手段经营珠宝翡翠的销售模式逐渐兴起。随着移动互联网的高速发展，直播销售已经发展成为电商产业的新业态，近年来，随着互联网技术的发展，瑞丽珠宝翡翠的销售模式发生了重大转变，大部分经营者也随之转型。特别是翡翠直播销售发展势头十分迅猛。今天的瑞丽珠宝翡翠交易市场人流如织，生意红火，而且已经不分昼夜。

瑞丽市的珠宝翡翠经营在 2016 年以前，基本以实体经营为主，而随着移动互联网技术的发展，珠宝翡翠行业利用网络直播等手段经

直播现场

营珠宝翡翠的销售模式逐渐兴起。2016年底至2017年初，大量外地人员涌入瑞丽，利用手机号或身份证号在各类互联网直播平台注册账号，开始从事珠宝翡翠直播销售。与此同时，大部分原珠宝翡翠经营者随之转型，同步开展线上线下经营。

德宏州充分发挥毗邻世界翡翠原产地缅甸的区位和资源优势，积极用好瑞丽重点开发开放试验区、中国（云南）自贸试验区德宏片区特有的优惠政策，在瑞丽市先后引进了抖音、淘宝、YY一件等10余个网络直播平台，相继打造了淘宝、京东、LIVE等翡翠直播基地，吸引了近10万人在瑞丽市全天候开展翡翠直播交易业务。

瑞丽珠宝翡翠网络直播这一新兴业态，将瑞丽的珠宝交易从传统线下交易发展成线上线下同步交易，成为瑞丽珠宝产业的新亮点。

充满神韵的瑞丽工

俗话说"三分料，七分工"，这个"工"就是指雕工，可见雕工的重要性。一般来说雕工讲究"巧、俏、精"，德宏玉雕业界有很多优秀的翡翠玉雕"俏色"作品，"巧"中有"俏"，"俏"体现"巧"，使作品达到突出玉石之美，又表现玉石之朴。

瑞丽作为东南亚重要的珠宝集散地，享有东方珠宝城的美誉。自20世纪90年代以来，大批代表各种流派的玉雕师，如河南工、上海工、广东工等等，陆续聚集到瑞丽，把瑞丽当作玉雕创意的艺术殿堂，相互碰撞交流，形成了集南北玉雕工艺流派之长的"俏色巧雕、随形施艺"的瑞丽工，使之成为中国玉雕界独树一帜的流派之一。

由于与翡翠原产地缅甸接壤，玉料充沛，全国各地玉雕大师在这里汇集，南北流派在这里碰撞，融合形成了以俏色巧雕闻名的"瑞丽工"，使得瑞丽的玉雕作品精品纷呈。为了提升瑞丽玉雕师在全国的知名度，瑞丽市政府于2007年设立了"神工奖"。自"神工奖"举办以来，历经13年不断探索、实践和创新，已发展为全国翡翠领域的最高荣誉，是雕刻和设计业界展示技艺、共同进步的重要平台。

它们形象与抽象相结合，现实与浪漫相结合，从而营造出如诗如画、如泣如歌的意境，使人们在观看、欣赏时能感受到造化的神秀和人工设计构思的精妙。

　　瑞丽工在融合北派大气和南派秀丽的基础上，不拘一格、自成一派，取材的内容更加广泛，技法上多采用高浮雕或圆雕，充分利用玉石毛料的三维空间，玉雕作品的立体感更强，俏色的运用更加明显。传统题材与民族文化、现代人文相结合，自成一派，展现了独特的艺术魅力。

树化成玉

　　深埋旷野，置身污泥而不染；或裸居深山，处荒郊野外而不馁；或供奉厅室，宠尊华堂而不骄。能集天地之灵气为己用，聚日月之精华为精神，这是何等宽阔的胸怀和胆魄。

　　它的历史悠久，成为人们健康长寿的象征，也可雅称为"寿石"。它宁折不弯，是人们坚定信仰、不屈邪恶的表率，正所谓："宁为玉碎，不为瓦全。"

等你亿万年

　　山崩地裂，海枯石烂，面对这惊天动地的巨变，它不仅处变不惊，且临危不乱。不卑不亢，不攀不附，百邪不侵，百毒不进，傲然挺立，堪称仙风道骨，是自许清高、洁身自好的高人雅士的楷模。

　　在几亿年前，地球上被茂密的森林所覆盖，紫檀、红杉等优质硬木树种可以说是应有尽有，然而，突然间山崩地裂、天地变色，把所有的树木都深埋在了地下，与空气隔绝。经过几亿年低温高压以及二氧化硅的侵蚀，一步步地才变成了我们今天所看到的美玉。

　　迄今为止最早的木化石是石炭纪早期的裸蕨植物化石。最新的为

6500万年前白垩纪晚期的硅化木。树化玉的形成期在古生代石炭纪到中期白垩纪之间。

树化玉是玉化的硅化木。古生物化石形成的概率仅为百万分之一，能形成树化玉的概率更低。树化玉以坚硬的质地、奇特的造型、丰富的色彩、独特的纹理，具备玉石的通透润泽，精美异常的品质，为艺术家们拓展了艺术雕刻的材料和品种提供了广阔的空间。

树化玉不管是它的前生还是今世，都非常具有灵性，不仅具有极高的收藏观赏价值，而且还有医疗价值，也就是所谓的"人养玉，玉养人"。树化玉以其豪华的质地、古朴的外形、庞大的材料、古老的历史以及历尽沧桑、处变不惊、临危不惧等的特殊品质，从中显示出的年轮、纹理以及缤纷斑斓、变化万千的色彩和它流露出来的那股天然神韵，让人爱不释手，如痴如醉，使传统审美与独特寓意融为一体，深受广大玉石爱好者喜爱。

树化玉

今天呈现在我们眼前的树化玉都是洗尽铅华，经过工人们的打磨抛光，把它最光鲜亮丽的一面展现给我们看。

树化玉文化底蕴

树化玉是大自然留给人类的瑰宝奇石，也是缅甸国的国宝之一，它对研究缅甸国家远古时期的气象、地理、植物、动物以及地球发展历史都具有难以估量的科研价值。

古生物能形成化石的概率仅百万分之一，形成树化石的概率更小，想要找到两个相同的树化玉是大海捞针。而且如此完整、优美，实属珍罕，是宝贵的不可再生的自然遗产，因此具有较高的收藏价值。

从中国传统阴阳五行学说来看，树属木，玉为石，属土，木克土，树是要克土的；反过来，玉中又含有许多金属元素，属金，金又能克木。这是一对始终相克的天然冤家。但由于它们的互相包容、相互结合，才创造出树化玉这个天地精灵。这本身已经向我们说明了一种既深且浅的禅意，正所谓："海纳百川，有容乃大。"

中华民族自古以来重德、重义，不论贫富、贵贱，皆把玉视为中国文化的代表、民族文化的基石、情操和道德的化身。玉文化是中国传统文化的重要组成部分，已深入中国人的血脉，是有五千年文明史的中华民族留给当今世界极为宝贵的文化资源。

欣赏树化玉文化，是我们欣赏多种传统文化的综合和创建一种新文化的尝试。每个人站在不同的角度，截取不同的特征，都能解读出不同的含义，得到不同的启迪，获取心灵感念上的升华。

中缅树化玉第一街

树化玉作为玉石、奇石、化石三种身份的融合体，不但以自身的价值展示着玉石的富贵，同时它美丽的年轮，浓缩着远古时代的绚丽传说，有着很高的经济价值、观赏价值和科考价值，越来越受消费者关注和喜爱，被缅甸政府定为"国宝"。

树化玉作为玉石、奇石、化石三重身份的融合体，有着很高的经济价值、观赏价值和科考价值。

瑞丽市是业界公认的全国最大的树化玉集散中心，历经20多年的不断发展，瑞丽市已发展成为中国最大的树化玉加工基地，中国最大的树化玉源头市场，现有玉城、德龙、顺珏、金象、中缅树化玉第一街、华丰六大树化玉市场，从事树化玉经营的商户已有800余家，从业人员近万人。2014年10月1日，继瑞丽珠宝步行街之后的又一条特色产业专属商业街——中缅树化玉第一街落户于瑞丽市姐告边境贸易区。2016年底投资建成的瑞丽市树化玉博物馆，建筑面积约3000平方米，是中国最大的树化玉博物馆，在提升产业文化上，有着积极的促进作用。

翠榕绿荫，商户林立，行走在瑞丽的大街小巷，赏亿年化石各式美态，听每一块化石演化故事，静静地体会和感受树化玉这似石非石、似木非木的"石木古风"。

异彩纷呈的姐告玉城

宝玉流光的瑞丽，是中国四大宝玉石集散地之一，而那色彩缤纷的姐告玉城，更是让人享尽珠宝文化的饕餮盛宴，怎能不令人流连忘返？

漫步在瑞丽，你不仅可以感受到那古老挺拔的榕树，充满异国情调的夏日风情，最能拽住你前行脚步的应该是那色彩缤纷的珠宝园区。

就在这个弹丸般的小城，却拥有多个珠宝园区。每到一个园区，你一定就像刘姥姥进大观园，看不尽的玉石、翡翠，赏不完的奇石玉树，听不厌的"大珠小珠落玉盘"的声音。这些园区中，最让人喜欢的就是玉城园区。

漫步在玉城，你不仅感受到珠宝文化的饕餮盛宴，还可以尽观各色人种，尽睹众生百态，那真不失为另一种人生。

在赌石毛料长廊，有来自缅甸北部后江、帕敢打木砍、目乱干等十大翡翠矿区的各种品质的原石。原石分为高、中、低档，主要以娱乐性和参与性为主。你可以让自己感受"疯狂的石头"带给你的不一样的疯狂。在感受着赌石的刺激、解石的心跳的同时，你还能学习到一些关于翡翠原石矿山上的知识。在加工区域，毛料切割、打磨抛光、雕刻，你可以亲眼看到原石变成玉器，变成工艺品，变成艺术品的过程。

透过那些专心雕琢的背影，你可以现场观摩玉石毛料切割、设计、雕刻制作、抛光、打磨、镶嵌、配座等整个制作工艺过程，体会到"村村都有机器响，家家一片琢玉声"的意境。

在珠宝翡翠成品销售大厅，琳琅满目，价廉物美，货真价实的成品，能够满足你的占有欲。这里的商品都有国家权威机构的检测认证证书，充分保证每一位消费者的消费利益。在你享受到最优质的服务的同时，你还能感受到"蓦然回首，那人却在灯火阑珊处"的邂逅知遇之缘。

改革开放以来，特别是瑞丽开发开放试验区建设的启动，瑞丽，真正成为玉雕精品的出产地，玉雕大师的成名地，玉雕工艺的培训地，应验了那句"风水宝地出奇石，天涯地角藏奇珍"。

玉石摊